ENTRE QUATRO PAREDES

OBRAS DA AUTORA PUBLICADAS PELA RECORD

À beira da loucura

Entre quatro paredes

B. A. PARIS

ENTRE QUATRO PAREDES

Tradução de
Roberto Muggiati

16ª edição

EDITORA RECORD
RIO DE JANEIRO • SÃO PAULO
2025

CIP-BRASIL. CATALOGAÇÃO NA PUBLICAÇÃO
SINDICATO NACIONAL DOS EDITORES DE LIVROS, RJ

P259e
16ª ed.

Paris, B. A., 1958-
    Entre quatro paredes / B. A. Paris; tradução de Roberto Muggiati. –
16ª ed. – Rio de Janeiro: Record, 2025.

    Tradução de: Behind Closed Doors
    ISBN: 978-85-01-10960-6

    1. Romance inglês. I. Muggiati, Roberto. II. Título.

17-40824

CDD: 823
CDU: 821.111-3

Título original:
Behind Closed Doors

Copyright © 2016 Bernadette MacDougall

Texto revisado segundo o novo Acordo Ortográfico da Língua Portuguesa.

Todos os direitos reservados. Proibida a reprodução, no todo ou em parte, através de quaisquer meios. Os direitos morais da autora foram assegurados.

Direitos exclusivos de publicação em língua portuguesa somente para o Brasil adquiridos pela
EDITORA RECORD LTDA.
Rua Argentina, 171 – Rio de Janeiro, RJ – 20921-380 – Tel.: (21) 2585-2000, que se reserva a propriedade literária desta tradução.

Impresso no Brasil

ISBN 978-85-01-10960-6

Seja um leitor preferencial Record.
Cadastre-se no site www.record.com.br e receba
informações sobre nossos lançamentos e nossas promoções.

Atendimento e venda direta ao leitor:
sac@record.com.br

Para minhas filhas
Sophie, Chloë, Céline, Eloïse, Margaux

PRESENTE

A garrafa de champanhe bate na bancada de mármore da cozinha, e eu me sobressalto. Olho de lado para Jack, na esperança de que ele não tenha percebido o quanto estou nervosa. O olhar dele encontra o meu, e ele sorri.

— Perfeito — diz em voz baixa.

Ele pega a minha mão e me leva até onde os nossos convidados nos esperam. Ao atravessarmos o corredor, vejo florescendo o lírio que Diane e Adam trouxeram para o nosso jardim. É de um rosa tão lindo, que espero que Jack o plante num lugar onde eu possa vê-lo da janela do quarto. Só de pensar no jardim sinto lágrimas virem à tona, mas rapidamente as reprimo. Com tanta coisa em jogo essa noite, eu preciso me concentrar no aqui e agora.

Na sala de estar, o fogo queima atrás da grade de proteção da antiga lareira. Já estamos em março, mas ainda faz um pouco de frio, e Jack gosta de oferecer aos nossos convidados o máximo de conforto.

— Sua casa é realmente incrível, Jack — comenta Rufus, admirado. — Você não acha, Esther?

Eu não conheço Rufus nem Esther. Eles são novos por aqui e essa é a primeira vez que nos encontramos, o que me deixa mais nervosa que o normal. Mas não posso decepcionar Jack, então abro um sorriso, torcendo para que gostem de mim. Esther não sorri, por isso acho que ela está com um pé atrás. Mas não a culpo. Desde que se juntou ao nosso círculo de amizades um mês atrás, tenho certeza de que já disseram a ela inúmeras vezes que Grace Angel, esposa do brilhante advogado Jack Angel, é o exemplo perfeito de uma mulher que tem tudo: a casa perfeita, o marido perfeito, a vida perfeita. Se eu fosse Esther, também desconfiaria de mim.

Meu olhar recai na caixa de bombons caros que ela acaba de tirar da bolsa e sinto uma centelha de empolgação. Como não quero que ela a entregue a Jack, avanço discretamente em sua direção, que instintivamente a estende para mim.

— Obrigada, eles parecem maravilhosos — digo, agradecida, colocando a caixa sobre a mesa de centro para poder abri-la mais tarde, quando servirmos o café.

Esther me deixa intrigada. Ela é o completo oposto de Diane — alta, loira, magra, reservada —, e não posso deixar de admirá-la por ser a primeira pessoa a pisar na nossa casa sem dizer o quanto ela é linda. Jack insistiu em escolher a casa sozinho, dizendo que era o meu presente de casamento, por isso a vi pela primeira vez quando voltamos da nossa lua de mel. Apesar de ele sempre dizer que era perfeita para nós, não entendi o que isso queria dizer até finalmente conhecê-la. Localizada num terreno amplo quase fora do vilarejo, ela oferece a Jack a privacidade que deseja, assim como o privilégio de ser proprietário da casa mais bonita de Spring Eaton. E da mais segura. Ela conta com um complexo sistema de alarme, além de persianas de aço nas janelas do térreo para protegê-las. Deve ser estranho vê-las frequentemente fechadas durante o dia, mas Jack explica a todos que perguntam isso que, com um trabalho como o dele, eficiência na segurança é uma das suas prioridades.

Nós temos vários quadros nas paredes da sala de estar, mas as pessoas normalmente são atraídas pela grande tela vermelha pendurada acima da lareira. Diane e Adam, que já a viram, não conseguem deixar de se aproximar para dar outra olhada, e Rufus se junta a eles, enquanto Esther se senta num dos sofás de couro bege.

— É impressionante — diz Rufus, olhando com fascínio para as centenas de minúsculas marcas que compõem a maior parte da pintura.

— Ela se chama *Vaga-lumes* — esclarece Jack, desenroscando o arame da rolha da garrafa de champanhe.

— Eu nunca vi nada assim.

— Foi Grace que pintou — acrescenta Diane. — Dá para acreditar?

— Vocês deviam ver as outras pinturas dela. — Jack tira a rolha da garrafa, fazendo um ruído mínimo. — São realmente impressionantes.

Rufus olha ao redor da sala, interessado.

— Elas estão por aqui?

— Não, estão penduradas em outras partes da casa.

— São só para os olhos de Jack — brinca Adam.

— E de Grace. Certo, querida? — diz Jack, sorrindo para mim. — Só para nós dois.

— Isso mesmo — concordo, virando a cabeça para o outro lado.

Então nos juntamos a Esther no sofá, e Diane fica animada quando Jack despeja o champanhe em taças longas. Ela olha para mim.

— Você está se sentindo melhor agora? — pergunta ela. — Grace não pôde almoçar comigo ontem porque estava passando mal — conta, virando-se para Esther.

— Foi só uma enxaqueca — explico.

— Infelizmente, Grace costuma ter crises de enxaqueca. — Jack olha para mim, compadecido. — Mas elas nunca duram muito tempo, graças a Deus.

— É a segunda vez que você fura comigo — lembra Diane.

— Me desculpe — digo.

— Bom, pelo menos dessa vez você não esqueceu — provoca ela. — Por que a gente não se encontra na sexta que vem para compensar?

Você vai estar livre, Grace? Nenhuma consulta no dentista que você vai se lembrar de repente no último minuto?

— Não, e nada de enxaquecas também, eu espero.

Diane se vira para Esther.

— Você gostaria de vir com a gente? Tem que ser em algum restaurante no centro, porque eu trabalho.

— Obrigada, eu adoraria. — Esther lança um olhar rápido para mim, talvez para se certificar de que não me oponho à sua companhia, e, quando sorrio para ela, eu me sinto terrivelmente culpada, porque sei que não vou ao almoço.

Chamando a atenção de todos, Jack faz um brinde a Esther e Rufus, dando-lhes as boas-vindas à vizinhança. Ergo minha taça e tomo um gole de champanhe. As bolhas dançam na minha boca, e sinto um lampejo repentino de felicidade, ao qual tento me agarrar. Mas ele se vai tão depressa quanto veio.

Olho para onde Jack conversa animadamente com Rufus. Ele e Adam conheceram Rufus no clube de golfe umas duas semanas atrás e o convidaram para se juntar a eles numa partida. Ao descobrir que Rufus era excelente no golfe, mas não o suficiente para derrotá-lo, Jack fez um convite a ele e a Esther para jantar. Observando-os juntos, fica óbvio que Jack está tentando impressionar Rufus, o que significa que é importante que eu conquiste Esther, mas não vai ser fácil. Enquanto Diane simplesmente se encanta com tudo, Esther parece uma pessoa mais complicada.

Peço licença e vou à cozinha para finalizar os últimos detalhes do jantar e buscar os canapés. Pela etiqueta — Jack é exigente em relação a isso —, não posso me ausentar por muito tempo, por isso rapidamente bato em neve as claras que esperam numa tigela e as acrescento à base do suflê que preparei mais cedo.

Despejando a mistura com uma colher em potes individuais, olho para o relógio com nervosismo, depois coloco os potes em banho-maria e os levo ao forno, prestando atenção à hora exata. Sinto uma súbita onda de pânico por achar que não vou conseguir dar conta, mas ao lembrar a mim mesma que o medo é meu inimigo, tento me acalmar e volto para a sala de estar com a bandeja de canapés. Sirvo-os aos convidados, aceitando os elogios com gratidão, pois Jack também vai ouvi-los. Como previsto, beijando a minha cabeça, ele concorda com Diane que de fato sou uma esplêndida cozinheira, e dou um suspiro silencioso de alívio.

Determinada a me aproximar de Esther, eu me sento ao lado dela. Vendo isso, Jack se encarrega dos canapés.

— Você merece um descanso, querida, depois de todo o trabalho pesado que teve hoje — comenta ele, equilibrando a bandeja nos dedos longos e elegantes.

— Não foi nada pesado — protesto, o que é mentira, e Jack sabe, porque foi ele quem escolheu o menu.

Começo a fazer as perguntas certas a Esther: se ela já se ambientou à região, se lamentava ter deixado Kent para trás, se seus dois filhos se adaptaram à nova escola. Por algum motivo, o fato de eu estar bem informada parece irritá-la, por isso faço questão de perguntar o nome do filho e da filha, embora saiba que se chamam Sebastian e Aisling. Sei até a idade deles, 7 e 5 anos, mas finjo não saber. Ciente de que Jack ouve cada palavra que digo, eu sei que ele vai se perguntar qual é o meu objetivo.

— Vocês não têm filhos, certo — diz Esther, mais afirmando que perguntando.

— Não, ainda não. A gente achou melhor passar primeiro alguns anos sem mais ninguém.

— Nossa, há quanto tempo vocês estão casados? — Sua voz demonstra certa surpresa.

— Um ano — admito.

— Eles fizeram aniversário de casamento na semana passada. — Diane entra na conversa.

— E eu ainda não estou preparado para dividir minha bela mulher com mais ninguém — acrescenta Jack, enchendo a taça dela.

Observo, momentaneamente distraída da conversa, uma gota minúscula de champanhe errar a taça e aterrissar no joelho das calças chino impecáveis de Jack.

— Espero que não se importe com a minha pergunta — começa Esther, a curiosidade começando a tomar conta dela —, mas algum de vocês dois foi casado antes?

Ela parece esperar um sim, como se descobrir algum ex-marido ou alguma ex-mulher descontente espreitando de longe fosse prova de que não éramos tão perfeitos assim.

— Não, nenhum de nós foi — respondo.

Ela olha de relance para Jack e sei que está se perguntando como alguém tão bonito conseguiu ficar solteiro por tanto tempo. Sentindo o olhar dela sobre si, Jack sorri, bem-humorado.

— Preciso admitir que, com 40 anos, eu comecei a ficar desesperado, me perguntando se algum um dia encontraria a mulher perfeita. Mas, assim que vi Grace, eu soube que era ela que eu estava esperando.

— Que romântico! — Diane suspira. Ela já conhece a história de como Jack e eu nos conhecemos. — Perdi a conta de quantas mulheres tentei apresentar para o Jack, mas nenhuma delas foi boa o suficiente até ele conhecer Grace.

— E quanto a você, Grace? — pergunta Esther. — Também foi amor à primeira vista?

— Sim — respondo, recordando. — Foi.

Abalada com a lembrança, levanto um pouco rápido demais e Jack vira a cabeça para mim.

— Os suflês — explico calmamente. — Eles já devem estar prontos. Vocês estão prontos para o jantar?

Incentivados por Diane, que diz que os suflês não esperam por ninguém, todos terminam suas taças de champanhe e se encaminham para a mesa. Esther, no entanto, para no meio do caminho para dar uma olhada com mais atenção no *Vaga-lumes*, e, quando Jack se aproxima dela em vez de insistir para que se sente, dou um suspiro de alívio porque os suflês ainda não estão prontos. Se estivessem, eu ficaria à beira das lágrimas, estressada com a demora dos dois, especialmente quando meu marido começa a explicar as diferentes técnicas que usei para criar a pintura.

Quando os convidados se sentam, cinco minutos depois, os suflês estão no ponto certo. Enquanto Diane demonstra sua admiração, Jack sorri para mim do outro lado da mesa, dizendo a todos que sou mesmo muito habilidosa.

São noites como essa que me fazem lembrar por que me apaixonei por ele. Charmoso, divertido e inteligente, Jack sabe exatamente o que dizer e de que forma dizer. Como Esther e Rufus acabaram de se mudar, ele faz questão de que a conversa gire em torno deles enquanto comemos o suflê. Também estimula Diane e Adam a compartilharem hábitos pessoais que vão poder ajudar nossos novos amigos, como dizer onde fazem as compras de mercado e quais esportes praticam. Esther ouve com educação a lista de atividades de lazer, os nomes dos jardineiros e babás, o melhor lugar para comprar peixe, mas eu sei que o interesse dela é em mim. Eu sei que ela vai falar de novo do meu casamento relativamente tardio com Jack, esperando encontrar alguma coisa — qualquer coisa — que lhe diga que a nossa vida não é tão perfeita quanto parece. Infelizmente, ela vai ficar decepcionada.

Esther espera que Jack corte o bife Wellington e o sirva com batatas gratinadas e cenouras levemente caramelizadas com mel. Há também minúsculas ervilhas, que mergulhei em água fervente pouco antes de tirar o bife do forno. Diane fica impressionada por eu ter conseguido preparar toda a refeição ao mesmo tempo, e admite que sempre escolhe algum prato principal como ensopado, que pode ser preparado antes e esquentado na hora. Eu gostaria de dizer a ela que também prefiro fazer assim, pois o preço que pago para servir um jantar tão perfeito são cálculos meticulosos e noites sem dormir. Mas a alternativa — servir algo que não esteja perfeito — não é uma opção.

Esther olha para mim do outro lado da mesa.

— Então, onde você e Jack se conheceram?

— No Regent's Park — respondo. — Numa tarde de domingo.

— Conte a ela como foi — instiga Diane, sua pele pálida corada pelo champanhe.

Hesito por um instante, por se tratar de uma história que já contei antes. Mas é algo que Jack adora me ouvir contar, portanto, tenho interesse em repeti-la. Por sorte, Esther me dá a deixa necessária. Ela parte para o ataque ao interpretar minha pausa como reticência.

— Por favor, conte — insiste ela.

— Bom, com o risco de entediar aqueles que já ouviram essa história antes — começo a falar, com um sorriso como se pedisse desculpa —, eu estava no parque com a minha irmã, Millie. A gente costuma passar as tardes de domingo lá, e naquele dia tinha uma banda tocando. Millie adora música e estava se divertindo tanto que se levantou do banco e começou a dançar na frente do tablado. Pouco tempo antes ela tinha aprendido a dançar valsa, e por isso mantinha os braços esticados à frente enquanto se movimentava, como se tivesse um parceiro.

Diante da lembrança, sorrio e desejo desesperadamente que a vida ainda fosse tão simples, tão inocente.

— Ainda que as pessoas normalmente fossem compreensivas e ficassem felizes de ver Millie se divertindo, eu percebi que uma ou outra parecia incomodada. Eu sabia que devia fazer alguma coisa, chamá-la de volta, talvez. Mas uma parte de mim não queria fazer isso, porque...

— Quantos anos a sua irmã tem? — interrompe Esther.

— Ela tem 17. — Faço uma pausa, sem querer encarar a realidade. — Quase 18.

Esther arqueia as sobrancelhas.

— Ela gosta de chamar a atenção, então.

— Não, não é isso, é só que...

— Bom, ela deve gostar. Quero dizer, as pessoas geralmente não se levantam e dançam num parque, dançam? — Ela olha ao redor da mesa, triunfante, e, quando todos evitam seu olhar, sinto pena dela.

— Millie tem síndrome de Down. — A voz de Jack rompe o silêncio constrangedor que tomou conta da mesa. — O que quer dizer que muitas vezes ela é maravilhosamente espontânea.

O rosto de Esther demonstra como ela está confusa, e fico irritada por não terem mencionado Millie quando contaram a ela tudo sobre mim.

— De qualquer forma, antes que eu decidisse o que fazer — prossigo, para tirá-la da situação constrangedora —, esse perfeito cavalheiro se levantou, foi até Millie, se curvou e estendeu a mão para ela. Millie ficou encantada e, quando os dois começaram a dançar, todo mundo aplaudiu. Outros casais se levantaram também e foram dançar. Foi um momento muito, muito especial, que fez com que eu me apaixonasse por Jack imediatamente.

— Grace não sabia que eu a tinha visto com Millie no parque na semana anterior e havia me apaixonado por ela. Era tão atenciosa com Millie, tão altruísta. Eu jamais tinha visto esse tipo de dedicação, por isso coloquei na cabeça que queria conhecê-la.

— E o que Jack não sabia até então — explico — é que eu o tinha notado na semana anterior, mas nunca pensei que ele pudesse se interessar por alguém como eu.

Acho engraçado quando todos assentem com a cabeça, concordando. Embora eu seja atraente, a beleza cinematográfica de Jack faz com que as pessoas me achem sortuda por ele ter se casado comigo. Mas não foi isso que eu quis dizer.

— Grace não tem outros irmãos ou irmãs, por isso achou que eu perderia o interesse ao saber que Millie se tornaria responsabilidade dela um dia — explica Jack.

— Como aconteceu com outros homens — enfatizo.

Jack faz que sim com a cabeça.

— Pelo contrário, a certeza de que Grace faria qualquer coisa por Millie me fez perceber que ela era o tipo de mulher que eu vinha procurando a vida toda. No meu campo trabalho, é fácil perder a fé na humanidade.

— Vi no jornal ontem que você tem novas vitórias a caminho — comenta Rufus, erguendo a taça para Jack.

— Sim, meus parabéns. — Adam, que trabalha como advogado na mesma firma que Jack, entra na conversa. — Mais uma condenação para a sua lista.

— Era um caso bem simples — diz Jack, com modéstia. — Embora tenha sido um pouco mais difícil porque precisei provar que a minha cliente não tinha provocado os próprios ferimentos, apesar da tendência que ela tinha à automutilação.

— Mas, em geral, os casos de abuso não costumam ser fáceis de provar? — pergunta Rufus, enquanto Diane conta a Esther, caso ela ainda não saiba, que Jack defende os oprimidos, mais especificamente mulheres vítimas de agressão do marido. — Não quero diminuir o excelente trabalho que você faz, mas muitas vezes existem provas físicas ou testemunhas, não é?

— Jack é mestre em conseguir fazer com que as vítimas confiem nele o suficiente para contar o que acontecia com elas — explica Diane, que, suspeito, sente uma atração por Jack. — Muitas mulheres não têm a quem recorrer e temem que ninguém acredite nelas.

— E ele faz questão de que os culpados recebam uma pena bem longa — acrescenta Adam.

— Eu desprezo homens que tratam suas esposas com violência — declara Jack, com firmeza. — Eles merecem pagar por tudo que fizeram.

— Um brinde a isso. — Rufus ergue a taça outra vez.

— Você nunca perdeu um caso, não é mesmo, Jack? — pergunta Diane.

— Não, nem pretendo.

— Um currículo exemplar... Incrível — reflete Rufus, impressionado. Esther olha para mim.

— Sua irmã Millie é bem mais jovem que você — observa ela, voltando ao assunto anterior.

— É, nossa diferença de idade é de dezessete anos. Millie nasceu quando a minha mãe já estava com 46. No começo, ela não acreditou que estivesse grávida, então ficou um pouco chocada ao descobrir que seria mãe outra vez.

— E Millie mora com os seus pais?

— Não, ela mora num colégio interno fantástico na zona norte de Londres. Como ela completa 18 anos em abril, vai ter que sair de lá no próximo verão, o que é uma pena, porque ela adora aquele lugar.

— E para onde ela vai? Para a casa dos seus pais?

— Não. — Faço uma breve pausa, porque sei que estou prestes a dizer algo que vai chocá-la. — Eles moram na Nova Zelândia.

Esther fica de queixo caído.

— Nova Zelândia?

— Sim. Eles se aposentaram e se mudaram para lá no ano passado, logo depois do nosso casamento.

— Entendo — comenta ela. Mas sei que não entende.

— Millie vem morar com a gente — explica Jack. Ele sorri para mim. — Eu sabia que essa seria uma condição para Grace aceitar se casar comigo, e fico mais que feliz com isso.

— É muito generoso da sua parte — comenta Esther.

— Nem um pouco. Fico feliz por Millie vir morar aqui. Ela vai dar uma nova dimensão para as nossas vidas, não é mesmo, querida?

Levanto minha taça e tomo um gole para não ter que responder.

— Você obviamente se dá bem com ela — observa Esther.

— Bom, eu espero que ela goste tanto de mim quanto eu gosto dela... embora tenha levado um tempo para ela se acostumar depois que eu e Grace nos casamos.

— Por quê?

— Eu acho que o nosso casamento foi um choque para ela — explico. — Desde o início, Millie sempre adorou Jack, mas, quando a gente voltou da lua de mel e ela percebeu que ele ficaria comigo o tempo todo, ela começou a sentir ciúme. Mas já está tudo bem agora. Jack já voltou a ser a pessoa preferida dela.

— Por sorte, o George Clooney assumiu o meu lugar como pessoa odiada — diz Jack, e começa a rir.

— George Clooney? — questiona Esther.

— É. — Confirmo com a cabeça, feliz por Jack ter tocado no assunto. — Eu tinha essa coisa por ele...

— E não temos todas nós? — murmura Diane.

— ... e Millie sentia tanto ciúme que, quando umas amigas minhas me deram um calendário com fotos do George Clooney de presente de Natal, ela rabiscou nele "Eu não gosto do George Clooney". Só que ela escreveu foneticamente, J-O-R-J K-U-N-I. Ela tem um pouco de dificuldade com o "L" — explico. — Foi tão fofo.

Todos começam a rir.

— E agora ela não para de dizer para todo mundo que gosta de mim, mas não gosta dele. Virou uma espécie de mantra: "Eu gosto de você, Jack, mas não gosto do Jorj Kuni." — Jack sorri. — Tenho que admitir que me sinto bastante lisonjeado em ser mencionado na mesma frase que ele — acrescenta, modestamente.

Esther olha para ele.

— Sabe, você se parece um pouco com o George Clooney.

— Só que o Jack é muito mais bonito. — Adam sorri. — Você não acreditaria em como a gente ficou aliviado quando ele se casou com Grace. Pelo menos isso fez com que as mulheres do escritório parassem de fantasiar com ele... e alguns dos homens também — acrescenta, gargalhando.

Jack suspira, bem-humorado.

— Já chega, Adam.

— Você não trabalha, certo? — pergunta Esther, virando-se para mim. Percebo na voz dela o desprezo mal disfarçado que as mulheres que trabalham sentem por aquelas que ficam em casa, e me vejo na obrigação de me defender.

— Eu trabalhava, mas larguei o emprego pouco antes de Jack e eu nos casarmos.

— É mesmo? — Esther franze a testa. — Por quê?

— Ela não queria ter feito isso — intervém Jack. — Mas Grace tinha uma posição muito importante na empresa e eu não queria voltar para casa exausto e encontrá-la tão exausta quanto. Talvez tenha sido egoísta da minha parte pedir a ela que largasse o emprego, mas eu queria poder voltar para casa e descarregar o estresse do meu dia. Ela também viajava bastante e eu não queria voltar do trabalho e encontrar a casa vazia, como aconteceu por muitos anos.

— Você trabalhava com o quê? — pergunta Esther, me encarando com seus olhos azul-claros.

— Eu era compradora da Harrods.

A centelha nos seus olhos mostra que ela ficou impressionada. O fato de não pedir mais detalhes me diz que ela ainda não está pronta para revelar sua surpresa.

— Ela viajava pelo mundo todo de primeira classe — acrescenta Diane, perplexa.

— Não pelo mundo todo — corrijo. — Só para a América do Sul. Eu ia atrás de frutas para eles, principalmente no Chile e na Argentina — acrescento, em grande parte para que Esther se sinta melhor.

Rufus olha para mim com admiração.

— Devia ser interessante.

— Era, sim. — Assinto com a cabeça. — Eu adorava cada minuto do meu trabalho.

— Você deve sentir falta. — Outra declaração de Esther.

— Não, na verdade, não — minto. — Eu tenho muitas coisas por aqui para me manter ocupada.

— E logo vai ter Millie para tomar conta.

— Millie é bastante independente e, de qualquer forma, ela vai passar a maior parte do tempo trabalhando em Meadow Gate.

— O centro de jardinagem?

— Sim. Millie adora plantas e flores e teve a sorte de oferecerem a ela o trabalho perfeito.

— E o que você vai fazer o dia todo?

— Basicamente a mesma coisa que eu faço agora. Você sabe, cozinhar, limpar, cuidar do jardim, quando o tempo permite.

— Da próxima vez, vocês precisam vir almoçar no domingo e conhecer o jardim — sugere Jack. — Grace é habilidosa com as plantas.

— Meu Deus! — exclama Esther, suavemente. — Quantos talentos. Eu fico muito satisfeita por terem me oferecido um cargo na St. Polycarp's. Eu já estava ficando muito entediada por passar o dia inteiro em casa.

— Quando você começa?

— No mês que vem. Vou substituir uma professora que saiu de licença-maternidade.

Eu me viro para Rufus.

— Jack disse que vocês têm um jardim enorme — começo.

A conversa gira em torno de jardinagem, não de mim, enquanto sirvo mais porções de bife Wellington, que, junto das verduras, é mantido na temperatura ideal por um aquecedor de pratos. Enquanto todos falam e riem ao mesmo tempo, eu me pego olhando melancolicamente para as outras mulheres e me pergunto como deve ser a vida de Diane, ou de Esther, sem ter alguém como Millie para se preocupar. Imediatamente me sinto culpada, porque eu amo Millie mais que tudo na vida e não a trocaria por nada no mundo. Pensar nela me dá uma nova motivação e levanto, decidida.

— Estão todos prontos para a sobremesa? — pergunto.

Jack e eu tiramos a mesa e ele me segue até a cozinha. Coloco os pratos ordenadamente na pia para serem lavados mais tarde, enquanto ele guarda a faca de cortar carne. A sobremesa que fiz é uma obra-prima: um ninho de suspiro perfeito, sem fissuras, com quase dez centímetros de altura, recheado de nata azeda. Pego as frutas já cortadas e disponho as fatias de manga, abacaxi, mamão e kiwi cuidadosamente sobre a nata, acrescentando em seguida morangos, framboesas e mirtilos.

Ao pegar uma romã, a sensação da fruta na minha mão me leva de volta a outra época, a outro lugar, quando o calor do sol no meu rosto e o ruído de vozes animadas eram banalidades para mim. Fecho os olhos por um instante, me lembrando da minha antiga vida.

Passo a romã para Jack quando o vejo com a mão estendida. Ele a corta ao meio e depois retira as sementes com uma colher, espalhando-as sobre as outras frutas. Quando terminamos a sobremesa, eu a levo para a sala de jantar, e a animação dos convidados diante do prato confirma que Jack estava certo em escolhê-la, em vez do bolo de chocolate com castanhas que eu preferia ter feito.

— Você acredita que Grace nunca fez um curso de gastronomia? — pergunta Diane a Esther, pegando uma colher. — Eu fico espantada com tanta perfeição. Embora eu nunca vá caber no biquíni que comprei — acrescenta, suspirando e acariciando a barriga sob o vestido de linho azul-marinho. — Eu não devia estar comendo isso, já que a gente acabou de planejar uma viagem durante o verão, mas é tão delicioso que não consigo resistir.

— Para onde vocês vão? — pergunta Rufus.

— Tailândia — responde Adam. — A gente tinha pensado no Vietnã, mas, quando vimos as fotos das últimas férias de Jack e Grace na Tailândia, decidimos deixar o Vietnã para o ano que vem. — Ele olha para Diane e sorri. — Depois que Diane viu o hotel onde eles se hospedaram, foi impossível fazê-la mudar de ideia.

— Vocês vão ficar no mesmo hotel?

— Não, todos os quartos já estavam reservados. Infelizmente, a gente não pode se dar ao luxo de viajar fora das férias escolares.

— Aproveitem ao máximo enquanto puderem — diz Esther, virando-se para mim.

— É o que eu pretendo.

— Vocês vão voltar para a Tailândia esse ano? — pergunta Adam.

— Só se a gente conseguir ir antes de junho, o que é pouco provável, já que o julgamento do caso Tomasin está se aproximando — diz Jack. Ele me lança um olhar significativo do outro lado da mesa. — Depois disso, Millie vai estar com a gente.

Prendo a respiração, esperando que ninguém sugira levarmos Millie junto, caso esperássemos um pouco mais.

— Tomasin? — Rufus arqueia as sobrancelhas. — Eu ouvi algo a respeito. A esposa dele é uma das suas clientes?

— É.

— Dena Anderson — devaneia Rufus. — Deve ser um caso interessante.

— E é — concorda Jack. Ele se vira para mim. — Querida, se todos tiverem terminado, por que você não mostra para Esther as fotos das nossas férias na Tailândia?

Fico desanimada.

— Tenho certeza de que ela não quer ver as fotos das nossas férias — digo, mantendo o tom propositalmente suave. Mas só a leve sugestão de desacordo entre mim e Jack é o suficiente para Esther.

— Eu adoraria ver as fotos! — exclama ela.

Jack empurra a cadeira para trás e se levanta. Pega o álbum numa gaveta e o entrega a Esther.

— Grace e eu vamos preparar o café enquanto vocês veem as fotos. Por que não vão para a sala de estar? Vão ficar mais à vontade lá.

Quando voltamos da cozinha com uma bandeja de café, Diane está empolgada com as fotos, mas Esther quase não fala.

Admito que as fotos são fantásticas e estou bem nas em que apareço: com um belo bronzeado, magra como era com os meus 20 anos e usando um dos meus inúmeros biquínis. Na maioria delas, estou de pé em frente a um hotel luxuoso, ou deitada em sua praia particular, ou sentada num bar ou num restaurante com um drinque colorido e um prato de alguma comida exótica na minha frente. Em todas elas eu sorrio para a câmera, a expressão de uma mulher relaxada e mimada, muito apaixonada pelo marido. Jack é bastante perfeccionista na hora de fotografar e tira a mesma foto várias vezes até ficar satisfeito com o resultado, por isso aprendi a fazer as poses certas de primeira. Há também algumas fotos de nós dois, tiradas por estranhos prestativos. É Diane quem observa, em tom de brincadeira, como Jack e eu geralmente estamos nos encarando carinhosamente nas fotos, em vez de olharmos para a câmera.

Jack serve o café.

— Alguém quer um bombom? — ofereço, pegando da forma mais casual possível a caixa que Esther trouxe.

— Acho que já comemos o suficiente — sugere Jack, olhando para todos em busca de confirmação.

— Sem dúvida — concorda Rufus.

— Eu não consigo comer mais nada — lamenta Adam.

— Então vou guardá-los para outro dia. — Jack estende a mão para pegar a caixa e começo a aceitar que nunca vou prová-los, mas Diane vem em meu socorro.

— Não ouse fazer isso. Eu tenho certeza de que consigo comer um bombom ou dois.

— Suponho que seja inútil mencionar o seu biquíni. — Adam suspira, balançando a cabeça e fingindo ficar desesperado com a esposa.

— Completamente inútil — concorda Diane, pegando um bombom da caixa que Jack entregou a ela e passando-a para mim. Pego um, coloco-o na boca e ofereço a caixa a Esther. Quando ela recusa, pego outro antes de devolver a caixa para Diane.

— Como você consegue? — pergunta Diane, olhando para mim, espantada.

— O quê?

— Comer tanto sem engordar.

— Sorte — digo, esticando a mão para pegar outro bombom. — E controle.

Só quando o relógio marca meia-noite e meia é que Esther sugere estar na hora de ir embora. No hall de entrada, Jack distribui os casacos e, enquanto ajuda Diane e Esther a vestirem os seus, concordo em encontrá-las no centro na próxima sexta ao meio-dia e meia para almoçarmos no Chez Louis. Diane me dá um abraço de despedida e, quando troco um aperto de mão com Esther, digo que não vejo a hora de reencontrá-la no almoço. Os homens me dão um beijo de despedida e, ao partirem, todos agradecem pela noite perfeita. Na verdade, há tantos "perfeitos" ecoando pelo hall quando Jack fecha a porta que eu sei que tive sucesso. Mas preciso me certificar de que Jack saiba disso.

— A gente precisa sair às onze amanhã — aviso, virando-me para ele. — Para chegarmos a tempo de levar Millie para almoçar.

Passado

Minha vida ficou perfeita dezoito meses atrás, no dia em que Jack dançou com Millie no parque. Parte do que contei para Esther era verdade — eu vi Jack no parque no domingo anterior, mas não achei que ele se interessaria por alguém como eu. Para começar, ele tinha uma beleza excepcional e naquela época eu não era bonita como sou agora. E também havia Millie.

Às vezes, eu falava dela para os meus namorados logo de cara. Às vezes — quando gostava muito deles —, eu dizia que tinha uma irmã mais nova que estudava num colégio interno, mas só mencionava a síndrome de Down depois das primeiras semanas de relacionamento. Alguns não sabiam o que dizer diante da revelação e não continuavam por perto o suficiente para dizer alguma coisa. Outros demonstravam interesse ou até apoio, mas só até conhecerem Millie e serem incapazes de entender a espontaneidade dela como algo maravilhoso, como Jack fez. Dois dos melhores namorados que eu tive continuaram comigo por muito tempo depois de conhecê-la, mas até eles tiveram dificuldade em aceitar que uma enorme parte da minha vida era dedicada a Millie.

O momento crucial era sempre o mesmo. Eu tinha prometido a Millie desde o começo que, quando chegasse a hora de ela deixar sua escola maravilhosa, porém absurdamente cara, ela viria morar comigo, e eu não tinha a menor intenção de decepcioná-la. Isso significou abrir mão de Alex seis meses antes, o homem com quem imaginei passar o resto da minha vida, com quem vivi alegremente por dois anos. Quando Millie completou 16 anos, sua chegada começou a pesar bastante sobre ele. Por isso, voltei a ficar solteira aos 32 anos, duvidando seriamente de que algum dia encontraria um homem que aceitasse nós duas.

Naquele dia no parque eu não fui a única a notar a presença de Jack, embora deva ter sido a mais discreta. Algumas mulheres, em especial as mais jovens, sorriam abertamente para ele, tentando atrair sua atenção, enquanto as adolescentes abafavam as risadinhas com as mãos e, animadas, sussurravam que devia ser algum astro do cinema. As mulheres mais velhas olhavam para ele com admiração e, com alguma frequência, viravam-se para os homens que caminhavam ao lado delas, como se os achassem inferiores. Até mesmo os homens olhavam para Jack enquanto ele caminhava pelo parque, pois havia nele uma elegância e uma descontração que não podia ser ignorada. Millie era a única indiferente a ele. Envolvida na partida de baralho que a gente jogava, só havia um pensamento na mente dela: vencer.

Naquele fim de agosto, como em muitos outros dias, a gente estava fazendo um piquenique no gramado, não muito longe do tablado. Pelo canto do olho, vi Jack se sentar num banco próximo e, quando tirou um livro do bolso, voltei minha atenção para Millie, determinada a não deixar que ele me flagrasse o encarando. Enquanto Millie separava as cartas para mais uma partida, cheguei à conclusão de que ele provavelmente era estrangeiro, um italiano, talvez, passando o fim de semana em Londres com a mulher e os filhos, que deviam estar visitando algum monumento e o encontrariam mais tarde.

Até onde eu sabia, ele nem sequer olhou na minha direção naquela tarde, aparentemente indiferente aos berros de Millie ao baixar as cartas. Fomos embora logo em seguida, porque eu precisava levá-la de volta à escola até as seis, a tempo para o jantar, servido às sete. Embora não achasse que voltaria a vê-lo, minha mente vagou várias vezes até o homem que eu tinha visto no parque, e me peguei imaginando que ele não era casado, que tinha olhado para mim e se apaixonado. E que agora planejava voltar ao parque no domingo seguinte na esperança de me encontrar outra vez. Eu não fantasiava desse jeito com homens desde a adolescência, o que me fez perceber o meu desespero para casar um dia e construir uma família. Por mais que me dedicasse a Millie, sempre imaginei que eu já teria filhos quando ela viesse morar comigo, e ela se tornaria parte da minha família e não a minha única família. Eu a amava muito, mas a ideia de envelhecermos juntas e sozinhas me apavorava.

Na semana seguinte, no dia em que a banda tocava no parque, eu só vi Jack quando ele se aproximou de Millie, que dançava sozinha em frente ao tablado, os braços em volta de um parceiro imaginário. Em situações como essa, costumava ser difícil lidar com os sentimentos que Millie provocava em mim. Ainda que eu sentisse um imenso orgulho dela por conseguir executar os passos de dança, também me sentia muito protetora, por isso, quando ouvi alguém atrás de mim rindo, tentei dizer a mim mesma que a risada devia ser bondosa e, mesmo que não fosse, não afetaria a diversão de Millie. Eu me odiei por sentir um forte ímpeto de me levantar e trazê-la de volta. Pela primeira vez, eu me flagrei desejando que Millie fosse uma garota comum. Imagens de como as nossas vidas — e a minha vida — poderiam ser passaram pela minha mente. No momento em que piscava para afastar as lágrimas de frustração que se acumulavam, vi Jack caminhar na direção dela.

Não o reconheci e, achando que ele pediria a Millie que se sentasse, fiquei de pé, pronta para intervir. Só quando o vi fazer uma reverência para ela e estender a mão que percebi se tratar do homem com quem passei a semana inteira sonhando. Quando ele trouxe Millie de volta, duas danças depois, eu já estava apaixonada por ele.

— Posso? — perguntou, indicando a cadeira ao meu lado.

— Pode, claro. — Sorri para ele, agradecida. — Obrigada por dançar com Millie. Foi muito generoso da sua parte.

— O prazer foi todo meu — disse ele, solenemente. — Millie é uma ótima dançarina.

— Homem bom! — exclamou Millie, abrindo um sorriso radiante para ele.

— Jack.

— Jack bom.

— Acho que seria melhor eu me apresentar direito. — Ele estendeu a mão. — Jack Angel.

— Grace Harrington — falei, apertando-a. — Millie é minha irmã. Você está aqui de férias?

— Não, eu moro aqui. — Esperei que acrescentasse "com a minha esposa e os meus filhos", mas ele não disse nada. Lancei um olhar furtivo para sua mão esquerda e, ao ver que não usava aliança, senti um alívio enorme, precisando lembrar que isso não queria dizer nada. — E quanto a vocês? Você e Millie estão em Londres de visita?

— Na verdade, não. Eu moro em Wimbledon, mas trago Millie aqui nos fins de semana com frequência.

— Ela mora com você?

— Não, ela passa a semana no colégio. Eu tento vê-la na maioria dos fins de semana, mas, como viajo bastante a trabalho, nem sempre é possível. Felizmente, ela tem uma cuidadora formidável que ocupa o meu lugar quando não posso ficar com ela. E tem os nossos pais também, é claro.

— Seu trabalho parece empolgante. Posso perguntar o que você faz?

— Eu compro frutas. — Ele olhou para mim, intrigado. — Para a Harrods.

— E as viagens?

— Eu procuro frutas na Argentina e no Chile.

— Deve ser interessante.

— É, sim. E você, o que faz?

— Eu sou advogado.

Millie, entediada com a nossa conversa, puxou o meu braço.

— Bebida, Grace. E sorvete. Estou calor.

Dei um sorriso como um pedido de desculpas para Jack.

— Infelizmente, acho que preciso ir. Obrigada por dançar com Millie.

— Eu poderia levar vocês para tomar um chá. — Ele se inclinou para a frente, para encarar Millie sentada ao meu lado. — O que você acha, Millie? Quer tomar um chá?

— Suco — disse Millie, sorrindo para ele. — Suco, chá não. Não gosto chá.

— Suco, então — disse ele, levantando-se. — Vamos?

— Não, de verdade — protestei. — Você já foi gentil demais.

— Por favor. Seria um prazer — disse ele, virando-se para Millie. — Você gosta de bolo, Millie?

Millie assentiu com a cabeça, animada.

— Sim, amo bolo.

— Está decidido.

Atravessamos o parque até o restaurante, Millie e eu de braços dados e Jack caminhando ao nosso lado. Quando nos despedimos, uma hora depois, concordei em encontrá-lo na quinta seguinte para jantar e ele não saiu mais da minha vida. Não foi difícil me apaixonar. Havia algo de conservador no jeito de Jack que eu achava revigorante: ele abria as portas para mim, me ajudava a vestir o casaco e mandava flores. Ele fazia com que eu me sentisse especial, amada, e, o melhor de tudo, adorava Millie.

Quando estávamos juntos havia três meses, Jack quis saber se eu o apresentaria aos meus pais. Fiquei um pouco surpresa, porque já havia lhe contado que não era muito próxima deles. Eu menti para Esther. Meus pais não queriam outro filho e, quando Millie nasceu, eles de fato não a quiseram. Quando criança, eu os perturbei tanto para ter um irmão ou uma irmã que, certo dia, eles me fizeram sentar e disseram, num tom ríspido, que nunca quiseram ter filhos. Cerca de dez anos depois, minha mãe ficou horrorizada quando descobriu a gravidez. Só quando a ouvi conversar com o meu pai sobre os riscos de um aborto tardio que eu soube do bebê. Fiquei indignada por eles pensarem em se livrar do irmãozinho ou da irmãzinha que eu sempre quis.

Discutimos sem parar. Eles alegavam que, como a minha mãe tinha 46 anos, seria uma gravidez de risco; eu argumentei que, por ela já estar no quinto mês de gestação, um aborto naquele momento seria ilegal — e um pecado capital, porque os dois eram católicos. Pela culpa e com Deus ao meu lado, venci e, relutante, minha mãe seguiu em frente com a gravidez.

Quando Millie nasceu e descobrimos que ela tinha síndrome de Down, além de outras dificuldades, não consegui entender por que meus pais a rejeitaram. Eu me apaixonei na mesma hora em que a vi e não enxergava diferença alguma entre ela e os outros bebês. Assim, quando a minha mãe entrou em depressão profunda, assumi os cuidados básicos de Millie, alimentando-a e trocando sua fralda antes de eu ir para a escola, voltando na hora do almoço para repetir todo o processo. Quando ela estava com três meses, meus pais disseram que a entregariam para adoção e se mudariam para a Nova Zelândia, onde os meus avós maternos moravam. Eles sempre quiseram ir para lá. Gritei dentro de casa, dizendo que eles não podiam entregá-la para adoção, afirmando que eu ficaria em casa e cuidaria dela em vez de ir para a universidade, mas eles se recusaram a ouvir. O processo de adoção começou a avançar e eu tomei uma overdose de drogas. Foi uma estupidez, uma tentativa infantil de fazê-los entender que eu estava falando sério, mas, por algum motivo, funcionou. Eu já tinha 18 anos, e, com a ajuda de vários assistentes sociais, ficou decidido que eu seria a principal responsável por Millie e sua criação, enquanto meus pais dariam apoio financeiro.

Dei um passo de cada vez. Quando encontraram uma vaga para Millie numa creche local, comecei um trabalho de meio período. Meu primeiro emprego foi numa rede de supermercados, no departamento de compra de frutas. Já com 11 anos, Millie recebeu a oferta de estudar numa escola que, na minha opinião, não era muito melhor que um asilo. Chocada, falei aos meus pais que encontraria um lugar mais apropriado. Eu passava horas e horas com Millie para lhe ensinar a ter um grau de independência que não sei se ela teria obtido de outra forma. Eu sentia que era uma deficiência na capacidade linguística, mais que de inteligência, que dificultava sua integração na sociedade.

Foi uma batalha longa e árdua para encontrar uma escola disposta a aceitar Millie. Eu só consegui porque a diretora de um dos colégios era uma mulher de cabeça aberta e ideias progressistas que, por acaso, tinha um irmão com síndrome de Down. O colégio interno feminino particular que ela administrava era perfeito para Millie, porém caro e, como meus pais não tinham condições de pagá-lo, eu disse a eles que pagaria. Enviei meu currículo para várias empresas, com uma carta explicando exatamente por que eu precisava de um bom emprego, com um salário alto, e fui contratada pela Harrods.

Quando as viagens se tornaram parte do meu trabalho — uma chance que agarrei com unhas e dentes por trazer muita liberdade —, meus pais não se viram capazes de receber Millie em casa nos fins de semana sem que eu estivesse por perto. Eles ainda a visitavam na escola, e Janice, a cuidadora de Millie, ficava com ela no restante do tempo. Quando o problema seguinte começou a se desenhar — para onde Millie iria depois que deixasse o colégio —, prometi aos meus pais que a levaria para a minha casa e eles poderiam finalmente se mudar para a Nova Zelândia. Eles passaram a contar os dias. Eu não os culpava. Do jeito deles, gostavam das filhas, e nós gostávamos deles. Mas eram pessoas que não nasceram para ter filhos.

Como Jack estava decidido a conhecê-los, liguei para a minha mãe e perguntei se poderíamos visitá-los no domingo seguinte.

Novembro estava quase no fim, e levamos Millie conosco. Apesar de não nos receberem com tanta exultação, percebi que minha mãe ficou impressionada com a educação primorosa de Jack e que meu pai ficou satisfeito por ele ter demonstrado interesse pela sua coleção de primeiras edições de livros. Fomos embora depois do almoço e já era fim de tarde quando deixamos Millie na escola. Eu pretendia ir para casa pois teria alguns dias agitados antes da viagem para a Argentina naquela semana, mas concordei de imediato quando Jack sugeriu um passeio pelo Regent's Park, apesar de já ser noite. Eu não estava muito animada para viajar. Desde que Jack havia entrado na minha vida, comecei a não gostar da quantidade de viagens que o trabalho exigia de mim. A impressão era de que mal conseguíamos passar algum tempo juntos. E, quando passávamos, costumava ser com um grupo de amigos ou com Millie por perto.

— O que você achou dos meus pais? — perguntei, depois de um tempo caminhando.

— Eles foram perfeitos. — Jack sorriu.

Franzi a testa diante das palavras que ele escolheu.

— O que você quer dizer com isso?

— Apenas que eles são tudo o que eu esperava.

Olhei para ele de relance, perguntando-me se estava sendo irônico, já que meus pais não se esforçaram nem um pouco para serem agradáveis. Lembrei-me de quando Jack contou que seus pais, falecidos anos antes, eram pessoas extremamente distantes. Conclui que esse era o motivo de ele ter gostado tanto da recepção morna dos meus pais.

Caminhamos mais um pouco e, quando chegamos perto do tablado onde ele havia dançado com Millie, Jack me fez parar.

— Grace, você me concederia a honra de se casar comigo? — perguntou ele.

A proposta foi tão inesperada que minha primeira reação foi achar que se tratava de uma brincadeira. Por mais que eu secretamente nutrisse a esperança de que um dia nos casássemos, eu imaginava que isso aconteceria depois de um ano ou dois. Jack me puxou para os seus braços, talvez por ter sentido a minha hesitação.

— No minuto em que vi você sentada na grama com Millie, soube que você era a mulher por quem havia esperado a vida toda. Não quero esperar mais para que você seja minha esposa. Eu queria conhecer a sua família para pedir a bênção ao seu pai. Fico feliz em dizer que ele ficou bastante animado em concedê-la.

Achei engraçado meu pai concordar tão depressa com que eu me casasse com alguém que ele havia acabado de conhecer e de quem nunca tinha ouvido falar. Mas ali, nos braços de Jack, fiquei desanimada ao perceber que a alegria diante da proposta estava misturada a uma ansiedade irritante. Concluí que Millie era o motivo no instante em que Jack voltou a falar.

— Antes de responder, Grace, preciso dizer uma coisa.

Ele parecia tão sério que esperei uma confissão sobre alguma ex-mulher, ou um filho, ou alguma doença terrível.

— Só quero que saiba que, não importa onde a gente more, sempre vai ter um lugar para Millie.

— Você não sabe o quanto isso significa para mim — falei, com lágrimas nos olhos. — Obrigada.

— Você aceita se casar comigo? — perguntou ele.

— Sim, é claro que eu aceito.

Jack tirou uma aliança do bolso e, segurando minha mão, colocou o anel no meu dedo.

— Quando? — murmurou ele.

— Quando você quiser. — Olhei para o diamante solitário. — Jack, é lindo.

— Fico feliz que tenha gostado. O que me diz de algum dia de março?

Eu comecei a rir.

— Março! Como a gente vai organizar um casamento em tão pouco tempo?

— Não vai ser tão difícil. Eu já tenho um lugar para a recepção em mente: Cranleigh Park, em Hecclescombe. Na casa de campo de um amigo. Ele costuma realizar festas de casamentos apenas de familiares, mas sei que isso não vai ser um problema.

— Parece maravilhoso — falei, animada.

— A não ser que você queira convidar muitas pessoas.

— Não, só os meus pais e alguns amigos próximos.

— Está decidido.

Depois, enquanto me levava para casa de carro, ele me convidou para tomar um drinque na noite seguinte para que pudéssemos conversar antes da minha viagem para a Argentina na quarta.

— Você pode entrar agora, se quiser — ofereci.

— Infelizmente preciso mesmo ir embora. Começo a trabalhar cedo amanhã. — Fiquei decepcionada. — Nada me deixaria mais feliz do que passar a noite com você na sua casa — continuou, percebendo a minha reação —, mas preciso analisar alguns documentos ainda hoje.

— Não acredito que eu aceitei me casar com um homem com quem ainda nem fui para a cama — resmunguei.

— Que tal a gente viajar por dois dias, no fim de semana, assim que você voltar da Argentina? A gente pode levar a Millie para almoçar e, depois que ela ficar na escola, visitamos Cranleigh Park e encontramos um hotel nas redondezas para passar a noite. O que acha?

— Eu acho uma ótima ideia. — Assenti com a cabeça, agradecida.

— Onde a gente pode se encontrar amanhã?

— Que tal o bar em Connaught?

— Se eu for direto do trabalho, consigo chegar lá por volta das sete.

— Perfeito.

Passei a maior parte da segunda imaginando o que Jack queria conversar comigo antes da minha viagem. Nunca passou pela minha cabeça que ele me pediria para largar o emprego ou que quisesse se mudar de Londres. Eu supus que, enquanto marido e mulher, nossas vidas continuariam as mesmas, apenas morando no apartamento dele, pela localização mais central. Suas propostas me desorientaram. Diante do meu choque, ele tentou se explicar, voltando ao meu pensamento do dia anterior: nos três meses desde que nos conhecemos, mal conseguimos passar algum tempo juntos.

— Qual é o sentido de nos casarmos se a gente nunca se vê direito? — perguntou ele. — A gente não pode continuar assim e, sendo bem sincero, eu não quero que seja assim. Alguma coisa tem que mudar e, como eu espero que a gente tenha filhos logo... — Jack fez uma pausa. — Você quer ter filhos, não quer?

— Sim, Jack, é claro que eu quero.

— Isso é um alívio. — Jack pegou a minha mão. — Desde que vi você com Millie eu soube que seria uma ótima mãe. Espero que não demore muito até você me transformar num pai. — Tomada por um súbito desejo de gerar um filho dele, fiquei sem palavras. — Mas talvez você prefira esperar alguns anos — continuou, hesitante.

— Não é isso — falei. — Só não sei como poderia largar o emprego enquanto Millie ainda estiver na escola. Eu pago as mensalidades dela, então não posso abrir mão do trabalho por um ano e meio.

— Não existe a menor possibilidade de você continuar trabalhando por mais dezoito meses — disse ele com firmeza. — Millie pode morar com a gente assim que voltarmos da lua de mel.

Olhei para Jack, sentindo-me culpada.

— Apesar do amor que sinto por Millie, eu realmente gostaria que a gente tivesse algum tempo só nosso. E ela está tão feliz no colégio que seria terrível tirá-la de lá com um ano de antecedência — falei, enquanto pensava por um momento. — A gente pode conversar com a escola e perguntar a opinião do pessoal de lá.

— Claro. E talvez a gente devesse perguntar para Millie o que ela acha. Eu ficaria muito feliz se ela decidisse morar com a gente logo. Mas, se todo mundo concordar que ela deve continuar no colégio por enquanto, eu insisto em pagar as mensalidades. Afinal, ela vai ser minha irmã em breve. — Jack apertou minha mão. — Promete que vai me deixar ajudar.

Eu o encarei, perdida.

— Eu não sei o que dizer.

— Você não precisa dizer nada. Só precisa prometer que vai pensar em dar o aviso prévio. Quero poder ver você depois do casamento. Preciso que me diga em que tipo de casa gostaria de morar. Se me permitir, eu gostaria de comprar a casa dos seus sonhos como presente de casamento.

— Na verdade, eu nunca pensei nisso — admiti.

— Então pense agora, porque é importante. Você gostaria de ter um jardim grande, uma piscina, vários quartos?

— Um jardim grande, com certeza. Eu não ligo para piscina, e o número de quartos depende de quantos filhos a gente vai ter.

— Muitos. — Ele sorriu. — Eu gostaria de morar em Surrey, perto o bastante de Londres para que o trajeto diário até o trabalho seja tolerável. Que tal?

— Qualquer lugar está bom, se você estiver feliz. E você? Em que tipo de casa gostaria de morar?

— Eu gostaria que fosse perto de alguma cidade bonita, mas longe o suficiente para que o barulho não perturbasse a gente. Como você, eu gostaria de um jardim grande, de preferência com muros altos para que ninguém veja o lado de dentro. E gostaria de ter um escritório, além de um porão para guardar coisas. Acho que isso é tudo.

— Uma bela cozinha — acrescentei. — Eu gostaria de ter uma boa cozinha integrada a uma varanda, onde a gente poderia tomar café da manhã todo dia, e uma lareira enorme na sala de estar para poder acender o fogo com lenha de verdade. E um quarto pintado de amarelo para Millie.

— Por que a gente não desenha a planta da casa dos nossos sonhos? — sugeriu ele, pegando uma folha de papel da maleta. — Assim eu posso trabalhar com base nesse projeto.

Quando Jack me colocou dentro de um táxi duas horas depois, ele já havia desenhado uma linda casa, com jardins, varanda, três salas para recepção, lareira, cozinha, escritório, cinco quartos — incluindo um amarelo, para Millie —, três banheiros e uma janelinha redonda no telhado.

— Eu desafio você a encontrar uma casa assim antes de eu voltar da Argentina — falei, sorrindo.

— Vou fazer o meu melhor — prometeu ele, antes de me beijar.

As semanas seguintes passaram muito rápido. Quando voltei da Argentina, entreguei o pedido de demissão e coloquei minha casa à venda. Usei o tempo fora para pensar em tudo com cuidado e nunca duvidei de que estava tomando as melhores decisões. Eu queria me casar com ele e me empolguei com a ideia de morar numa bela casa no campo, talvez esperando o nosso primeiro filho, na primavera seguinte. Eu trabalhava sem parar havia treze anos e, às vezes, me perguntava se algum dia conseguiria sair daquela loucura. Eu sabia que não teria mais oportunidades de viajar como antes quando Millie viesse morar comigo, nem de cumprir longos expedientes como acontecia ocasionalmente. Eu ficava aflita pensando no tipo de trabalho que acabaria aceitando. De repente, minhas preocupações desapareceram e, enquanto escolhia os convites de casamento para enviar aos amigos e familiares, eu me sentia a pessoa mais sortuda do mundo.

PRESENTE

Sempre meticuloso, Jack vem para o quarto às dez e meia e diz que vamos sair precisamente às onze. Não preciso me preocupar com atrasos. Já tomei banho, e trinta minutos são suficientes para trocar de roupa e me maquiar. O banho me acalmou um pouco. Acordada desde às oito, eu estava eufórica, quase sem acreditar que vou ver Millie em pouco tempo. Sempre cautelosa, lembro-me de que tudo pode acontecer. A expressão no meu rosto não demonstra para Jack minha agitação interna. Pareço calma e serena e, quando ele dá um passo atrás para que eu passe, sou apenas uma jovem mulher prestes a sair para um passeio.

Jack me segue até o quarto ao lado, onde estão minhas roupas. Vou até o armário imenso que ocupa a parede inteira, deslizo a porta espelhada, abro uma das gavetas e escolho o conjunto de lingerie em tons de bege que ele me deu de presente na semana anterior. Em outra gaveta pego meias sete oitavos da cor da minha pele, que prefiro usar em vez de meias-calças. Jack se senta numa cadeira e observa enquanto tiro o pijama e coloco o conjunto de lingerie e as meias. Deslizo a outra porta do armário e paro por um momento, olhando todas as roupas penduradas, organizadas por cor. Faz um bom tempo que não uso meu vestido azul, e Millie o adora, porque é da cor dos meus olhos. Eu o tiro do armário.

— Coloca o vestido bege — diz Jack. Ele prefere que eu use cores neutras, então devolvo o vestido azul ao armário e visto o bege.

Meus sapatos estão guardados em caixas transparentes, em prateleiras numa outra parte do armário. Escolho um par de sapatos bege de salto alto. Como passeamos a pé depois do almoço, sapatos baixos seriam mais práticos, mas Jack gosta de que eu esteja sempre elegante, seja para caminhar perto de um lago, seja para jantar com amigos. Eu os calço e pego na prateleira uma bolsa que combine. Eu a entrego a Jack. Vou até a penteadeira e me sento. Não demoro muito para passar maquiagem; um pouco de lápis de olho, blush e uma camada fina de batom. Ainda tenho quinze minutos e, para ocupar o tempo, decido passar esmalte nas unhas. Escolho um belo rosa entre os vários frascos na penteadeira, sentindo vontade de levá-los comigo para pintar as unhas de Millie, algo que ela adoraria. Quando as unhas estão secas, eu me levanto, pego minha bolsa com Jack e desço.

— Que casaco você gostaria de usar? — pergunta Jack quando chegamos ao hall de entrada.

— O bege de lã, eu acho.

Ele pega o casaco no closet e me ajuda a colocá-lo. Eu o abotoo e viro os bolsos do avesso enquanto Jack observa. Ele abre a porta e, depois que a tranca às nossas costas, eu o sigo até o carro.

Embora seja quase fim de março, o ar está frio. Meu instinto é inspirá-lo profundamente pelo nariz e engoli-lo. Em vez disso, lembro-me de que tenho o dia inteiro pela frente e me alegro com a ideia. Não foi fácil conquistar esse passeio e pretendo aproveitá-lo ao máximo. Quando chegamos ao carro, Jack aperta o botão do controle remoto e os enormes portões da entrada começam a se abrir. Ele caminha até o lado do carona e abre a porta para mim. Eu entro e um homem se exercitando passa correndo em frente à nossa casa, olhando pelos portões em nossa direção. Não o conheço, mas Jack lhe deseja um bom dia e — seja porque não tem fôlego para falar, seja por estar guardando energia para o resto da corrida — o homem responde ao cumprimento com um aceno de mão. Jack fecha a porta e, menos de um minuto depois, atravessamos os portões. Enquanto se fecham atrás de nós, viro a cabeça e olho rapidamente para a bela casa que Jack comprou para mim, porque gosto de vê-la como os outros a veem.

Começamos a viagem rumo a Londres. No caminho, minha mente volta ao jantar que oferecemos na noite anterior. Como consegui preparar tudo ainda é um mistério, quando tanta coisa podia ter dado errado.

— Seus suflês estavam perfeitos — comenta Jack, me fazendo perceber que não sou só eu quem está pensando na noite passada. — Foi inteligente da sua parte prever um atraso até todos se acomodarem à mesa e incluí-lo nos cálculos. Realmente inteligente. Mas Esther parece não gostar muito de você. Eu me pergunto o motivo.

Sei que preciso escolher minhas palavras com cuidado.

— Ela não aprecia a perfeição — sugiro.

É uma resposta que o agrada. Ele começa a cantarolar uma canção e, enquanto observo a paisagem, penso em Esther. Sob outras circunstâncias, eu provavelmente gostaria dela. Mas sua incontestável inteligência a torna perigosa para alguém como eu. Não que Esther desgoste da perfeição, como achei no início; é mais como se ela desconfiasse disso.

Levamos quase uma hora para chegar ao colégio de Millie. Ocupo o tempo pensando em Dena Anderson, a cliente de Jack. Não sei muito sobre ela, apenas que se casou recentemente com um filantropo rico, respeitado por seu trabalho dedicado a várias instituições de caridade e, por isso mesmo, um candidato improvável a marido violento. Sei muito bem o quanto as aparências enganam, e, se Jack a aceitou como cliente, é porque deve ter provas contundentes. Perder não faz parte do seu vocabulário, como ele mesmo me lembra sempre.

Não vemos Millie há um mês. Ansiosa para me ver, ela espera no banco na entrada do colégio com um gorro e um cachecol amarelos

— amarelo é sua cor preferida —, ao lado de Janice, sua cuidadora. Quando saio do carro, ela corre na minha direção com os olhos brilhando, de lágrimas e alívio, e, enquanto lhe dou um abraço apertado, sei que Jack nos observa. Janice se aproxima, e ouço Jack explicar que não ousaríamos visitar Millie até eu estar completamente recuperada de uma forte gripe, mesmo sabendo que ela ficaria decepcionada. Janice o tranquiliza, dizendo que tomamos a melhor decisão e que já havia explicado a Millie por que não pudemos vir antes.

— Mas foi bem difícil para ela — admite Janice. — Millie adora vocês dois.

— E a gente a adora — diz Jack, sorrindo carinhosamente para Millie.

— Diga oi para Jack, Millie. — Eu a lembro em voz baixa. Soltando-se do abraço, ela se vira para Jack.

— Oi, Jack — saúda ela, abrindo um enorme sorriso para ele. — Eu feliz em ver você.

— E eu também estou muito feliz em ver você — diz ele, beijando a bochecha dela. — Você entende por que não pudemos vir antes, não é mesmo?

Millie assente com a cabeça.

— Sim, coitadinha da Grace doente. Mas melhor agora.

— Muito melhor — concorda Jack. — Millie, tenho uma coisa para você por ter sido tão paciente. — Ele coloca a mão no bolso do casaco. — Você consegue adivinhar o que é?

— Agatha Christie? — Seus olhos castanhos brilham de alegria. Não há nada que ela goste mais do que ouvir romances policiais.

— Garota esperta. — Ele tira o CD de um audiolivro do bolso. — Acho que você não tem *E não sobrou nenhum*, tem?

Ela balança a cabeça, negando.

— É um dos meus preferidos — comenta Janice, sorrindo. — Vamos começar hoje à noite, Millie?

— Sim. — Millie assente com a cabeça. — Obrigada, Jack.

— O prazer é todo meu — diz ele. — E agora vou levar as minhas duas mulheres preferidas para almoçar. Aonde vocês gostariam de ir?

— Hotel — diz Millie, de imediato. Eu sei por que ela escolheu o hotel, assim como sei por que Jack vai recusar.

— Por que a gente não vai ao restaurante perto do lago? — pergunta ele, como se ela não tivesse falado nada. — Ou naquele que tem aquelas panquecas deliciosas de sobremesa?

Millie pareceu decepcionada.

— Qual vocês preferem?

— O lago — balbucia ela, os cabelos escuros fustigando o rosto.

Millie não fala muito durante o trajeto. Ela queria minha companhia ao seu lado no banco de trás, mas Jack lhe disse que se sentiria como um taxista.

Quando chegamos ao restaurante, Jack encontra uma vaga e, ao subirmos pelo caminho, ele segura nossas mãos, ficando entre nós duas. Os garçons nos recebem como velhos amigos, porque a gente leva Millie ali com frequência. Eles nos acompanham à mesa de que Jack gosta, uma redonda no canto, ao lado da janela. Nos sentamos na mesma disposição de sempre: Jack de frente para a janela, com Millie de um lado e eu do outro. Enquanto analisamos o menu, estico a perna sob a mesa para roçar na perna de Millie, nosso sinal secreto.

Jack conversa com Millie durante a refeição, encorajando-a a falar, perguntando o que ela fez nos fins de semana em que não fomos visitá-la. Ela conta que Janice a levou à sua casa para almoçar uma vez; em outra ocasião, as duas saíram à tarde para tomar chá, além de serem convidadas para ir à casa da sua amiga Paige. Mais uma vez, agradeço a Deus por Millie ter alguém como Janice para cuidar dela quando eu não posso.

— Grace vem andar? — pergunta Millie no fim do almoço. — Volta lago.

— Sim, claro. — Dobro meu guardanapo e o coloco na mesa, com movimentos propositalmente lentos. — Você quer ir agora?

Jack afasta sua cadeira da mesa.

— Eu vou junto.

Embora eu esperasse exatamente isso dele, sinto uma decepção profunda.

— Vamos dar volta completa — avisa Millie.

— Não a volta completa — protesta Jack. — Está frio demais para ficar lá fora por tanto tempo.

— Então Jack fica aqui — diz Millie. — Eu vou com Grace.

— Não — responde Jack. — Vamos todos.

Millie encara Jack com seriedade do outro lado da mesa.

— Gosto de você, Jack — diz ela. — Mas não gosto do Jorj Kuni.

— Eu sei. — Jack faz que sim com a cabeça. — Eu também não gosto dele.

— Ele feio — diz Millie.

— Sim, ele é muito feio — concorda Jack.

E Millie explode em gargalhadas.

Caminhamos um pouco ao redor do lago, com Jack entre mim e Millie. Jack diz à minha irmã que anda bastante ocupado com a preparação do quarto dela, para quando for se mudar para a nossa casa. Quando ela pergunta se vai ser amarelo, ele responde que sim, é claro que sim.

Ele estava certo. Está frio demais para ficar do lado de fora por muito tempo e voltamos para o carro depois de vinte minutos. Millie fica ainda mais quieta no trajeto de volta para o colégio e sei que ela está tão frustrada quanto eu. Quando nos despedimos, ela pergunta se vamos visitá-la no fim de semana seguinte e, quando Jack responde que com certeza sim, fico feliz por Janice estar perto para ouvir.

PASSADO

Quando Jack e eu contamos a Millie que iríamos nos casar, ela imediatamente perguntou se poderia ser a nossa dama de honra.

— Claro que pode! — respondi, abraçando-a. — Não tem problema nenhum, não é, Jack? — acrescentei, surpresa ao ver a expressão fechada no rosto dele.

— Eu pensei que seria um casamento simples — retrucou ele, enfático.

— Sim, vai ser. Ainda assim, preciso de uma dama de honra.

— Precisa mesmo?

— Sim, preciso — insisti, confusa. — É uma tradição. Você não se incomoda, não é?

— Você não acha que vai ser um pouco demais para Millie? — perguntou ele, baixando a voz. — Se você precisa mesmo de uma dama de honra, por que não convida a Kate ou a Emily?

— Porque eu quero que seja a Millie — persisti, sabendo que ela nos observava, ansiosa.

Por um momento, o silêncio foi constrangedor.

— Então Millie vai ser a nossa dama de honra — disse ele, sorrindo e estendendo o braço para ela. — Vem, vamos contar a novidade para a diretora.

A Sra. Goodrich e Janice ficaram animadas ao saber que iríamos nos casar. Depois de pedir a Millie que lavasse as mãos para o jantar, a Sra. Goodrich concordou que seria melhor Millie continuar na escola por mais quinze meses, até completar 18 anos, como já planejado. Jack deixou claro que ficaria muito feliz se Millie pudesse ir logo morar com a gente. Fiquei satisfeita quando a Sra. Goodrich sugeriu que seria bom ficarmos algum tempo só nós dois e me perguntei se ela não teria imaginado que queríamos ter filhos logo.

Pouco depois, fomos para Hecclescombe, e Cranleigh Park era tão lindo quanto Jack tinha dito. Era o cenário perfeito para um casamento, e agradeci a Giles e Moira, amigos de Jack, por terem permitido que fizéssemos a festa em sua bela casa. Achamos que nenhum convidado se importaria com o trajeto de quarenta minutos de Londres até ali para que pudesse passar a tarde e a noite num lugar tão encantador. Giles e Moira foram generosos e ofereceram acomodação para quem não pudesse voltar para Londres depois do jantar. Foram quase duas horas escolhendo o cardápio para cinquenta pessoas, que seria preparado e servido por um bufê de Londres. Em seguida, fomos para o hotel que Jack tinha reservado enquanto eu estava na Argentina.

Eu estava ansiosa para Jack enfim me levar para a cama, mas precisávamos jantar antes, porque chegamos em cima da hora reservada. A comida era deliciosa, mas eu estava impaciente para voltar ao quarto.

Fui para o banho e, ao sair do banheiro, louca para fazer amor, fiquei surpresa ao ver Jack dormindo profundamente na cama. Não tive coragem de acordá-lo, pois sabia que ele estava exausto — Jack confessou no jantar que quase havia cancelado a viagem por causa dos muitos compromissos profissionais, mas não quis me decepcionar. Quando acordou, algumas horas mais tarde, estava constrangido por ter dormido. Ele me pegou nos braços e fez amor comigo.

Na manhã seguinte, passamos a maior parte do tempo na cama e, depois de um almoço preguiçoso, voltamos para Londres. Eu sabia que não o veria durante a semana, mas estava feliz por termos feito um intervalo na loucura dos preparativos do casamento que se aproximava. Ficar sem ver Jack me deu a chance de terminar o quadro que eu tinha começado a pintar para ele dois meses antes. Como era raro que eu conseguisse tempo para trabalhar na tela, aceitei o fato de que seria um presente de casamento, não de Natal, como havia planejado. Como Jack andava passando as noites ocupado e as malas com as minhas coisas já estavam guardadas no fundo do armário, consegui completá-la a tempo para o Natal. Se ele gostasse, eu queria que o quadro enfeitasse alguma parede da nova casa. Eu conseguia facilmente imaginá-lo pendurado acima da nossa lareira.

Era um quadro grande e, à primeira vista, parecia um desenho abstrato em vários tons de vermelho, com minúsculos pontos prateados espalhados pela tela. Só uma observação mais atenta permitiria perceber que a massa vermelha era formada por centenas de vaga-lumes pequeninos. Apenas Jack e eu saberíamos que o vermelho da tela tinha sido feito com batom em vez de tinta. Selei o desenho com verniz transparente antes de completar a pintura.

Eu não tinha contado a Jack que gostava de pintar. Mesmo quando ele havia demonstrado admiração por uma das telas penduradas na minha cozinha, não mencionei que era a autora. No Natal, depois de me certificar de que ele havia gostado do presente, contei que não só tinha pintado o *Vaga-lumes* como também o havia criado beijando a tela centenas de vezes, usando diferentes tons de batom vermelho. Jack me elogiou tanto, que fiquei feliz por tê-lo surpreendido. Ele ficou encantado com minha habilidade e disse que, depois que nos mudássemos, gostaria que eu cobrisse as paredes da nossa casa com minhas obras.

Minha casa foi vendida rapidamente. Eu queria que Jack usasse o dinheiro da venda para ajudar na compra da casa que ele havia encontrado em Spring Eaton, mas ele o recusou, lembrando que se tratava do meu presente de casamento. Jack descobriu o tranquilo vilarejo de Spring Eaton quando voltava da casa de Adam e Diane num domingo, e a localização, cerca de trinta quilômetros ao sul de Londres, parecia ideal. A casa precisava de pequenas reformas antes da mudança e ele não quis que eu a visse até voltarmos da lua de mel. Quando insisti para que ele me falasse dela, Jack apenas sorriu e disse que era perfeita. Perguntei se era igual ao projeto que desenhamos juntos, e, com seriedade, ele confirmou. Falei que queria usar o dinheiro da venda da minha casa para mobiliar o nosso novo lar, como presente de casamento para ele. Depois de muita insistência, ele concordou. Era estranho comprar móveis para uma casa que eu nem sequer tinha visto, mas Jack sabia exatamente o que queria e era possível perceber que tinha bom gosto.

Deixei o trabalho um mês antes do casamento. Uma semana depois, quando reclamei brincando que a novidade de passar os dias à toa estava sendo cansativa, ele apareceu na minha porta com uma caixa enfeitada com um laço vermelho. Eu a abri e dentro dela havia uma filhotinha de labrador de três meses me olhando.

— Jack, ela é adorável! — gritei, levantando o animalzinho. — Onde você a encontrou? É sua?

— Não, ela é sua — respondeu ele. — Para deixar você ocupada.

— Com certeza ela vai me deixar ocupada. — Sorri. Eu a coloquei no chão e a filhotinha correu pelo hall de entrada, explorando o ambiente. — Mas como vai ser quando a gente estiver em lua de mel na Tailândia? Talvez a gente possa pedir aos meus pais para ficar com ela, mas não sei se eles aceitariam.

— Não precisa se preocupar, já resolvi tudo. Eu arrumei uma governanta para cuidar da casa enquanto a gente estiver fora. Não quero que ela fique vazia. Além disso, ainda vamos receber alguns móveis. A governanta vai ficar até a gente voltar e vai cuidar da Molly.

— Molly? — Olhei para a cadelinha. — Sim, combina muito com ela. Millie vai ficar tão feliz. Ela sempre quis um cachorro. Millie e Molly... Soa perfeito!

— Foi exatamente o que eu pensei. — Jack assentiu com a cabeça.

— Millie vai amá-la.

— E você? Também vai amá-la?

— Claro que sim! — Peguei Molly nos braços. — Eu já a amo. — Dei uma risada quando ela começou a lamber o meu rosto. — Acho que vou detestar ter que deixá-la quando a gente for para a Tailândia.

— Pense no quanto você vai ficar feliz em revê-la quando a gente voltar. Já até imagino como vai ser o reencontro. — Ele sorriu.

— Não vejo a hora de mostrá-la para Millie! Você é tão incrível, Jack. — Eu me inclinei e o beijei carinhosamente — Molly é exatamente o que eu preciso para me fazer companhia enquanto você trabalha o dia inteiro. Espero que tenha lugares bonitos para passear em Spring Eaton.

— Tem muitos, especialmente perto do rio.

— Mal posso esperar — falei, alegre. — Não vejo a hora de conhecer a casa e não vejo a hora de me casar com você!

— Nem eu — disse ele, enquanto me beijava. — Nem eu.

Com Molly para me ocupar, as semanas seguintes voaram. Na véspera do casamento, busquei Millie na escola e deixamos Molly com Jack, que a levaria para ficar com a governanta na nossa casa naquela noite. Eu odiava pensar em ficar longe dela, mas Jack me assegurou de que a Sra. Johns, a governanta, era uma pessoa muito boa e ficaria feliz em cuidar de Molly até voltarmos da Tailândia. Eu me hospedei num hotel próximo dias antes do casamento, depois de ver meus últimos pertences serem levados para Spring Eaton num caminhão de mudança. Millie e eu fomos para o hotel nos preparar para o dia seguinte. Durante a noite toda, experimentamos os vestidos para conferir se o caimento estava perfeito e testamos a maquiagem que comprei especialmente para o casamento. Eu não queria usar um vestido tradicional, por isso comprei um bege de seda, que chegava quase ao tornozelo e se ajustava à minha silhueta nos lugares certos. Millie também havia escolhido um vestido bege, com uma faixa rosa no tom do meu buquê.

Quando coloquei o vestido na manhã seguinte, eu me senti mais linda que nunca. Os buquês chegaram ao hotel mais cedo — rosas cor-de-rosa para Millie e um buquê-cascata de rosas vinho para mim. Jack havia reservado um carro para nos levar ao cartório. Quando bateram à porta, pedi a Millie que atendesse.

— Avise que vou ficar pronta num minuto — falei, indo até o banheiro para me olhar no espelho uma última vez. Satisfeita, voltei ao quarto e peguei o buquê.

— Você está deslumbrante.

Assustada, ergui o olhar e vi Jack parado no vão da porta. Senti um frio na barriga ao vê-lo tão lindo com seu paletó escuro e o colete vinho.

— Quase tão linda quanto Millie, para falar a verdade. — Ao lado dele, Millie batia palmas, feliz.

— O que você está fazendo aqui? — gritei, aflita e encantada. — Aconteceu alguma coisa?

Ele se aproximou e me abraçou.

— Eu queria muito ver você, só isso. Eu também trouxe um presente. Ele me soltou, enfiou a mão no bolso e tirou uma caixa preta.

— Fui buscar no banco hoje de manhã. — Jack abriu a caixa e eu vi um colar de pérolas fabuloso repousado no veludo preto, junto com um par de brincos de pérola para combinar.

— Jack, são lindos!

— Eram da minha mãe. Eu me lembrei deles na noite passada. Achei que você poderia gostar de usá-los hoje. Por isso vim aqui. Mas você não é obrigada, claro.

— Eu adoraria usá-los — falei, erguendo o colar para abrir o fecho.

— Vou ajudá-la. — Ele pegou o cordão das minhas mãos e o passou pelo meu pescoço. — O que acha?

Eu me virei para o espelho.

— É impressionante como fica perfeito com o vestido — comentei, passando os dedos pelas pérolas. — São do mesmo tom de bege.

Tirei os brincos de ouro que estava usando e coloquei os de pérola.

— Grace bonita, muito, muito bonita! — Millie sorriu.

— Concordo — disse Jack, sério. Ele enfiou a mão no outro bolso e tirou uma caixa menor. — Também tenho algo para você, Millie.

Quando Millie viu a pérola em formato de gota no colar prateado, deu um suspiro de deleite.

— Obrigada, Jack — disse ela, radiante. — Usar agora.

— Você é tão generoso, Jack — falei para ele, colocando o colar em volta do pescoço de Millie. — Mas sabia que dá azar ver a noiva antes do casamento?

— Bom, acho que vou ter que arriscar. — Ele sorriu.

— Como Molly está? Ela se acostumou bem com a casa?

— Muito bem. Olha. — Ele tirou o celular do bolso e nos mostrou uma foto de Molly. Ela dormia toda aninhada em sua cestinha.

— O piso é de azulejo — comentei, impressionada. — Descobri alguma coisa sobre a minha futura casa.

— E isso é tudo o que você vai saber — disse ele, guardando o celular. — Podemos ir? O motorista ficou surpreso quando pedi para ele me pegar no caminho antes de buscar você. Se a gente não descer logo, ele pode achar que eu vim aqui cancelar tudo.

Depois de oferecer um braço para mim e o outro para Millie, ele nos guiou até o carro. Seguimos para o cartório.

Ao chegarmos, todo mundo já nos esperava, inclusive meus pais. Eles estavam com a mudança para a Nova Zelândia pronta e partiriam quinze dias depois que voltássemos da lua de mel. Fiquei um pouco surpresa quando eles avisaram que viajariam em tão pouco tempo, mas, pensando bem, eles passaram dezesseis longos anos esperando. Na semana anterior, Jack e eu jantamos com meus pais e eles assinaram oficialmente os documentos que passavam a guarda legal de Millie para nós. Todos ficamos satisfeitos com essa solução, e meus pais, provavelmente se sentindo culpados por Jack arcar com todas as despesas, disseram que ajudariam como pudessem. Jack foi firme ao dizer que seríamos responsáveis por Millie e prometeu que não faltaria nada para ela.

Nossos convidados ficaram surpresos ao ver que Jack e eu saímos juntos do carro, com Millie ao nosso lado. Então começamos a subir a escada que levava ao cartório em meio a provocações bem-humoradas de amigos dizendo que ele não tinha resistido a dar uma volta de Rolls-Royce. Meu pai me conduziu e Jack acompanhou Millie. Meu tio Leonard, que eu não via havia anos, ofereceu o braço à minha mãe. Eu estava quase no topo da escada quando ouvi Millie gritar e, ao me virar, vi que ela rolava escada abaixo.

— Millie! — gritei.

Eu já tinha descido metade dos degraus quando ela finalmente parou ao pé da escada, a roupa toda amarrotada. Pareceu se passar uma eternidade até eu conseguir passar pelas pessoas ao redor dela. Sem me importar em sujar o vestido, eu me ajoelhei ao seu lado, também preocupada ao vê-la deitada e imóvel.

— Está tudo bem, Grace, ela está respirando — disse Adam para me tranquilizar. Ele também estava agachado ao lado de Millie, enquanto eu tentava freneticamente sentir o pulso dela. — Millie vai ficar bem, você vai ver. Diane está chamando uma ambulância. O socorro vai chegar num minuto.

— O que aconteceu? — perguntei com a voz trêmula, ciente de que meus pais estavam agachados ao meu lado. Afastei os cabelos de Millie do rosto dela, sem coragem de movê-la.

— Grace, eu sinto muito. — Ergui o olhar e vi Jack em pé, pálido. — Ela tropeçou... Acho que o salto do sapato prendeu na bainha do vestido... Antes que eu percebesse o que estava acontecendo, ela já havia caído. Eu tentei segurá-la, mas não consegui.

— Está tudo bem — falei prontamente. — Não foi culpa sua.

— Eu devia tê-la segurado com mais força — continuou ele, desesperado, passando a mão pelos cabelos. — Eu devia ter lembrado que subir degraus não é tão fácil para ela.

— Eu não estou gostando do jeito que a perna dela está dobrada — comentou o meu pai, murmurando. — Parece que está quebrada.

— Ai, meu Deus — gemi.

— Olha, ela está acordando. — Minha mãe segurou a mão de Millie.

— Está tudo bem, Millie — murmurei quando ela começou a se mexer. — Está tudo bem.

A ambulância chegou em poucos minutos. Eu queria acompanhá-la ao hospital, mas meus pais disseram que iam com Millie, lembrando-me de que eu estava prestes a me casar.

— Eu não posso me casar agora. — E solucei, enquanto Millie era levada para a ambulância.

— É claro que pode — disse minha mãe, abruptamente. — Millie vai ficar bem.

— Ela quebrou a perna — choraminguei. — E talvez tenha sofrido outros ferimentos que a gente ainda não sabe.

— Se você quiser cancelar tudo não tem problema — disse Jack, em voz baixa.

— Eu só não sei como a gente vai poder continuar com o casamento sem saber a extensão dos ferimentos de Millie.

Os paramédicos foram maravilhosos. Compreendendo minha situação difícil, eles examinaram Millie minuciosamente dentro da ambulância e disseram que, a não ser pela perna, aparentemente não havia outras fraturas. Se eu quisesse ir em frente com o casamento, eles tinham certeza de que meus pais me manteriam informada de qualquer novidade. Assim que chegasse ao hospital, explicaram, Millie seria levada para fazer raios X, e, por isso, eu não poderia ficar ao lado dela de qualquer forma. Ainda abalada, olhei para Jack, que conversava em voz baixa com Adam. Seu olhar desolado foi decisivo para mim. Entrei na ambulância e dei um beijo de despedida em Millie, que parecia sonolenta. Depois de prometer que a visitaria na manhã seguinte, dei o número do celular de Jack aos meus pais, já que o meu estava na mala, e pedi que me mantivessem informada.

— Você tem certeza de que quer continuar com o casamento? — perguntou Jack, aflito, quando a ambulância foi embora. — Acho que ninguém está realmente em clima de festa depois do que aconteceu com Millie. Talvez a gente devesse esperar até ter certeza de que ela vai ficar bem.

Olhei para os convidados, que andavam de um lado para o outro, aguardando para saber se o nosso casamento ia acontecer ou não.

— Acho que os convidados vão ficar bem, se a gente também ficar. — Então o virei para mim. — Jack, você ainda quer se casar?

— Claro que sim, mais que tudo. Mas, no fim das contas, a decisão é sua.

— Vamos nos casar. É o que Millie gostaria — menti. Eu sabia que Millie não entenderia por que nos casamos sem a presença dela. Meus olhos ficaram marejados, com a sensação de que a estava traindo, por isso pisquei várias vezes para afastar as lágrimas. Eu não queria que Jack as visse. Esperei nunca mais precisar escolher entre ele e Millie.

Os convidados ficaram animados por prosseguirmos com o casamento e, quando minha mãe ligou horas mais tarde para dizer que Millie estava bem, apesar da perna quebrada, senti meu corpo relaxar de alívio. Eu queria encurtar a recepção para visitá-la naquela noite, mas mamãe contou que ela estava dormindo profundamente. Com os analgésicos prescritos pelo médico, Millie só devia acordar na manhã seguinte. Ela acrescentou que pretendia passar a noite no hospital. Avisei que Jack e eu passaríamos para ver Millie de manhã, a caminho do aeroporto.

Embora tenha me divertido durante a noite, fiquei feliz quando os últimos convidados foram embora e Jack e eu finalmente seguimos para o hotel. Como o carro dele ainda estava em Londres, Moira e Giles nos emprestaram um para que fôssemos ao aeroporto no dia seguinte e para Spring Eaton quando voltássemos da Tailândia. Com uma garagem cheia de carros, eles deixaram claro que não precisariam daquele e que poderíamos devolvê-lo quando fosse possível.

Ao chegarmos ao hotel para a noite de núpcias, fui direto para o banheiro e preparei um banho quente. Jack se serviu de uma dose de uísque enquanto me esperava. Deitada na banheira, minha mente vagava até Millie e fiquei feliz pelo dia finalmente ter chegado ao fim. Assim que a água começou a esfriar, eu saí e me sequei com pressa, louca para ver a reação de Jack quando me visse usando a camisola bege de seda e a calcinha que eu tinha comprado para a nossa noite de núpcias. Eu me vesti e, tremendo de ansiedade, abri a porta e fui para o quarto.

PRESENTE

No carro, a caminho de casa depois do passeio com Millie, avisei a Jack que ligaria para Diane antes de sexta para dizer que não poderia ir ao almoço com ela e Esther.

— Pelo contrário, eu acho que você devia ir — diz Jack. Como ele já fez esse mesmo discurso inúmeras vezes, sei que isso não significa nada. — Você já cancelou duas vezes.

Nem essas palavras conseguem me deixar esperançosa. Porém, na manhã de sexta, quando ele diz para eu escolher meu vestido mais bonito, me pergunto se o momento que eu tanto desejava estava enfim chegando. Minha mente pensa em tantas possibilidades que preciso me lembrar constantemente de todas as vezes que me decepcionei. Mesmo quando entro no carro ao lado de Jack, ainda não me permito acreditar que isso está acontecendo. Mas, depois de todo o trajeto até a cidade, minha única opção é acreditar, então começo a fazer muitos planos, com medo de deixar o momento escapar por entre os dedos. Só percebo que fui iludida quando Jack estaciona na rua do restaurante e sai do carro.

Diane e Esther já estão sentadas à mesa. Diane acena, e eu caminho até ela, disfarçando a amarga decepção, consciente da mão de Jack nas minhas costas.

— Estou tão feliz por você ter vindo — diz ela, me dando um breve abraço. — Jack, que gentileza a sua vir cumprimentar a gente. Você está em horário de almoço?

— Eu trabalhei em casa hoje de manhã — explica ele. — Como só preciso estar no escritório mais tarde, pensei que talvez vocês me deixassem almoçar com vocês... Eu cuidaria da conta, é claro.

— Nesse caso, é um prazer. — Diane ri. — Eu tenho certeza de que a gente pode pedir mais uma cadeira.

— Só que agora a gente não vai poder falar de você — brinca Esther. Enquanto Jack rouba uma cadeira de outra mesa, penso que, se ela quisesse dizer algo mais maldoso, não teria a chance. Não que isso tenha importância agora.

— Tenho certeza de que vocês têm outros assuntos muito mais interessantes para falar do que de mim. — Jack sorri, acomodando-me de frente para Esther. Ele faz um sinal para que a garçonete traga outro prato e talheres.

— Grace só teria coisas boas para falar de você, não ia ser muito divertido. — Diane suspira.

— Ah, certamente ela conseguiria encontrar algumas pequenas imperfeições. — Esther olha para mim com um ar de desafio. — Não é mesmo, Grace?

— Duvido — respondo. — Como vocês podem ver, Jack é perfeito.

— Ah, faça-me o favor, ele não pode ser tão perfeito! Deve ter alguma coisa!

Franzindo a testa, finjo refletir e balanço a cabeça, lamentando.

— Eu sinto muito, não consigo pensar em nada... A não ser que comprar flores em excesso seja um problema. Às vezes fica difícil encontrar tantos vasos para colocá-las.

Diane resmunga ao meu lado.

— Isso não é um defeito, Grace. — Ela se vira para Jack. — Você não tem como dar umas aulinhas a Adam sobre como mimar uma mulher?

— Não se esqueça de que Grace e Jack são praticamente recém-
-casados comparados com a gente — observa Esther. — E ainda não
têm filhos. O cavalheirismo morre quando a intimidade e os bebês
entram no relacionamento.

Esther faz uma breve pausa.

— Vocês moraram juntos por muito tempo antes de se casar?

— A gente não teve tempo de morar junto — explica Jack. — A
gente se casou menos de seis meses depois de se conhecer.

Esther parece surpresa.

— Nossa, foi bem rápido!

— Quando vi que Grace era a pessoa certa para mim, não encontrei motivos para perder tempo — diz ele, segurando a minha mão.

Esther olha para mim com um sorriso que se insinua no canto
da boca.

— E não descobriram nenhum segredo obscuro depois do casamento?

— Nada — digo ao pegar o menu que a garçonete estende para
mim, então o abro rapidamente. Além de querer interromper o inter-
rogatório de Esther sobre o meu relacionamento com Jack, também
estou faminta. Analiso os pratos e vejo que o filé vem acompanhado
de cogumelos, cebolas e batata frita. Perfeito.

— Alguém pretende pedir algo um pouco mais calórico? — pergunta Diane, esperançosa.

Esther balança a cabeça.

— Lamento. Vou pedir uma salada.

— Eu quero um filé — respondo. — Com batata frita. E provavelmente vou pedir o bolo de chocolate com cobertura de sobremesa
— acrescento, sabendo que é isso que ela deseja ouvir.

— Nesse caso, vou acompanhar Esther na salada e você no bolo
de chocolate — diz Diane, animada.

— Alguém gostaria de vinho? — pergunta Jack, sempre um perfeito anfitrião.

— Não, obrigada — diz Diane. Sem opção, lamento a ideia de um almoço sem álcool, pois Jack nunca bebe durante o dia.

— Eu adoraria — responde Esther. — Mas só se você e Grace também beberem.

— Eu não posso beber — retruca Jack. — Tenho muito trabalho hoje à tarde.

— Eu posso — digo a Esther. — Você prefere tinto ou branco?

Enquanto esperamos a comida, conversamos sobre o festival de música da cidade, realizado sempre em julho, que atrai pessoas das redondezas. Concordamos que morar em Spring Eaton nos permite estar perto o bastante para participar, mas longe o suficiente para não sermos incomodados pelos milhares de turistas. Embora Diane e Adam sempre compareçam, Jack e eu nunca fomos. Diane logo faz planos para irmos todos juntos. Ao falar de música, descobrimos que Esther toca piano e Rufus, guitarra. Quando confesso não ser muito ligada em música, Esther pergunta se gosto de ler. Digo que sim, embora leia muito pouco. Falamos sobre nossos gêneros literários preferidos e Esther menciona um best-seller recém-publicado, querendo saber se já o lemos. Nenhum de nós leu.

— Quer emprestado? — pergunta ela, enquanto a garçonete serve as nossas refeições.

— Sim, por favor. — Eu fico tão emocionada por ela ter oferecido o livro para mim, e não para Diane, que acabo esquecendo...

— Eu passo na sua casa hoje à tarde para deixá-lo — diz ela. — Não dou aulas às sextas.

Nesse momento, eu me lembro...

— Talvez você tenha que deixar o livro na caixa do correio. É provável que eu esteja no jardim e não consigo ouvir a campainha de lá.

— Eu adoraria conhecer o seu jardim uma hora dessas. — Ela se anima. — Especialmente depois que Jack disse que você é muito boa com plantas.

— Não precisa passar lá em casa — diz Jack, cortando a sugestão dela. — Grace pode comprar o livro.

— Não é incômodo nenhum. — Esther olha para a salada, apreciando-a. — Nossa, isso aqui parece uma delícia.

— Na verdade, a gente vai comprar um exemplar do livro quando sair daqui. Tem uma Smith bem ali na esquina.

— Você não trabalha nas sextas? — pergunto, mudando de assunto.

— Não, nem nas terças. Eu e uma outra professora trabalhamos por escala.

— Eu adoraria poder trabalhar assim — diz Diane, melancólica. — É difícil trabalhar em período integral quando se tem filhos. Eu odiaria parar de trabalhar, o que parece ser a única opção, já que a minha empresa ainda não ouviu falar de escalas.

Esther olha para mim.

— Não acredito que você não sinta falta do trabalho. Quero dizer, você tinha um excelente emprego até se casar.

Tento me ocupar cortando um pedaço de carne. É doloroso ser lembrada da minha vida antiga.

— Nem um pouco. Eu tenho muitas coisas para me manter ocupada.

— E o que você gosta de fazer além de pintar, ler e fazer jardinagem?

— Ah, uma coisinha aqui, outra ali — digo, percebendo o quanto fui evasiva.

— Grace não contou para vocês que costura boa parte das próprias roupas — responde Jack. — Outro dia ela fez um vestido fantástico.

— É mesmo? — Esther olha para mim com interesse.

Acostumada a pensar rápido, completo sem pestanejar:

— Foi um vestido para usar em casa. Nada de mais. Eu não costuro vestidos de gala ou peças muito complicadas.

– Eu não sabia que você era boa com agulhas. — O olhar de Diane brilha. — Eu adoraria saber costurar.

— Eu também — diz Esther. — Talvez você possa me ensinar, Grace.

— A gente podia formar um grupo de costura. Você seria a nossa professora — sugere Diane.

— Não sou tão boa assim — explico. — É por isso que eu nunca falei a respeito. Fico com medo de que as pessoas queiram ver alguma peça que eu costurei.

— Bom, se você costura do mesmo jeito que cozinha, com certeza o vestido que fez ficou lindo!

— Você precisa mostrar para a gente algum dia — pede Esther.

— Claro — respondo. — Mas só se não me pedirem para fazer uma roupa para vocês.

A necessidade constante de lidar com os comentários de Esther me deixa tão tensa que penso em abrir mão da sobremesa, algo que eu normalmente não faria. Mas, se eu não quiser, Diane também vai desistir. Como Esther diz que está satisfeita, podemos encerrar logo o almoço. Comparo os prós e os contras, mas o bolo de chocolate é tentador demais para mim. Tomo outro gole de vinho, esperando evitar novas perguntas de Esther, e desejo que ela volte um pouco da atenção para Diane.

Como se lesse a minha mente, Esther pergunta a Diane sobre seu filho, e ela adora falar dos hábitos alimentares do menino. Assim tenho alguns minutos de descanso enquanto conversam sobre a melhor maneira de fazer uma criança comer as verduras que não gosta. Jack ouve tudo com atenção, como se o assunto realmente lhe interessasse, e volto a pensar em Millie. Fico aflita por não saber como ela vai reagir se eu não puder visitá-la no fim de semana. Está cada vez mais difícil explicar as minhas ausências. Eu nunca quis que ela fosse diferente. Agora, me pego constantemente desejando que ela não tivesse síndrome de Down, que fosse independente, que vivesse a própria vida, em vez de compartilhar a minha.

Sou abruptamente trazida de volta à realidade quando Diane pede a sobremesa por mim. Quando Esther pergunta no que eu estava pensando, respondo que era em Millie. Diane quer saber se estivemos com ela recentemente e falo que a vimos no domingo anterior, quando Jack nos levou para um almoço incrível. Espero que alguém queira saber se a veremos de novo no próximo fim de semana, mas ninguém diz nada. E, assim, continuo sem saber o que vai acontecer.

— Ela deve estar ansiosa para morar com vocês — comenta Esther quando as sobremesas são servidas.

— É, está mesmo — concordo.

Jack sorri.

— A gente também está ansioso.

— O que ela achou da casa?

Pego a minha taça.

— Na verdade, ela ainda não visitou a gente.

— Mas vocês não se mudaram faz um ano?

— A-hã, mas a gente quer que esteja tudo perfeito antes que ela a veja — explica Jack.

— A casa parecia ótima quando a vi — retruca Esther.

— O quarto dela ainda não está exatamente pronto, mas eu estou me divertindo bastante preparando tudo, não é mesmo, querida?

Para meu horror, sinto vontade de chorar e baixo a cabeça rapidamente. Eu sei que Esther está me olhando.

— De que cor vai ser? — pergunta Diane.

— Vermelho — responde Jack. — É a cor preferida dela. — Ele indica o bolo de chocolate com a cabeça. — Coma, querida.

Pego a colher, tentando descobrir como obedecer a ele.

— Parece delicioso — comenta Esther. — Você não quer dividir comigo?

Hesito, fingindo relutar, e me pergunto por que estou incomodada, se não enganei Jack.

— Vá em frente — digo, oferecendo o meu garfo.

— Obrigada. — Ela enfia a colher no bolo. — Você e Jack vieram em carros separados?

— Não, a gente veio junto.

— Então eu posso levar você para casa, se quiser.

— Não precisa. Eu levo Grace para casa antes de seguir para o escritório — diz Jack.

— Não é meio contramão? — Esther arqueia a sobrancelha. — Daqui você pode pegar a autoestrada para Londres. Pode deixar que eu levo Grace para casa, Jack. Não é incômodo nenhum.

— É muita gentileza sua, mas eu preciso buscar uns documentos antes de receber um cliente hoje à tarde. — Ele faz uma pausa. — É uma pena não os ter trazido comigo. Seria um prazer deixar você levar a Grace para casa.

— Outra hora, então. — Esther se vira para mim. — Grace, você pode me dar o número do seu telefone? Eu gostaria de convidar vocês para jantar, mas preciso ver com Rufus quando ele vai estar livre. Ele vai a Berlim, mas não sei exatamente quando.

— Claro. — Dou a ela o número de casa e ela o digita no celular.

— E o seu celular?

— Eu não tenho celular.

Ela me olha, surpresa.

— Você não tem celular?

— Não.

— Por que não?

— Porque não vejo necessidade.

— Mas todo mundo com mais de 10 anos e menos de 80 tem um!

— Bom, eu não tenho — respondo, achando graça da reação inesperada de Esther.

— Eu sei, é inacreditável — comenta Diane. — Já tentei convencê-la a comprar um, mas Grace não tem interesse.

— Como as pessoas conseguem falar com você quando não está em casa? — questiona Esther.

Dou de ombros.

— Não conseguem.

— O que é ótimo — acrescenta Diane, seca. — Eu não consigo ir ao mercado sem que Adam ou uma das crianças me ligue para pedir alguma coisa ou para saber que horas eu volto. Vocês não imaginam quantas vezes eu precisei resolver coisas de casa enquanto tentava ensacar as compras no caixa do Tesco.

— E se você tiver um problema? — pergunta Esther, ainda tentando entender.

— Antigamente as pessoas viviam bem sem celular — observo.

— Pois é, quando estavam na Idade das Trevas. — Ela se vira para Jack. — Jack, compre um celular para sua mulher, pelo amor de Deus!

Jack abre os braços, parecendo derrotado.

— Eu ficaria feliz, mas sei que, se eu comprasse, ela não iria usar.

— Eu não acredito nisso... Não depois de Grace descobrir como celulares são práticos.

— Jack tem razão, eu não usaria — confirmo.

— Me diga que você tem um computador, por favor.

— Tenho, é claro.

— Você pode me dar o seu e-mail?

— Claro, é jackangel@tribunal.com.

— Esse não é o e-mail de Jack?

— É o meu também.

Do outro lado da mesa, Esther me olha intrigada.

— Você não tem um e-mail próprio?

— Para quê? Jack e eu não temos segredos. E, se alguém me envia um e-mail, geralmente é com um convite para jantar ou algo que também envolve Jack. É mais fácil se ele também receber as mensagens.

— Em especial porque Grace costuma se esquecer de me contar as coisas — acrescenta Jack, abrindo um sorriso complacente para mim.

Esther nos lança um olhar pensativo.

— Vocês são mesmo muito grudados, né? Bom, como você não tem celular, eu vou precisar de papel e caneta para anotar os meus números. Você tem caneta?

Eu sei que não tenho.

— Não sei — digo, com a intenção de mostrar que estou procurando uma. Quando vou pegar a bolsa pendurada no encosto da cadeira, Esther se adianta e a passa para mim.

— Caramba, parece vazia!

— Eu ando com pouca coisa — explico, abrindo a bolsa para espiar lá dentro. — Lamento, não estou com uma caneta.

— Tudo bem, eu anoto. — Jack pega o celular dele. — Rufus já me passou o número da sua casa, Esther. Pode me passar só o número do celular.

Enquanto Esther dita o número, eu tento gravá-lo a todo custo, mas me perco em algum número final. Fecho os olhos e tento recuperá-los, mas é impossível.

— Obrigado, Esther — diz Jack. Abro os olhos e me deparo com Esther me encarando com curiosidade. — Vou anotar num pedaço de papel para Grace quando a gente chegar em casa.

— Espera um instante. É 721 ou 712 no meio? — Esther franze a testa. — Eu nunca lembro. O final é fácil, 9146. É a parte que vem antes que me deixa na dúvida. Pode verificar para mim, Diane?

Diane pega o celular e localiza o número de Esther.

— É 712.

— Ah, sim. É 07517129146. Anotou certinho, Jack?

— Anotei, está certo. Alguém quer café?

Como Diane precisa voltar ao trabalho e Esther não quer café, desistimos da ideia. Jack pede a conta, e Diane e Esther vão ao banheiro juntas. Também sinto vontade de ir, mas não me atrevo a acompanhá-las. Depois de pagar a conta, Jack e eu nos despedimos delas e vamos para o estacionamento.

— Gostou do almoço, minha esposa perfeita? — pergunta Jack, abrindo a porta do carro para mim.

Reconheço uma das suas perguntas mais capciosas.

— Para falar a verdade, não.

— Nem mesmo da sobremesa que você tanto queria?

Engulo em seco.

— Não tanto quanto achei que fosse gostar.

— Então foi sorte Esther ter ajudado, não é?

— Eu teria comido de qualquer forma — respondo.

— E me privado de tanto prazer?

Um tremor atravessa o meu corpo.

— Com certeza.

Ele arqueia as sobrancelhas.

— Você está voltando a ficar agressiva ou é só impressão minha? Eu fico bastante satisfeito. Para dizer a verdade, eu ando bem entediado. — Ele me lança um olhar de deleite. — Vá em frente, Grace. Estou esperando você.

PASSADO

Na noite de núpcias, fiquei assustada quando entrei no quarto depois do banho e o encontrei vazio. A ideia de Jack ter saído para fazer uma ligação me deixou irritada, como se algo fosse mais importante para ele no dia do nosso casamento do que eu. Mas a irritação logo se transformou em aflição ao lembrar que Millie estava no hospital. Em poucos segundos, eu tive certeza de que algo terrível havia acontecido, de que minha mãe tinha ligado para contar alguma notícia a Jack e ele havia saído do quarto para eu não ouvir a conversa.

Corri para a porta e a abri com um puxão, esperando ver Jack andando pelo corredor, buscando uma forma de contar a notícia trágica. Mas não havia ninguém ali. Acreditando que ele tinha ido para o saguão e sem querer perder tempo procurando-o, revirei minha mala, deixada no hotel pelo motorista, encontrei meu celular e liguei para minha mãe. Enquanto esperava a ligação ser completada, pensei que daria ocupado se ela estivesse falando com Jack. Eu estava prestes a desistir e ligar para o celular do meu pai quando ouvi o telefone dela chamar e, logo em seguida, sua voz.

— Mãe, o que houve? — exclamei, antes que ela conseguisse terminar de dizer alô. — Millie teve alguma complicação ou algo assim?

— Não, está tudo bem — respondeu minha mãe, parecendo surpresa.

— Millie está bem?

— Ela está dormindo profundamente. — Minha mãe fez uma pausa. — Você está bem? Parece agitada.

Me sentei na cama, fraca e aliviada.

— Jack sumiu. Pensei que você pudesse ter ligado com alguma notícia ruim e ele tivesse saído para conversar com você em particular — expliquei.

— Como assim "sumiu"?

— Bem, ele não está no quarto. Fui tomar banho e, quando voltei, ele não estava mais aqui.

— Jack provavelmente foi até a recepção para fazer alguma coisa. Tenho certeza de que ele logo vai voltar. Como foi o casamento?

— Bom, muito bom. Mas eu não consegui parar de pensar em Millie. Odiei que ela não estivesse lá. Millie vai ficar tão triste quando souber que a gente se casou sem ela.

— Eu tenho certeza de que ela vai entender.

Minha mãe tentou me confortar, mas fiquei furiosa ao constatar o quanto ela não conhecia Millie, porque era óbvio que a minha irmã não ia entender. Fiquei perplexa ao perceber que estava com vontade de chorar. Depois da queda de Millie, o sumiço de Jack era a gota d'água. Eu me despedi da minha mãe avisando que a veria no hospital de manhã, pedi que mandasse um beijo para Millie por mim e desliguei.

Enquanto digitava o número do celular de Jack, tentei me acalmar. Nunca tínhamos brigado, e gritar com ele como uma esposa maluca não ajudaria em nada. Devia ter acontecido alguma coisa com algum dos seus clientes, algum problema urgente que ele precisava resolver antes de embarcar para a Tailândia. Com certeza ele devia estar tão chateado quanto eu por ser incomodado no dia do casamento.

Fiquei aliviada ao ouvir seu telefone chamar, aliviada por ele não estar falando com alguém. Nutri esperanças de que o problema —

qualquer que fosse — já estivesse resolvido. Reprimi um grito de frustração quando ele não atendeu e deixei um recado na caixa postal.

— Jack, onde você se meteu? Você poderia me ligar, por favor?

Desliguei e comecei a andar pelo quarto, imaginando onde ele poderia estar. Olhei para o relógio na mesinha de cabeceira e vi que eram nove horas. Tentei pensar no motivo para Jack não ter atendido o telefone e comecei a achar que um dos seus sócios podia ter vindo ao hotel para que conversassem. Dez minutos depois, tentei outra vez. A ligação caiu direto na caixa postal.

— Jack, me liga, por favor — falei, ciente de que ele devia ter desligado o telefone depois da minha última ligação. — Eu preciso saber onde você está.

Joguei a mala na cama para abri-la e tirei a calça bege e a camisa que usaria para viajar no dia seguinte. Eu as vesti por cima da camisola e da calcinha, guardei no bolso o cartão magnético para entrar no quarto e saí, levando o celular. Nervosa demais para esperar o elevador, desci até o saguão de escada e fui para a recepção.

— Sra. Angel, certo? — O recepcionista sorriu para mim. — Como posso ajudá-la?

— Estou procurando o meu marido. Você o viu por aí em algum lugar?

— Sim, ele desceu há cerca de uma hora, pouco depois de vocês chegarem.

— Você sabe para onde ele foi? Para o bar, por acaso?

O rapaz balançou a cabeça.

— Ele saiu. Achei que fosse pegar algo no carro.

— Você o viu voltar?

— Agora que a senhora perguntou, não, não vi. Mas fiquei ocupado fazendo o check-in de outro hóspede, então posso não ter visto. — Ele olhou para o celular na minha mão. — A senhora tentou ligar para ele?

— Sim, mas o celular dele está desligado. Provavelmente ele foi até o bar para afogar as mágoas, agora que é um homem casado. — Sorri, tentando fazer piada. — Vou até lá olhar.

Fui até o bar, mas não vi nenhum sinal de Jack. Entrei em todos os salões, fui à academia e à piscina. Enquanto caminhava para os dois restaurantes, deixei outra mensagem aflita em sua caixa postal.

— Nada? — O recepcionista olhou para mim com compaixão quando voltei ao saguão sozinha.

Neguei com a cabeça.

— Não consegui encontrá-lo em lugar nenhum.

— A senhora viu se o carro ainda está no estacionamento? Assim teria como saber se ele saiu do hotel ou não.

Atravessei a porta do hotel e segui o caminho que dava a volta nele para o estacionamento nos fundos. O carro não estava onde Jack o havia deixado nem em lugar nenhum. Sem querer passar pelo saguão e encarar o recepcionista outra vez, entrei pela porta dos fundos e subi correndo a escada até o quarto. Rezei para que Jack tivesse voltado enquanto eu o procurava. Ao ver o quarto vazio, desabei num choro de frustração. Tentei me convencer de que a ausência do carro explicava por que Jack não tinha atendido o telefone. Ele nunca atendia enquanto dirigia. Mas por que não tinha batido à porta do banheiro para me avisar que precisava voltar ao escritório para resolver algum assunto urgente? Se não queria perturbar o meu banho, por que não deixou um bilhete?

Muito preocupada, liguei de novo e deixei uma mensagem chorosa, avisando que ligaria para a polícia caso ele não entrasse em contato comigo em dez minutos. Na verdade, eu ligaria para Adam antes de procurar a polícia, mas tive a esperança de que mencionar a polícia fizesse Jack perceber a minha preocupação.

Aqueles foram os dez minutos mais longos de toda a minha vida. Quando eu estava prestes a ligar para Adam, meu telefone fez um bipe, indicando a chegada de uma mensagem de texto. Dei um suspiro trêmulo e chorei de alívio ao ver que era de Jack, as lágrimas me impedindo de ler o conteúdo. Estava tudo bem, porque eu já sabia o conteúdo da mensagem. Eu sabia que diria que havia sido chamado com urgência, que estava chateado por ter me deixado preocupada, explicando que não havia atendido o telefone porque estava numa reunião, mas que logo estaria de volta e que me amava.

Peguei um lenço de papel na caixa em cima da mesa, sequei as lágrimas, assoei o nariz e voltei para a mensagem.

Não seja tão histérica, isso não combina com você. Aconteceu uma coisa, vejo você amanhã de manhã.

Perplexa, eu me sentei na cama e reli a mensagem várias vezes, certa de que a havia interpretado mal. Eu não conseguia acreditar que Jack tinha escrito algo tão cruel ou tão grosseiro. Ele nunca havia falado comigo dessa forma, nem sequer havia levantado a voz. Sentia como se tivesse levado um tapa na cara. Por que ele só voltaria de manhã? Eu não merecia uma explicação ou um pedido de desculpa? Furiosa e tremendo de raiva, liguei para ele, desafiando-o a atender o telefone. Como Jack não atendeu, esforcei-me para não deixar um recado do qual certamente me arrependeria mais tarde.

Eu precisava muito falar com alguém, mas me aquietei ao perceber que não tinha para quem ligar. Eu e meus pais não éramos tão próximos a ponto de eu chorar ao telefone com eles, dizendo que Jack havia me deixado sozinha na noite de núpcias. E, por algum motivo, eu sentia muita vergonha de contar isso para as minhas amigas. Eu costumava me abrir com Kate ou Emily, mas percebi no casamento o quanto as deixei de lado depois que conheci Jack, e, por isso, também não consegui procurá-las. Pensei em ligar para Adam e perguntar se ele sabia por que Jack havia sido requisitado tão de repente, mas os dois não trabalhavam no mesmo setor e duvidei que ele soubesse. Eu me senti ainda mais humilhada por Jack ter algo que era mais importante que eu na nossa noite de núpcias.

Sequei as lágrimas com um lenço e me esforcei para compreender. Se Jack estava trancado em alguma reunião delicada com outro advogado e não quisesse mais ser incomodado depois da minha primeira ligação, seria natural que desligasse o telefone. Provavelmente ele me ligaria assim que possível, mas o encontro deve ter se prolongado mais que o esperado. Talvez Jack tenha ouvido os meus recados durante um rápido intervalo e, irritado com o meu tom de voz, escreveu uma mensagem ríspida como forma de retaliação. E talvez, ciente do quanto eu estava nervosa, tenha imaginado que não conseguiria voltar à reunião até me tranquilizar.

Tudo fazia sentido e eu me arrependi por ter ficado tão histérica. Jack tinha motivos para ficar irritado comigo. Eu já entendia o quanto seu trabalho impactava o nosso relacionamento — foram muitas as vezes que ele voltou cansado ou estressado demais para fazer sexo. Ele já havia se desculpado por isso, implorando a mim que entendesse que seu trabalho nem sempre permitiria que ele estivesse ao meu lado, mental e fisicamente. Eu me orgulhava por nunca termos brigado, mas tinha acabado de tropeçar no primeiro obstáculo.

Queria muito ver Jack, dizer o quanto estava arrependida, sentir seu abraço, ouvi-lo dizer que me perdoava. Ao ler sua mensagem outra vez, concluí que, ao dizer que me veria de manhã, certamente se referia à madrugada. Bem mais calma e de repente exausta, tirei a roupa e deitei na cama, fantasiando que logo seria despertada por Jack, pronto para fazer amor comigo. Desejei que Millie ainda estivesse dormindo tranquilamente e caí no sono.

Jamais me passou pela cabeça a ideia de que Jack pudesse ter passado a noite com outra mulher, mas isso me ocorreu quando acordei depois das oito e percebi que ele ainda não tinha voltado. Numa luta contra o pânico, peguei o celular na expectativa de encontrar alguma mensagem dele, algo que avisasse a hora em que chegaria ao hotel. Mas não havia nada, e, como existia a possibilidade de ele ter dormido no escritório para não me perturbar, relutei em ligar para acordá-lo. No entanto, desesperada para falar com ele, liguei mesmo assim. Quando a ligação caiu na caixa postal, respirei fundo e deixei um recado com o tom de voz mais normal possível, pedindo que avisasse a que horas voltaria ao hotel, lembrando que a gente precisava passar no hospital para visitar Millie antes de ir para o aeroporto. Depois, tomei um banho, me vesti e me sentei para esperar.

Enquanto o aguardava, percebi que não sabia o horário do voo. Eu me lembrava vagamente de Jack ter dito algo sobre um voo à tarde, e imaginei que precisaríamos chegar ao aeroporto cerca de duas horas antes. Fiquei perplexa outra vez com o tom da mensagem que Jack enviou quase uma hora depois. Não havia pedidos de desculpa, nenhuma menção a nada, a não ser uma ordem para encontrá-lo no estacionamento do hotel às onze. Deu trabalho entrar no elevador com duas malas e a bagagem de mão, me sentindo inquieta. Ao entregar a chave na recepção, fiquei satisfeita ao ver que o homem da noite anterior havia sido substituído por uma jovem que provavelmente não sabia do desaparecimento do meu marido. Assim eu esperava.

Um carregador me ajudou a levar as malas até o estacionamento. Falei que meu marido tinha saído para abastecer o carro e fomos para um banco próximo, ignorando a sugestão dele de que seria melhor esperar dentro do hotel, onde havia aquecimento. Eu não queria levar um casaco pesado para a Tailândia, por isso usava apenas uma jaqueta, achando que ao sair do hotel eu ficaria dentro do carro o tempo todo. A peça de roupa não foi suficiente para me proteger do vento cruel que soprava no estacionamento. Quando Jack apareceu, vinte e cinco minutos depois, eu estava quase chorando e morrendo de frio. Ele estacionou a poucos metros, saiu do carro e veio até mim.

— Entra — disse ele, pegando a bagagem e colocando-a no porta--malas.

Estava frio demais para discutir, por isso fui até o carro cambaleando e me aconcheguei perto da porta, querendo apenas me sentir aquecida de novo. Esperei que Jack falasse alguma coisa — qualquer coisa — que explicasse minha sensação de estar sentada ao lado de um estranho. O silêncio se prolongou por tempo demais e tomei coragem para olhar para ele. Fiquei perplexa com a falta de emoção no rosto de Jack. Eu esperava ver raiva, estresse ou irritação. Mas não havia nada.

— O que está acontecendo, Jack? — perguntei, hesitante. Era como se eu não tivesse falado nada. — Pelo amor de Deus, Jack! — gritei. — Que merda é essa?

— Por favor, não xingue — disse ele, enojado.

Olhei atordoada para ele.

— O que você esperava? Você desaparece sem dizer nada, me deixa sozinha na nossa noite de núpcias e aparece para me buscar com meia hora de atraso, depois de me deixar plantada num frio absurdo! Acho que eu tenho o direito de ficar irritada!

— Não, não tem. Você não tem direito nenhum.

— Não seja ridículo! Existe outra pessoa, Jack? É isso? Você está apaixonado por outra mulher? Você passou a noite com ela?

— Agora é você que está sendo ridícula. Você é a minha esposa, Grace. Por que eu precisaria de outra pessoa?

Derrotada, balancei a cabeça com tristeza.

— Eu não estou entendendo. Aconteceu alguma coisa no trabalho, alguma coisa que você não pode me contar?

— Eu vou explicar tudo quando a gente estiver na Tailândia.

— Por que você não pode me dizer agora? Por favor, Jack, me diz o que tem de errado.

— Na Tailândia.

Eu queria dizer a Jack que não sentia vontade de viajar para a Tailândia enquanto ele estivesse com esse humor, mas me senti reconfortada ao saber que lá eu teria uma explicação de por que o nosso casamento havia começado tão mal. Como o humor dele parecia estar relacionado a algum tipo de problema no trabalho, fiquei preocupada ao imaginar que isso poderia acontecer com frequência no futuro. Fiquei tão absorta tentando descobrir como me adaptar a um casamento com um homem que eu não conhecia, que demorei a perceber que estávamos indo direto para o aeroporto.

— E Millie? — gritei. — A gente devia visitá-la!

— Acho que não temos tempo. A gente devia ter pegado a saída quilômetros atrás.

— Mas eu deixei um recado para você avisando que a gente precisava passar no hospital!

— Bem, como você não falou nada a respeito quando entrou no carro, achei que tivesse mudado de ideia. Além disso, a gente realmente não tem tempo.

— Mas o nosso voo é só de tarde!

— O voo é às três. A gente tem que fazer o check-in ao meio-dia.

— Mas eu prometi a ela! Eu falei para Millie que iria vê-la hoje de manhã!

— Quando? Quando você falou isso para ela? Eu não lembro.

— Quando entrei na ambulância!

— Ela estava inconsciente, mal vai se lembrar.

— Não é essa a questão! E, de qualquer forma, eu falei para a minha mãe que a gente passaria lá e ela provavelmente avisou a Millie.

— Se você tivesse me perguntado antes, eu teria avisado que não ia dar.

— Como eu poderia ter perguntado se você sumiu? Jack, por favor, faz o retorno. A gente tem tempo suficiente. O check-in pode abrir ao meio-dia, mas só fecha muito depois. Não vou demorar, prometo, só quero ver a minha irmã.

— Me desculpe, mas isso está fora de questão.

— Por que você está fazendo isso? — exclamei. — Você conhece a Millie, sabe que ela não vai entender se eu não aparecer.

— Então ligue para ela e explique, fale que se enganou.

Frustrada, chorei convulsivamente.

— Eu não me enganei. — Solucei. — A gente tem tempo de sobra, você sabe disso!

Jack nunca tinha me visto chorar e, apesar de eu estar envergonhada por ter apelado para as lágrimas, achei que ele perceberia o quanto estava sendo inflexível. Assim, quando Jack jogou o carro no acostamento e pegou uma entrada para um posto de gasolina no último minuto, enxuguei as lágrimas e assoei o nariz, acreditando que Jack faria o retorno.

— Obrigada — falei quando ele estacionou.

Jack desligou a ignição e se virou para mim.

— Ouça o que eu vou dizer, Grace. Ouça com atenção. Se você quiser ver Millie, tudo bem. Você pode sair do carro agora e pegar um táxi até o hospital. Mas eu vou para o aeroporto e, se escolher ir para o hospital, você não vai para a Tailândia comigo. Simples assim.

Balancei a cabeça, sentindo as lágrimas escorrerem pelas minhas bochechas.

— Eu não acredito nisso — choraminguei. — Se você me amasse, não me faria escolher entre você e Millie.

— É exatamente o que eu estou fazendo.

— Como posso escolher? — Olhei para ele, angustiada. — Eu amo vocês dois!

Jack suspirou, irritado.

— Eu fico triste com a confusão que você está criando por causa disso. Devia ser bem simples. Você vai jogar fora o nosso casamento porque eu estou me recusando a voltar para visitar Millie, quando a gente já está a caminho do aeroporto? Eu não significo nada para você?

— É claro que não é assim. — Engoli em seco, reprimindo as lágrimas.

— Você não acha que eu já fui bastante generoso, sem nunca reclamar do tanto de tempo que a gente tem que passar com a Millie todo fim de semana?

— Você foi — respondi, entristecida.

Ele assentiu com a cabeça, satisfeito.

— O que você escolhe, Grace? Aeroporto ou hospital? Seu marido ou sua irmã? — Ele fez uma pausa. — Eu ou Millie?

— Você, Jack — respondi em voz baixa. — Você, é claro.

— Ótimo. Onde está o seu passaporte?

— Na minha bolsa — balbuciei.

— Você pode me dar?

Peguei a minha bolsa, tirei o passaporte e o entreguei a Jack.

— Obrigado — respondeu ele, guardando-o no bolso interno do casaco. Sem dizer mais nada, ligou o carro, saiu do posto de gasolina e voltou para a estrada.

Apesar de tudo, eu não acreditava que ele não me levaria para ver Millie e tentei entender se eu tinha acabado de passar por uma espécie de teste. Como o escolhi, talvez ele me levasse ao hospital. Quando vi que estávamos de novo a caminho do aeroporto, fiquei desesperada, não só por Millie, mas por conviver com Jack por seis meses sem perceber nenhum indício desse seu lado. Eu achava que ele era o homem mais gentil e sensato do mundo. Meus instintos queriam que eu pedisse a ele para parar o carro e me deixar sair, mas eu temia as consequências. Jack não estava de bom humor e eu não sabia se colocaria a ameaça em prática e iria para a Tailândia sem mim. E, se Jack o fizesse, o que isso significaria para mim, para nós, para o nosso casamento? Quando chegamos ao aeroporto, eu estava enjoada por causa do estresse.

Enquanto esperávamos na fila do check-in, Jack sugeriu que eu ligasse para a minha mãe e avisasse que não conseguimos passar no hospital. Ele achava que seria melhor para todos se eu ligasse logo. Ainda perdida com sua atitude, obedeci, e, quando a ligação caiu na caixa postal da minha mãe, eu não sabia se ficava chateada ou aliviada. De certa forma, concluí que devia ser melhor não ter conseguido falar com Millie, então deixei um recado. Expliquei que tinha me enganado com o horário do voo, e por isso não passaríamos no hospital. Pedi à minha mãe que mandasse um beijo para Millie e lhe dissesse que eu ligaria quando chegássemos à Tailândia. Quando desliguei, Jack sorriu e segurou a minha mão. Pela primeira vez, senti vontade de me afastar dele.

Quando chegamos ao balcão do check-in, Jack jogou todo o seu charme para cima da atendente, explicando que a gente era recém--casado e teve um casamento terrível, porque a nossa dama de honra, uma jovem com síndrome de Down, tinha caído da escada e quebrado a perna. Com isso, ele conseguiu dois assentos na primeira classe. Eu não me senti melhor — pelo contrário. O fato de ele usar a condição de Millie para ganhar a compaixão dos outros me deixou enojada. O Jack que eu conhecia jamais faria algo assim e fiquei aterrorizada ao pensar que passaria duas semanas com um total estranho. Porém, a alternativa — dizer a Jack que não queria ir à Tailândia com ele — era tão devastadora quanto. Ao passarmos pelo controle de passaportes, tive a sensação de que estava cometendo o maior erro da minha vida.

Eu me senti ainda mais confusa na sala de embarque, quando Jack se sentou para ler o jornal com um braço me abraçando, completamente despreocupado. Recusei o champanhe oferecido, esperando que Jack percebesse que eu não estava no clima para comemorações. Mas ele aceitou uma taça prontamente, parecendo alheio ao abismo que agora existia entre nós. Tentei me convencer de que se tratava apenas de uma briga de casal, um desvio momentâneo do caminho para um casamento longo e feliz. Mas, no fundo, eu sabia que a situação era bem mais séria. Desesperada para entender onde havíamos errado, repassei tudo o que tinha acontecido desde que saí do banheiro menos de vinte e quatro horas atrás. Quando me lembrei dos recados em pânico que deixei no telefone dele, me perguntei se não era eu a errada da história. Não, a culpa era de Jack, mas eu estava tão exausta que não conseguia entender o motivo. Subitamente fiquei ansiosa para embarcar logo no avião, desejando me sentir melhor depois de ser bem tratada por quatorze horas até chegarmos à Tailândia.

Eu havia me recusado a comer na sala de embarque, depois de não tomar café da manhã por estar muito chateada, e estava faminta quando entramos no avião. Jack foi solícito quando nos acomodamos nas nossas poltronas, certificando-se de que eu estava bem, e comecei a melhorar um pouco. Relaxei e senti meus olhos se fecharem.

— Cansada? — perguntou Jack.

— Sim. — Assenti com a cabeça. — E morrendo de fome. Se eu dormir, você pode me acordar para o jantar?

— É claro.

Dormi profundamente antes da decolagem. Quando voltei a abrir os olhos, a cabine estava escura e todos pareciam dormir. Jack estava acordado, lendo jornal.

Olhei para ele, perplexa.

— Pensei que eu tivesse pedido a você que me acordasse na hora do jantar.

— Eu achei melhor não incomodar você. Mas não se preocupe, o café da manhã vai ser servido daqui a algumas horinhas.

— Eu não posso esperar algumas horinhas. Eu não como nada desde ontem!

— Então peça alguma coisa às aeromoças.

Eu o encarei do outro lado do braço da poltrona. Na nossa outra vida, antes do casamento, ele mesmo teria chamado a aeromoça. Onde estava o perfeito cavalheiro que eu tinha conhecido? Tudo não passava de uma fachada? Ele havia escondido sua verdadeira personalidade com um manto de genialidade e bom humor para me impressionar? Sentindo o meu olhar, Jack guardou o jornal.

— Quem é você, Jack? — perguntei em voz baixa.

— O seu marido. Eu sou o seu marido.

Pegando a minha mão, levou-a aos lábios e a beijou.

— Na alegria e na tristeza. Na saúde e na doença. Até que a morte nos separe.

Ele soltou minha mão e apertou o botão para chamar a aeromoça, que apareceu imediatamente.

— Você poderia trazer algo para a minha esposa comer, por gentileza? Ela perdeu a hora do jantar.

— Claro, senhor. — Ela sorriu.

— Pronto — disse ele, depois que ela foi embora. — Satisfeita?

Jack pegou o jornal e eu fiquei feliz por ele não ver as lágrimas de uma gratidão patética que se acumularam nos meus olhos. Quando a refeição chegou, comi rapidamente. Eu não queria falar com ele, então dormi até começarmos a descida em Bangcoc.

Jack havia insistido em cuidar de todos os preparativos para a lua de mel, querendo me surpreender. Ele já tinha visitado a Tailândia inúmeras vezes e conhecia os melhores lugares para se hospedar, por isso, embora eu tivesse dado várias indiretas em relação a Koh Samui, não fazia a menor ideia para onde estávamos indo. Fiquei desapontada quando, em vez de nos encaminharmos para os embarques domésticos, Jack me conduziu até a fila de táxis. Em pouco tempo estávamos a caminho do centro de Bangcoc e do caos da cidade, ainda que tivesse me deixado um tanto atordoada com o barulho, me animou. Quando o táxi reduziu a velocidade em frente a um hotel chamado O Templo de Ouro, meu humor melhorou ainda mais, pois era um dos hotéis mais bonitos que eu já tinha visto. No entanto, em vez de parar, o táxi seguiu mais uns trezentos metros até pararmos diante de um hotel bom, mas menos luxuoso. O saguão era melhor que a fachada, porém, quando chegamos ao quarto e vimos que o banheiro era tão pequeno que Jack teria problemas para usar o chuveiro, esperei que ele desse meia-volta e fôssemos embora sem pensar duas vezes.

— Perfeito — comentou ele, tirando o casaco e pendurando-o no armário. — Vai caber direitinho.

— Jack, você não pode estar falando sério. — Olhei ao redor. — Eu tenho certeza de que a gente pode conseguir alguma coisa melhor que isso, não acha?

— Está na hora de acordar, Grace.

Jack parecia tão sério que me perguntei por que não havia me ocorrido antes que ele pudesse ter perdido o emprego. Quanto mais pensava nisso, mais percebia que tinha acabado de encontrar a explicação perfeita para sua súbita mudança de humor. Se ele tivesse recebido a notícia em algum momento do início da noite de sexta, raciocinei, enquanto a minha mente avançava e regredia, tentando compreender, provavelmente tinha ido ao escritório no sábado enquanto eu tomava o meu banho para tentar ajeitar as coisas com os outros parceiros antes de sairmos em lua de mel. É claro que Jack não me contaria isso durante o casamento, é claro que minha visita a Millie deve ter parecido insignificante diante do que ele estava passando! Não é de espantar que quisesse esperar que chegássemos à Tailândia para me dizer o que havia acontecido. E como obviamente tinha mudado a nossa reserva de hotel para algo mais barato, eu me preparei para ouvir que ele não havia conseguido reaver o emprego.

— O que aconteceu? — perguntei.

— Receio que o sonho tenha acabado.

— Não tem importância — falei com a voz tranquila, acreditando que isso poderia ser o melhor para nós dois. — A gente vai dar um jeito.

— Do que você está falando?

— Bom, eu tenho certeza de que você vai conseguir outro emprego logo... Ou poderia até trabalhar por conta própria, se quisesse. E, se as coisas realmente ficarem apertadas, eu posso voltar a trabalhar. Não conseguiria a mesma vaga, mas com certeza me contratariam para outra função.

Ele me olhou, intrigado.

— Eu não perdi o emprego, Grace.

Eu o encarei.

— Então por que tudo isso?

Jack balançou a cabeça, pesaroso.

— Você devia ter escolhido Millie, de verdade.

Senti o medo percorrer minha espinha.

— O que está acontecendo? — perguntei, tentando manter a voz calma. — Por que você está agindo assim?

— Tem noção do que você fez? De que você vendeu a sua alma para mim? E a de Millie, antes que a gente se esqueça. — Ele fez uma pausa. — Especialmente a de Millie.

— Para com isso! — falei com firmeza. — Para de brincar comigo!

— Não é brincadeira. — A tranquilidade em sua voz me deixou em pânico. Meus olhos percorreram o quarto, à procura de um lugar para escapar. — Agora é tarde — disse ele, ao notar o que eu queria fazer. — Tarde demais.

— Eu não estou entendendo — falei, reprimindo um soluço. — O que você quer?

— Exatamente o que eu tenho: você e Millie.

— Você não tem Millie e com certeza não tem a mim. — Peguei a minha bolsa e olhei para ele, furiosa. — Estou voltando para Londres.

Ele me deixou ir até a porta.

— Grace?

Demorei para me virar, sem saber qual seria a minha reação quando ele dissesse o que eu sabia que ia dizer, que tudo não passava de uma brincadeira idiota. Também não queria que percebesse o meu alívio, porque não sei o que teria acontecido se ele me deixasse atravessar a porta.

— O quê? — respondi com frieza.

Jack colocou a mão no bolso e tirou o meu passaporte.

— Não está esquecendo alguma coisa? — Segurando-o entre o indicador e o polegar, ele o sacudiu à minha frente. — Você não pode voltar para a Inglaterra sem isso, sabia? Na verdade, você não pode ir a lugar nenhum.

Estendi o braço.

— Por favor, devolve isso.

— Não.

— Devolve o meu passaporte, Jack! Eu estou falando sério!

— Mesmo que eu devolvesse, como você iria até o aeroporto sem dinheiro?

— Eu tenho dinheiro — respondi com raiva, satisfeita por ter comprado alguns bahts antes da viagem. — E também tenho um cartão de crédito.

— Não — disse ele, balançando a cabeça com pesar. — Não tem. Não mais.

Abri a bolsa rapidamente e descobri que minha carteira e meu celular não estavam mais ali.

— Onde estão a minha carteira e o meu celular? O que você fez com as minhas coisas?

Eu me joguei sobre a mala de Jack e a revirei, procurando os meus pertences.

— Você não vai encontrar nada aí — avisou ele, se divertindo. — Está perdendo tempo.

— Você acha mesmo que pode me manter aqui como sua prisioneira? Que eu não vou conseguir fugir se quiser?

— É aí que Millie entra — declarou ele, sério.

Senti o meu corpo gelar.

— Do que você está falando?

— Vamos colocar da seguinte forma: o que você acha que vai acontecer com ela se eu parar de pagar a escola? Talvez ela vá parar em alguma instituição...

— Eu vou pagar a escola dela. Eu tenho o dinheiro da venda da minha casa.

— Você me deu o dinheiro para comprar os móveis da nossa nova casa. Foi o que eu fiz. O que sobrou... Bem, agora é tudo meu. Você não tem dinheiro nenhum Grace. Nada, nada.

— Eu vou voltar a trabalhar. E vou processar você por ter pegado o que sobrou do meu dinheiro — acrescentei, furiosa.

— Não vai, não. Para começo de conversa, você não vai voltar a trabalhar.

— Você não pode me impedir.

— É claro que posso.

— Como? A gente está no século XXI, Jack. Se tudo isso for verdade, se não for uma espécie de piada de mau gosto, acha mesmo que eu vou continuar casada com você?

— Acho, já que você não tem escolha. Por que você não se senta para eu contar o motivo?

— Eu não estou interessada. Me dá o meu passaporte e dinheiro suficiente para voltar para a Inglaterra e a gente encara o casamento como um erro terrível. Pode ficar aqui se quiser e, quando voltar, a gente diz que não deu certo e decidimos nos separar.

— É muito gentil da sua parte. — Jack parou para avaliar minha proposta e eu prendi a respiração. — O único problema é que eu não cometo erros. Nunca cometi e nunca vou cometer.

— Por favor, Jack — pedi, desesperada. — Por favor, me deixa ir embora.

— Vou dizer para você o que eu vou fazer. Se você se sentar, posso explicar tudo, como eu disse antes. E depois que você me ouvir, se ainda quiser ir embora, eu deixo.

— Você promete?

— Dou a minha palavra.

Pesei as minhas opções e, quando percebi que não tinha nenhuma, me sentei na beirada da cama, o mais longe possível de Jack.

— Vá em frente, então.

Ele assentiu com a cabeça.

— Mas, antes de começar, só para você entender o quanto eu estou falando sério, vou contar um segredo.

Olhei para ele, desconfiada.

— O quê?

Jack se aproximou de mim, esboçando um sorrisinho no canto da boca, e sussurrou:.

— Não existe governanta nenhuma.

PRESENTE

Quando voltamos para casa depois do almoço com Diane e Esther, eu vou para o quarto, como sempre faço. Ouço o clique da chave virando na tranca e, alguns minutos depois, o chiado das persianas sendo baixadas. É uma precaução extra contra a improvável possibilidade de eu conseguir atravessar a porta trancada e descer a escada para chegar ao hall. Meus ouvidos — sensíveis aos menores ruídos, já que não há mais nada para estimulá-los, seja música ou televisão — captam o barulho dos portões pretos se abrindo e, logo em seguida, o som do carro passando pelo cascalho do caminho que levava à rua. Não estou agitada por Jack ter saído, como costumo ficar, porque hoje estou alimentada. Certa vez, ele só voltou depois de três dias, quando eu estava prestes a comer o sabonete do banheiro.

Olho ao redor para o quarto que tem sido o meu lar nos últimos seis meses. Não há muita mobília: só uma cama, uma janela com grades e outra porta, que leva a um pequeno banheiro. É o meu único portal para um mundo diferente, onde há um chuveiro, uma pia e um vaso sanitário. Uma minúscula barra de sabonete, um frasco de xampu e uma toalha são os únicos acessórios.

Embora eu conheça cada centímetro desses dois cômodos, meus olhos sempre os inspecionam, sentindo que posso encontrar alguma coisa que tornaria a minha vida mais suportável. Um prego para entalhar a minha angústia na beirada da cama, ou pelo menos para deixar algum vestígio da minha existência, caso eu desapareça de repente. Mas não há nada. De qualquer forma, Jack não pensa em me matar. O que ele planejou é mais sutil, e, como sempre acontece quando lembro o que está por vir, rezo fervorosamente para que ele morra num acidente de carro no trajeto para o trabalho. Se não essa noite, que seja antes do fim de junho, quando Millie vem morar com a gente. Depois disso, vai ser tarde demais.

Não há livros, papel ou caneta para me distrair. Eu passo os dias suspensa no tempo, uma massa sem vida na humanidade. É assim que Jack enxerga as coisas. Na verdade, eu estou deixando o tempo passar, esperando alguma oportunidade que provavelmente vai surgir. Se eu não acreditar nisso, como vou seguir em frente? Como continuar com a farsa que é a minha vida?

Hoje eu quase acreditei que teria uma chance, o que, em retrospecto, foi bem idiota da minha parte. Como posso ter achado que Jack permitiria que eu fosse a um almoço sozinha, quando poderia usar a oportunidade para fugir dele? Porém, Jack nunca tinha chegado tão longe a ponto de me levar ao local combinado, contentando-se em brincar com as minhas ilusões. Numa situação, na vez em que fingi para Diane ter esquecido que tinha combinado um almoço, Jack dirigiu até metade do trajeto para o restaurante antes de pegar o retorno para casa. Ele riu do desespero e da decepção no meu rosto quando percebi que havia perdido a chance de fugir.

Muitas vezes penso em matá-lo, mas não consigo. Para começo de conversa, não tenho os meios necessários. Não tenho acesso a remédios, facas ou outros instrumentos mortais, porque ele tomou todas as precauções possíveis. Se peço uma aspirina para dor de cabeça, e se Jack se propõe a me dar uma, ele não vai embora até eu ter engolido

85

para que eu não possa escondê-la em algum lugar cada vez que sinto dor de cabeça, juntando o bastante para envená-lo. Toda refeição é servida num prato de plástico com talheres e copo também de plástico. Quando preparo a refeição para algum jantar entre amigos, ele fica junto o tempo todo e observa atentamente enquanto guardo as facas nas caixas, para que eu não resolva esconder alguma e usá-la contra ele num momento oportuno. Ou então ele corta e fatia o que for preciso. De qualquer forma, qual seria o sentido em matá-lo? Se eu fosse presa ou esperasse pelo julgamento, o que aconteceria com Millie? Mas eu nem sempre fui assim tão passiva. Antes de compreender minha situação desesperadora, fiz vários planos para tentar fugir de Jack. Mas, no fim, não valia a pena. O preço que eu pagava ficava cada vez mais alto.

Eu me levanto e vou até a janela olhar o jardim lá embaixo. As grades são tão próximas do vidro que seria inútil quebrá-lo para tentar me espremer entre elas, e minhas chances de encontrar um objeto para serrá-las são nulas. Como Jack está sempre comigo nas raras ocasiões em que tenho permissão para sair de casa, eu jamais conseguiria esconder algum objeto que encontrasse por milagre. Ele é meu vigia, meu guardião, meu carcereiro. Não posso ir a lugar nenhum sem que ele esteja ao meu lado, nem mesmo ao banheiro de um restaurante.

Jack acha que, se ele me perdesse de vista por dois ou três segundos, eu usaria essa oportunidade para avisar a alguém sobre as condições em que vivo, pedir ajuda, escapar. Mas eu não faria isso, agora não mais, não sem ter cem por cento de certeza de que acreditariam em mim, porque eu preciso pensar em Millie. É por ela que eu não grito por ajuda na rua ou num restaurante. Além disso, Jack é muito mais convincente que eu. Já cheguei a tentar e acharam que eu era louca, enquanto Jack recebia a compaixão das pessoas por suportar os meus delírios incoerentes.

No meu quarto não há relógio de parede, e eu não tenho um de pulso, mas desenvolvi certa aptidão para estimar a hora. É mais fácil no inverno, quando anoitece cedo; no verão eu não consigo ter uma ideia exata da hora que Jack volta do trabalho — até onde eu sei, pode ser entre as sete e as dez da noite. Por mais bizarro que pareça, eu me sinto melhor ao ouvir que ele voltou. Depois dos três dias em que ele passou longe de casa, tenho medo de morrer de fome. Jack fez isso para me dar uma lição. Aprendi que tudo que ele faz ou fala é milimetricamente calculado. Ele se orgulha de dizer sempre a verdade e gosta de saber que sou a única que compreende o significado por trás de suas palavras.

O comentário que fez durante o jantar para os nossos amigos, quando disse que a mudança de Millie para a nossa casa daria uma nova dimensão às nossas vidas, é apenas um exemplo de suas expressões de duplo sentido. Seu outro comentário, de que eu era a mulher que ele havia procurado a vida toda ao saber que eu era capaz de qualquer coisa por Millie, foi outro exemplo.

Hoje Jack volta para casa, segundo as minhas estimativas, por volta das oito. Ouço a porta ser aberta e depois fechada, seus passos no hall, o som das chaves sendo jogadas na mesinha. Eu o imagino tirando o celular do bolso e, segundos depois, ouço o ruído de quando ele o coloca perto das chaves. Há uma pausa, depois o barulho da porta do closet sendo aberta para que ele pendure o casaco. Eu o conheço bem o suficiente para saber que vai direto à cozinha se servir de um copo de uísque, mas só sei disso porque o meu quarto fica acima da cozinha e aprendi a distinguir os diferentes tipos de som conforme sua noite começa.

Como previsto, dentro de um minuto ou dois — depois de olhar a correspondência, talvez — consigo ouvi-lo entrar na cozinha, abrir a porta do armário, pegar um copo, fechar a porta do armário, caminhar até o freezer, abrir a porta, puxar a gaveta, tirar a forma de gelo, retorcê-la para soltar os cubos, colocar dois no copo, um depois do outro. Ouço quando abre a torneira, enche a forma de gelo, coloca-a de volta na gaveta, fecha a gaveta, fecha a porta, pega a garrafa de uísque, abre a tampa, despeja uma dose no copo, coloca a tampa, coloca a garrafa de lado mais uma vez, pega o copo, mexe o uísque com o gelo. Não chego a ouvir o primeiro gole, apenas imagino, pois sempre se passam alguns segundos antes que eu o ouça atravessar a cozinha, passar pelo hall e entrar no escritório. Pode ser que Jack traga comida para mim durante a noite, mas, depois de tudo que comi no almoço, não me preocupo com isso.

Não há regularidade nas refeições que ele me oferece. Posso receber uma pela manhã ou uma à noite, ou nenhuma. Quando traz café da manhã, pode ser com cereais e um copo de suco, ou um pedaço de fruta e água. À noite, pode ser uma refeição com entrada, prato principal e sobremesa, servida com uma taça de vinho, ou um sanduíche com leite. Jack sabe que não existe nada mais reconfortante que a rotina, por isso me nega qualquer coisa que lembre uma. Ele está me fazendo um favor, mesmo sem saber. Sem rotina, não corro o risco de ficar engessada e incapaz de pensar por conta própria. Não posso ficar assim.

É terrível depender de alguém para receber o básico, por mais que, graças à torneira do banheiro minúsculo, eu nunca vá morrer de sede. Mas eu posso morrer de tédio, afinal, não há nada para aliviar os dias vazios que se estendem ao infinito. Os jantares que antes eu tanto temia agora são uma diversão abençoada. Chego a gostar do desafio de cumprir as exigências cada vez mais precisas de Jack sobre o menu, pois, quando sou bem-sucedida, como no último sábado, o gosto do sucesso torna a minha existência suportável. Assim é a minha vida.

Talvez cerca de meia hora depois de Jack chegar, ouço os seus passos na escada, depois no piso. A chave gira na fechadura. A porta se abre e ele para sob o batente, meu marido lindo e psicopata. Olho esperançosa para as mãos dele, mas não há nenhuma bandeja.

— Recebemos um e-mail da escola de Millie dizendo que gostariam de conversar com a gente. — Jack me observa por um instante.

— Eu gostaria de saber sobre o que poderiam querer conversar.

Sinto meu corpo gelar.

— Não faço a menor ideia — respondo, contente por ele não poder sentir meu coração batendo acelerado.

— Bem, a gente vai ter que ir lá para descobrir, não é? Janice parece ter dito à Sra. Goodrich que planejamos visitar Millie no domingo e ela sugeriu que a gente chegasse um pouco antes para conversar. — Ele faz uma pausa. — Espero que esteja tudo bem.

— Eu tenho certeza de que está — digo com mais calma do que sinto.

— É melhor mesmo.

Jack vai embora e tranca a porta ao sair. Por mais que eu esteja feliz com o e-mail enviado pela Sra. Goodrich, pois significa que vamos ver Millie outra vez, me sinto aflita. Nunca fomos chamados à escola antes. Millie sabe que não deve dizer nada, mas às vezes me pergunto se realmente entende isso. Ela não faz ideia do risco que corre. Como eu poderia contar algo assim para ela?

A necessidade de encontrar uma solução para o pesadelo que nos prende — o pesadelo que permiti que nos prendesse — me pressiona, obrigando-me a respirar fundo para não entrar em pânico. Tenho quase quatro meses para encontrar uma oportunidade e, de alguma forma, fazer com que eu e Millie não a desperdicemos, porque não temos ninguém para nos ajudar. As únicas pessoas que poderiam — porque algum instinto materno ou paterno talvez lhes dissesse que eu estava com problemas — estavam agora do outro lado do mundo, encorajadas por Jack a se mudar antes do planejado.

Ele é inteligente, muito inteligente. Tudo o que eu lhe contei foi usado contra mim. Queria nunca ter falado do horror que meus pais sentiram quando Millie nasceu. Ou de como contavam os dias para que eu cumprisse a promessa de levar Millie para morar comigo, para que eles pudessem se mudar para a Nova Zelândia. Jack brincava com o medo dos meus pais de que eu descumprisse a promessa e eles precisassem cuidar de Millie. No fim de semana em que Jack quis conhecê-los, sua intenção não era pedir a minha mão em casamento ao meu pai, mas dizer que eu havia considerado a possibilidade de Millie ir com eles para a Nova Zelândia, já que eu ia me casar e ter minha própria família. Depois de ver o choque do meu pai, Jack sugeriu que eles talvez pudessem se mudar o mais rápido possível. Ele afastou as únicas pessoas que poderiam tentar me ajudar.

Eu me sento na cama, perguntando-me como vou suportar o restante da noite e a madrugada. Eu não vou ter sono, não enquanto estiver pensando na reunião com a Sra. Goodrich. Imagino como vai ser a conversa, que seria a ocasião perfeita para deixar escapar a verdade, dizer que Jack me mantém prisioneira, fazendo ameaças terríveis a Millie. Vou poder implorar por ajuda, pedir a ela que chame a polícia. Já estive nessa situação antes e sei que Jack vai acabar comigo caso eu respire diferente durante a reunião. Não só vou ser humilhada como vou ficar ainda mais desesperada. Jack não vai abrir mão da sua vingança. Entrelaço minhas mãos e percebo a tremedeira incontrolável. Eu mal comecei a entender o que Jack sabe desde o início: o medo é o melhor freio de todos.

PASSADO

— Do que você está falando? — perguntei, sentada na beirada da cama do quarto de hotel.

Eu me questionava por que, depois de Jack me fazer escolher entre ir ao hospital ver Millie e viajar para a Tailândia ao seu lado, ainda acreditava que ele fosse um homem bom.

— Exatamente o que eu falei: não existe governanta.

Suspirei, cansada demais para ter essa conversa.

— O que você quer me contar?

— Uma história. Uma história sobre um menino. Você quer ouvir?

— Se isso significa que você vai me deixar ir embora, sim, eu adoraria ouvir.

— Ótimo.

Jack pegou a única cadeira do quarto e se sentou diante de mim.

— Era uma vez um menino que morava num lugar muito, muito distante com os pais. Quando era muito pequeno, ele tinha medo do pai, um homem forte e poderoso, e amava a mãe. Mas, quando ele percebeu que a mãe era uma mulher fraca, inútil e incapaz de protegê--lo do pai, o menino começou a desprezá-la. Ele se deleitava com a expressão de terror nos olhos dela quando o marido a arrastava até o porão e a trancava com os ratos.

"Saber que o pai era capaz de aterrorizar outro ser humano dessa forma transformou o medo que o menino sentia dele em admiração, desejando imitá-lo. Não demorou para que o som dos gritos da mãe que atravessava as tábuas do assoalho se tornasse música para os seus ouvidos. Não havia perfume mais intenso que o aroma do medo que ela sentia. O efeito era tão poderoso, que o menino passou a desejá-lo avidamente. E assim, quando o pai o deixava no comando, o menino levava a mãe para o porão. Ela implorava por clemência e seus apelos serviam apenas para excitá-lo. Quando o menino passou a beber o som do medo dela e a respirar o cheiro desse sentimento, sua vontade era de mantê-la ali para sempre.

"Certa noite, quando o menino tinha cerca de 13 anos, a mãe escapou do porão enquanto o pai trabalhava no terreno. O menino sabia que, se ela fosse embora, nunca mais ouviria o som do seu medo. Por isso, ele bateu nela para impedir que escapasse. E, quando sua mãe gritou, ele bateu mais uma vez. E mais uma. E, quanto mais ela gritava, mais ele batia, até descobrir que não conseguia parar, mesmo depois de vê-la caída no chão. Ao olhar para o rosto arrebentado e ensanguentado da mãe, ele pensou que nunca antes a havia achado tão bela.

"O pai, atraído pelos gritos da esposa, foi até a casa e puxou o menino de cima dela. Era tarde demais. A mulher estava morta. O pai ficou furioso e bateu no menino, que revidou. Quando a polícia chegou, o menino disse que o pai havia matado a mãe e que ele tinha tentado protegê-la. Com isso, o pai acabou na prisão e o menino ficou satisfeito.

"À medida que o menino crescia, ele começou a desejar ter alguém para si, alguém para aterrorizar quando e como quisesse, alguma pessoa que ele pudesse manter escondida. Alguém de quem ninguém sentiria falta. Ele sabia que não seria fácil achar uma pessoa assim, mas se convenceu de que, se procurasse com bastante afinco, acabaria encontrando. E, enquanto fazia sua busca, tentava encontrar uma forma de satisfazer os seus desejos. Você sabe o que ele fez?"

Balancei a cabeça, sem forças

— Ele virou um advogado especializado em casos de violência doméstica. E sabe o que aconteceu em seguida? — Jack se inclinou para a frente e colou os lábios no meu ouvido. — Ele se casou com você, Grace.

Eu mal conseguia respirar. Durante a história de Jack, me recusei a acreditar que ele era o menino em questão, mas agora meu corpo tremia intensamente. Eu me sentia tonta. Ele se reclinou na cadeira e esticou as pernas, um olhar de satisfação no rosto.

— E agora me responda... Gostou da história?

— Não — falei com a voz trêmula. — Mas eu a ouvi. Posso ir agora? — Fiz menção de me levantar, mas ele me empurrou de volta.

— Acredito que não.

Senti lágrimas de pavor se acumularem nos meus olhos.

— Você prometeu.

— Foi mesmo?

— Por favor. Por favor, me deixa ir embora. Eu não vou dizer a ninguém o que você me contou, eu prometo.

— É claro que você contaria.

Neguei com a cabeça.

— Não, eu não diria nada.

Ele ficou em silêncio por um momento, talvez considerando as minhas palavras.

— Eu não posso deixar você ir, Grace, porque preciso de você.

Vendo o medo no meu olhar, Jack se agachou perto de mim e respirou fundo.

— Perfeito — sussurrou ele.

Havia algo em seu tom de voz que me aterrorizou e me fez recuar.

— Não se preocupe, eu não vou machucar você — avisou ele, estendendo o braço e acariciando a minha bochecha. — Não é para isso que você está aqui. Mas voltemos à história. Assim, enquanto esperava encontrar alguém só para mim, eu me escondi sob um manto de respeitabilidade. Eu precisava encontrar o nome perfeito e cheguei a Angel. Pensei até em me chamar Gabriel Angel, mas achei que soaria um tanto forçado. Refleti um pouco, investiguei e descobri que muitos protagonistas de filmes se chamam Jack, e... surpresa! Nascia Jack Angel. Em seguida, fui atrás do emprego perfeito.

Ele balançou a cabeça, divertindo-se.

— A ironia da história sempre me agrada: Jack Angel, defensor de mulheres vítimas de agressão. Além disso, eu também precisava de uma vida perfeita. Quando um homem chega aos 40 anos solteiro, as pessoas começam a fazer perguntas. Você pode imaginar como eu me senti quando vi você e Millie juntas no parque, minha esposa perfeita e minha...

— Nunca! — exclamei de repente. — Eu nunca vou ser a sua esposa perfeita. Se você acha que a gente vai continuar casado depois do que me contou, se você acha que eu vou gerar os seus filhos...

Jack caiu na gargalhada.

— Filhos! Você sabe qual foi a coisa mais difícil que eu já fiz? Não foi matar a minha mãe ou ver o meu pai ser levado para a cadeia. Isso foi fácil, até prazeroso. O mais difícil de tudo foi fazer sexo com você. Como você não percebeu? Como não enxergou por trás das minhas desculpas? Como não sentiu, quando a gente finalmente fez sexo, que foi um esforço, nojento, antinatural? Por isso eu desapareci ontem à noite. Você queria que eu fizesse amor com você, afinal, era a nossa noite de núpcias. E não suportei a ideia de transar com você só para manter as aparências. Você pode ver, então, que não espero que carregue os meus filhos. Quando as pessoas começarem a questionar, a gente vai dizer que está passando por problemas. Depois disso, as pessoas vão ser educadas e parar de fazer perguntas. Eu preciso que você seja a minha mulher, mas só no nome. Minha recompensa não é você, Grace, mas Millie.

Olhei para Jack sem piscar.

— Millie?

— Sim, Millie. Ela se encaixa perfeitamente nas minhas exigências. Em dezesseis meses ela vai ser minha e eu vou poder ter aquilo de que me privei por tanto tempo. Só você vai sentir falta dela. Não tenho intenção de matá-la... Já cometi esse erro antes.

Levantei num pulo.

— Você acha que vou permitir que você toque num fio de cabelo de Millie?

— Se eu realmente quiser, você acha mesmo que pode me impedir?

Corri para porta.

— Está trancada — disse ele, com ar entediado.

— Socorro! — gritei, socando a porta. — Socorro!

— Faça isso outra vez e você nunca mais vai voltar a ver Millie! — vociferou Jack. — Volte aqui e sente-se.

Apesar do medo, continuei socando a porta, gritando por socorro.

— Eu estou avisando, Grace. Você se lembra do que eu falei sobre colocar Millie em alguma instituição? Você sabe como isso seria fácil? — Ele estalou os dedos. — Num piscar de olhos.

Eu me virei para encará-lo.

— Meus pais nunca permitiriam isso!

— Você consegue mesmo imaginar os seus pais largando às pressas a vida boa na Nova Zelândia para resgatar Millie e levá-la para morar com eles? Acho difícil. Não existe ninguém, Grace, ninguém que possa salvar Millie. Nem mesmo você.

— Eu sou a tutora dela! — gritei.

— Eu também, e tenho um documento que prova isso.

— Eu nunca concordaria com a internação dela!

— Mas e se eu provasse que você é doente mental? Como seu marido, eu seria responsável por vocês duas e poderia fazer o que bem entendesse. — Ele indicou a porta. — Fique à vontade: continue socando e gritando por socorro. Vai servir como base para a sua loucura.

— É você quem está louco — acusei, irritada.

— Obviamente. — Ele se levantou, caminhou até a lateral da cama, arrancou o telefone da tomada, pegou um canivete do bolso e cortou o fio. — Eu vou deixar você sozinha por um tempo para refletir sobre o que falei. Quando eu voltar, a gente vai conversar de novo. Senta na cama.

— Não.

— Não seja tão desagradável.

— Você não vai me deixar trancada aqui!

Jack veio na minha direção.

— Eu só não quero machucar você porque talvez não consiga parar. Mas é o que eu vou fazer, se for preciso. — Jack ergueu os braços e, achando que ele fosse me bater, eu me esquivei. — E se você morresse, o que seria de Millie?

Senti as mãos de Jack nos meus ombros e enrijeci de medo, esperando que subissem até o meu pescoço. Em vez disso, ele me arrastou até a cama e me empurrou para o colchão. Aliviada por não ter sido estrangulada e por ainda estar viva, pulei da cama ao ouvir o barulho da porta sendo aberta. Mas, antes que conseguisse alcançá-la, Jack atravessou o vão e a fechou ao sair. Comecei a esmurrá-la, gritando para que ele me deixasse sair. Ouvindo seus passos desaparecendo pelo corredor, gritei por socorro sem parar. Mas ninguém apareceu. Chorando, desabei no chão, arrasada.

Precisei de um tempo para me recuperar. Fiquei de pé e fui até as portas de correr da sacada, mas não consegui abri-las, apesar de usar toda a minha força. Esticando o pescoço, olhei para além da sacada, mas vi apenas o céu azul e os telhados de alguns prédios. Nosso quarto ficava no sexto andar, no fim de um longo corredor, o que significava que só havia um quarto vizinho ao nosso. Fui à parede oposta e bati com força várias vezes. Como não houve resposta, então imaginei que a maioria dos hóspedes estivesse passeando pela cidade, já que era o meio da tarde.

Precisando fazer algo, voltei a atenção para as malas em cima da cama e comecei a remexê-las, buscando algo que pudesse me ajudar a escapar daquele quarto. Mas não havia nada. Tanto a minha pinça quanto a tesourinha de unha haviam desaparecido. Não faço ideia de como Jack conseguiu tirá-las do nécessaire sem que eu percebesse. Como a bolsinha estava num compartimento interno da mala, suponho que ele tenha se livrado dos acessórios ainda na Inglaterra, talvez no hotel, enquanto eu estava no banho. Comecei a chorar ao pensar no quanto eu queria me casar menos de vinte e quatro horas atrás, sem suspeitar do horror que me esperava.

Lutando contra o pânico que ameaçava tomar conta de mim, tentei pensar racionalmente nas minhas opções. Não fazia sentido socar a parede para tentar chamar a atenção, a não ser quando eu ouvisse alguém voltar para o quarto ao lado. Pensei em passar um bilhete por baixo da porta na esperança de que algum hóspede, atravessando o corredor, pudesse encontrá-lo e, curioso, o pegasse para ler. Mas minha caneta não estava na bolsa, assim como o lápis de olho e os batons. Jack havia antecipado todos os meus passos.

Comecei a vasculhar o quarto freneticamente em busca de alguma coisa — qualquer coisa — que pudesse ajudar. Mas não havia nada. Derrotada, eu me sentei na cama. Se não ouvisse o barulho de portas abrindo e fechando em outros andares do hotel, acharia que o prédio estava deserto. Ainda assim, por mais reconfortantes que fossem aqueles barulhos, a desorientação que eu sentia era aterrorizante. Eu não conseguia acreditar que a minha situação era real e cheguei a pensar que se tratava de algum programa de televisão doentio em que as pessoas vivenciam situações terríveis enquanto o público assiste para ver como se comportam.

Por algum motivo, imaginar que eu estava assistindo a mim mesma acompanhada de milhões de pessoas me ajudou a recuar um pouco e analisar as minhas opções. Se eu focasse na história terrível de Jack, não conseguiria manter o mínimo de calma. Por isso, me deitei na cama e refleti sobre o que faria quando Jack voltasse, o que diria a ele, como agiria. Comecei a ficar sonolenta e, apesar de tentar me manter acordada, quando voltei a abrir os olhos já estava escuro. Percebi que tinha dormido. O barulho da agitada vida noturna nas ruas lá embaixo deixou claro que já havia anoitecido. Levantei da cama e fui até a porta.

Não sei por que, talvez por ainda estar com sono, eu me peguei girando a maçaneta. Ao notar que ela se movia normalmente, que a porta estava destrancada, fiquei tão surpresa que levei um tempo para reagir. De pé, enquanto tentava compreender a situação, percebi que não tinha ouvido Jack trancar a porta. Eu simplesmente presumi e não tentei abri-la. Ele não tinha dito que me trancaria. Foi uma conclusão minha. Quando me lembrei do meu pânico, da forma como havia esmurrado a porta e batido na parede, senti vergonha, imaginando Jack às gargalhadas enquanto saía do quarto.

Lágrimas de fúria machucaram os meus olhos. Com raiva, pisquei para afastá-las, lembrando que continuava prisioneira. Jack estava com o meu passaporte e com a minha bolsa. Pelo menos eu podia sair do quarto.

Abri a porta devagar, com receio de encontrá-lo parado do lado de fora, pronto para me atacar, e me forcei a olhar para o corredor. Ao ver que estava vazio, voltei para o quarto, calcei os sapatos, peguei a bolsa no chão e saí. Enquanto corria para o elevador, decidi descer de escada, com medo de encontrar Jack quando as portas do elevador se abrissem. Desci de dois em dois degraus, sem acreditar que havia desperdiçado horas preciosas achando que estava trancada. Quando cheguei ao saguão lotado, senti um alívio incrível. Respirei fundo para me recompor e segui apressadamente até a recepção, onde Jack e eu tínhamos feito o check-in apenas algumas horas antes, feliz pelo meu pesadelo ter chegado ao fim.

— Boa noite. Posso ajudá-la? — A jovem do outro lado do balcão sorriu para mim.

— Sim, por favor. Eu gostaria que você ligasse para a embaixada britânica — falei, tentando manter a calma. — Preciso voltar para a Inglaterra e perdi o meu passaporte e o dinheiro.

— Ah, eu sinto muito. — A jovem parecia sensibilizada. — A senhora pode me dizer o número do quarto?

— Eu não sei, mas fica no sexto andar. Meu nome é Grace Angel e eu cheguei hoje à tarde com o meu marido.

— Quarto 601 — confirmou ela, verificando a tela. — Onde a senhora perdeu o passaporte? Foi no aeroporto?

— Não, eu trouxe para o hotel. — Dei uma risada trêmula. — Na verdade, eu não perdi, está com o meu marido. Ele levou as coisas e agora eu não consigo voltar para casa. — Encarei-a com um olhar suplicante. — Preciso muito da sua ajuda.

— Onde está o seu marido, Sra. Angel?

— Não faço a menor ideia.

Tive vontade de dizer que ele havia me trancado no quarto, mas me contive a tempo ao lembrar que foi uma impressão minha.

— Ele saiu faz algumas horas e levou o meu passaporte e o dinheiro. Olha só, você pode ligar para a embaixada britânica, por favor?

— Espere um momento. Vou falar com o gerente.

Ela me ofereceu um sorriso encorajador, afastando-se para falar com um homem. Enquanto a mulher explicava o meu problema, o gerente olhou para mim e eu abri um sorriso fraco. Percebi que devia estar descabelada, usando as mesmas roupas amarrotadas da viagem. O homem assentia com a cabeça, sorrindo de forma tranquilizadora, e pegou o telefone para ligar.

— Talvez a senhora queira se sentar enquanto resolvemos tudo — sugeriu a recepcionista, aproximando-se de mim.

— Não, eu estou bem... De qualquer forma, provavelmente vou ter que falar com a embaixada.

Vendo que o homem havia finalizado a ligação, fui até ele.

— O que eles disseram?

— Tudo está sendo esclarecido, Sra. Angel. Por que não se senta um pouco enquanto espera?

— Tem alguém da embaixada vindo para cá?

— Não seria melhor a senhora se sentar um pouco, talvez?

— Grace?

Ao me virar, vi Jack correndo na minha direção.

— Está tudo bem, Grace, eu estou aqui.

Fui tomada pelo medo.

— Fica longe de mim! — gritei. Eu me virei para a recepcionista, que me encarava, alarmada. — Por favor, me ajuda. Esse homem é perigoso!

— Está tudo bem, Grace — disse Jack tranquilamente, pedindo desculpa ao gerente com um sorriso. — Obrigado por me avisar que ela estava aqui. — E se virou para mim, falando como se estivesse se dirigindo a uma criança: — Grace, por que a gente não volta para o quarto para que você possa dormir? Vai se sentir muito melhor depois que descansar.

— Eu não preciso dormir, eu só preciso voltar para a Inglaterra!

Ciente de que as pessoas nos olhavam com curiosidade, tentei baixar o tom de voz.

— Me dá o meu passaporte, Jack, a carteira e o celular. — Estendi a mão. — Agora.

Ele suspirou.

— Por que você sempre tem que agir assim?

— Eu quero o meu passaporte, Jack.

Ele balançou a cabeça.

— Eu devolvi o seu passaporte no aeroporto, como sempre faço, e você o guardou na bolsa, como sempre faz.

— Você sabe muito bem que não está aqui.

Coloquei a bolsa no balcão e a abri.

— Olha — falei para a mulher, com a voz trêmula. Sacudi a bolsa, deixando os meus pertences caírem no balcão. — Não está aqui, nem o passaporte nem a minha carteira. Ele pegou tudo e...

Parei, arregalando os olhos ao ver o passaporte e a carteira caindo da bolsa, além do estojo de maquiagem, da escova de cabelo, de um pacote de lenços umedecidos, de um frasco de comprimidos que eu nunca tinha visto antes e do meu celular.

— Você colocou tudo de volta! — gritei, acusando Jack. — Você voltou enquanto eu estava dormindo e colocou tudo dentro da bolsa!

Eu me virei para o gerente.

— Não tinha nada aqui antes, eu juro. Ele pegou as minhas coisas e saiu, fazendo com que eu acreditasse que estava presa no quarto.

O gerente parecia intrigado.

— É possível abrir a porta por dentro.

— Sim, mas ele me fez acreditar que estava trancada! — Ouvindo minhas próprias palavras, percebi o quanto eu soava histérica.

— Acho que sei o que aconteceu. — Jack pegou o frasco de comprimidos e o balançou. — Você se esqueceu de tomar o seu remédio?

— Eu não estou tomando remédio nenhum. Isso não é meu. Você deve ter colocado aí — gritei.

— Agora chega, Grace. — A voz de Jack era firme. — Você está sendo ridícula!

— Podemos ajudar? — ofereceu o gerente. — Um copo d'água, talvez?

— Sim, vocês podem chamar a polícia! Esse homem é um criminoso perigoso!

O choque deixou todos em silêncio.

— É verdade! — acrescentei, desesperada, ouvindo as pessoas murmurarem atrás de mim. — Ele matou a própria mãe. Chamem a polícia, por favor!

— Foi exatamente sobre isso que eu falei. — Jack suspirou. Ele e o gerente se entreolharam. — Não é a primeira vez que acontece, infelizmente. — Ele segurou meu cotovelo. — Tudo bem, Grace, agora vamos.

Com um movimento do ombro, eu me desvencilhei dele.

— Vocês podem chamar a polícia?

A recepcionista me encarou com apreensão.

— Por favor! — supliquei. — Estou falando a verdade!

— Olha só, Grace. — Jack parecia irritado. — Se quiser mesmo chamar a polícia, vai em frente. Mas lembra o que aconteceu na última vez? A gente só pôde sair do país depois de investigarem as nossas alegações. E quando perceberam que estavam numa busca sem sentido ameaçaram processar você por desperdiçar o tempo da polícia. E isso foi nos Estados Unidos. Não acho que a polícia daqui vai ser tão compreensiva.

Eu o encarei.

— Que última vez?

— Honestamente, eu não recomendo que a senhora envolva a polícia — disse o gerente, preocupado. — A não ser, é claro, que haja um bom motivo.

— Existe um ótimo motivo! Esse homem é perigoso!

— Se a Sra. Angel quiser ir embora, talvez a gente devesse chamar um táxi para levá-la ao aeroporto, agora que ela encontrou o passaporte — sugeriu a recepcionista, bastante nervosa.

Olhei para ela, aliviada.

— Sim, sim, por favor, faz isso!

Comecei a guardar os meus pertences na bolsa.

— Por favor, chama um táxi.

— Você vai realmente insistir nisso? — perguntou Jack, resignado.

— Com certeza!

— Então não tem mais nada que eu possa fazer.

Jack se virou para o gerente.

— Eu gostaria de pedir desculpa pela confusão. Um dos seus funcionários pode acompanhar a minha esposa até o nosso quarto para ela buscar a mala?

— É claro. Kiko, por favor, leve a Sra. Angel até o quarto enquanto eu chamo um táxi.

— Obrigada — falei, agradecida, seguindo Kiko até o elevador. Minhas pernas estavam tão bambas que eu mal conseguia caminhar — Muito obrigada.

— De nada, Sra. Angel — respondeu ela com educação.

— Eu sei que você deve me achar uma louca, mas posso garantir que não sou — prossegui, sentindo necessidade de me explicar.

— Está tudo bem, Sra. Angel, não precisa se explicar. — E ela sorriu, apertando o botão para chamar o elevador.

— Você precisa chamar a polícia — avisei a ela. — Assim que eu for embora, você precisa ligar para a polícia e dizer que o meu marido, o Sr. Angel, é um criminoso perigoso.

— Estou certa de que nosso gerente vai resolver tudo.

O elevador chegou e eu entrei atrás da mulher, sabendo que ela não acreditava que Jack fosse perigoso nem criminoso. Mas eu não me importava, pois pretendia ligar para a polícia assim que entrasse no táxi.

Quando chegamos ao sexto andar, eu a segui até o quarto. Peguei o cartão magnético na bolsa, abri a porta e recuei, subitamente apreensiva de entrar ali. Mas estava tudo como eu havia deixado, sem motivos para me preocupar. Fui até a mala e a revirei para pegar roupas limpas.

— Não vou demorar — falei, desaparecendo no banheiro. — Eu vou só trocar de roupa.

Tirei a roupa às pressas, tomei um banho rápido e me vesti de novo. Enquanto embolava as roupas sujas, eu me senti fisicamente revigorada e mentalmente mais forte. Sem querer demorar, abri a porta. Antes que saísse do banheiro, alguém surgiu e com uma das mãos me empurrou de volta para dentro e cobriu a minha boca com a outra, abafando o meu grito.

— Gostou da ceninha que eu armei para você? — perguntou Jack, seu rosto a centímetros do meu. — Eu gostei muito. O melhor é que resolvi dois problemas de uma só vez. Antes de mais nada, você só provou sua instabilidade na frente de dezenas de pessoas. Nesse exato momento, o gerente está escrevendo um relatório sobre o seu comportamento para deixar registrado. Também espero que tenha aprendido que eu sempre vou estar um passo à sua frente.

Ele parou um instante para permitir que suas palavras fossem absorvidas.

— Ouça agora, isso é o que a gente vai fazer: vou tirar a mão da sua boca e, se você der um pio, vou fazer você engolir comprimidos até morrer e a sua morte vai parecer o suicídio de uma mulher jovem e desequilibrada. Se isso acontecer, na posição de único guardião vivo de Millie, eu manteria a promessa que fizemos a ela e a levaria para morar na nossa nova e adorável casa. Como você não estaria lá, quem a protegeria? Fui claro?

Assenti com a cabeça, muda.

— Ótimo.

Ele me soltou, me arrastou para fora do banheiro e me jogou na cama.

— Preciso que você ouça com atenção. Sempre que você tentar escapar, seja socando a porta, falando com alguém ou tentando correr, Millie vai pagar por isso. Por exemplo, como você tentou fugir hoje, a gente não vai visitá-la no fim de semana depois de voltarmos, como ela espera que aconteça. Se você fizer algo estúpido amanhã, a gente também não vai visitá-la na semana seguinte. E assim por diante. Vamos inventar alguma virose bem grave que você pegou aqui na Tailândia para justificar a ausência, uma virose que vai durar quantas semanas forem necessárias. Por isso, se você quiser ver Millie outra vez em pouco tempo, sugiro que me obedeça.

Comecei a tremer incontrolavelmente, não só com o tom de ameaça em sua voz mas também com a dolorosa conclusão de que havia perdido a chance de escapar quando voltei ao quarto para buscar a mala. Eu não precisava da mala, podia ir embora sem ela tranquilamente, mas fez todo sentido subir para pegá-la quando Jack a mencionou.

Se ele não tivesse solicitado um acompanhante para pegar os meus pertences no quarto, eu poderia ter questionado seus motivos para querer que eu subisse. E, se tivesse notado antes que a porta estava destrancada e não tivesse dormido, ele não teria como devolver o meu passaporte, o celular e a carteira.

— Você está se perguntando se as coisas teriam sido diferentes se você tivesse agido de outra forma, não é? — perguntou Jack, divertindo-se. — Vou acabar com o seu sofrimento: a resposta é não, o final seria exatamente o mesmo. Você já deve ter percebido que eu estava observando o tempo todo. Se você tivesse descido para o saguão antes que eu devolvesse o passaporte, a carteira e o telefone, eu os teria colocado na sua mala assim que você saísse do quarto e sugerido, na frente de todo mundo, que você esqueceu onde os deixou. Depois eu faria o gerente acompanhar você até o quarto para procurar os seus pertences. Eu conheço você, Grace, eu sei como você vai agir, eu sei o que você vai dizer. Sei até que você vai tentar fugir outra vez antes de voltar para casa. Isso seria bem ridículo. Mas você vai aprender porque não tem jeito.

— Nunca — choraminguei. — Eu nunca vou me render a você.

— Bom, isso é o que vamos ver. Agora ouça com atenção o que a gente vai fazer: vamos dormir um pouco e amanhã cedo vamos descer para o café. Ao passar pela recepção, você vai se desculpar pela confusão que causou hoje à noite e dizer que, obviamente, não quer voltar para a Inglaterra. Depois de trocar olhares carinhosos comigo no café da manhã, eu vou tirar belas fotos suas do lado de fora do hotel para mostrarmos aos nossos amigos como você estava feliz aqui. Depois, enquanto eu estiver fora para cuidar de alguns negócios, você, minha querida, vai pegar sol na sacada para ficar com um belo bronzeado para quando a gente voltar.

Jack começou a desamarrar os sapatos.

— Depois de toda essa agitação, eu estou exausto.

— Eu não vou dormir na mesma cama que você!

— Então durma no chão. E não tente escapar, não vale a pena.

Peguei uma coberta na cama e sentei no chão, me enrolando na coberta, anestesiada pelo medo. Embora o instinto me dissesse para escapar assim que possível, a razão me alertava de que era muito mais fácil fugir dele na Inglaterra. Eu odiava a ideia do que Jack poderia fazer comigo se eu tentasse fugir de novo aqui na Tailândia e fracassasse. Jack achava que me conhecia, que compreendia as minhas ações e tinha previsto uma nova tentativa de fuga. Eu precisava enganá-lo, fazê-lo acreditar que havia cedido e desistido. Por mais que quisesse fugir dele, minha prioridade era voltar para a Inglaterra atrás de Millie.

PRESENTE

Enquanto estamos a caminho da escola de Millie no domingo de manhã, eu me sinto tão estressada me perguntando por que a Sra. Goodrich gostaria de conversar com a gente, que agradeço por Jack não ter me trazido café da manhã antes de sairmos. Ele também não me deu nada para comer ontem. Estou sem comer desde o almoço de sexta. Não sei por que ele está agindo assim, mas é provável que seja porque Esther comeu a sobremesa comigo, o que ele considera uma trapaça. Jack sabia que eu não conseguiria comê-la depois de falar do quarto de Millie. No mundo doentio que Jack criou para mim, eu não tenho permissão para desperdiçar comida, entre outras coisas.

Meu coração começa a bater mais forte assim que somos levados ao escritório da Sra. Goodrich, especialmente quando Janice se senta ao nosso lado, o semblante sério. Como não vimos Millie, suponho que ela ainda não saiba que estamos aqui. No fim das contas, não havia motivo de preocupação. Elas só queriam nos dizer que Millie andava com dificuldade para dormir, o que a deixava irritada durante o dia. Por isso, o médico da escola havia receitado um calmante para ela tomar antes de se deitar.

— Vocês estão falando de remédios para dormir? — pergunto.

— Sim — responde a Sra. Goodrich. — Medicamentos para serem administrados quando ela precisar, com a permissão de vocês, é claro.

— Eu não vejo problema algum. E você, querida? — pergunta Jack, virando-se para mim. — Se é para o bem de Millie...

— Eu também não vejo problema algum, se o médico acha necessário — falo devagar. — Só não queria que ela ficasse dependente de remédios para dormir.

— Ele não receitou nada muito forte, certo? — questiona Jack.

— Não, de forma alguma. São todos remédios sem receita.

A Sra. Goodrich abre uma pasta sobre a mesa, pega uma folha e a entrega a Jack.

— Obrigado. Vou anotar o nome, se a senhora não se importar.

— Na verdade, dei um comprimido para Millie ontem à noite, porque ela parecia bastante agitada — avisa Janice, enquanto Jack digita o nome do remédio no telefone. — Espero que não seja um problema.

— Claro que não — respondo, tranquilizando-a. — Você já tem a minha autorização por escrito para tomar qualquer medida necessária na minha ausência.

— Mas o que gostaríamos de saber — continua a Sra. Goodrich — é se existe algum motivo para Millie estar com dificuldades para dormir. Foi tão repentino.

Ela faz uma pausa, com delicadeza.

— Ela parecia ansiosa ou infeliz quando vocês a visitaram na semana passada?

Jack balança a cabeça.

— Parecia a Millie de sempre.

— Eu também tive essa impressão, embora ela tenha ficado um pouco chateada por que a gente não foi almoçar no hotel — acrescento. — Por algum motivo, aquele é o restaurante preferido dela, ainda que Jack e eu gostemos mais do que fica perto do lago. Mas ela acabou se divertindo.

A Sra. Goodrich e Janice se entreolham.

— A gente se perguntou se não seria por que ela ainda não viu a casa — sugere ela.

— Eu duvido — digo rapidamente. — Quero dizer, Millie entende que a gente prefere que ela só veja a casa quando estiver terminada, e não coberta com lonas e escadas. Ela falou alguma coisa sobre isso com você, querido?

— Absolutamente nada — confirma Jack. — Mas, se for isso que a está incomodando, eu ficaria mais do que feliz em levá-la para ver a casa assim que o quarto estiver terminado. O único risco é de ela se apaixonar e não querer voltar para cá — acrescentou ele, com uma risada.

— Acho que a ideia de sair daqui pode estar deixando Millie ansiosa — sugiro, ignorando a dor no meu coração. — Afinal, esse lugar tem sido a casa dela nos últimos sete anos e ela é muito, muito feliz aqui.

— Você está certa, é claro — concorda Janice. — Eu devia ter pensado nisso.

— E ela é muito ligada a você, Janice. Talvez você possa tranquilizá-la dizendo que vai manter contato, que vai continuar a vê-la depois que ela for embora — continuo. — Se você quiser, é claro.

— Mas é claro que eu quero! Millie é como uma irmã mais nova para mim.

— Bem, se você puder dizer que vai visitá-la com frequência depois que ela se mudar para a nossa casa, isso vai fazer com que Millie se sinta mais segura.

Jack sorri, compreendendo o que eu acabei de fazer.

— E, se Millie disser qualquer coisa que dê motivos para vocês se preocuparem, não importa que pareça insignificante, por favor, nos avisem — diz Jack. — A gente quer que Millie seja feliz.

— Eu gostaria de reforçar o quanto Millie tem sorte por contar com vocês dois — diz a Sra. Goodrich.

— Nós é que temos sorte — corrige Jack, com modéstia. — Na verdade, com Grace e Millie na minha vida, eu me considero o homem mais sortudo do mundo. — Ele se levanta. — Agora talvez seja melhor levarmos Millie para almoçar, embora ela provavelmente vá ficar decepcionada por não irmos ao hotel. Fiz reserva num restaurante novo. Parece que a comida lá é maravilhosa.

Não me esforço para me animar. Se Jack está nos levando a um lugar novo, significa que ele certamente o avaliou antes.

— A gente vai hotel hoje? — pergunta Millie, esperançosa, quando vamos buscá-la.

— Na verdade, tem um restaurante novo aonde eu quero levar vocês — explica Jack.

— Eu prefiro hotel — continua ela.

— Outro dia. Vamos logo.

Millie parece abatida no caminho para o carro, evidenciando sua frustração por não irmos ao hotel. Consigo apertar a mão dela ao entrarmos no carro, fazendo-a entender que precisa ter cuidado, e ela se esforça para melhorar um pouco o ânimo.

Durante o almoço, Jack pergunta a Millie por que ela está tendo dificuldades para dormir, e ela explica que tem ouvido moscas zumbindo em sua mente. Ele continua falando, querendo saber se o remédio que Janice tinha lhe dado na noite anterior havia ajudado, e Millie diz que sim, que tinha dormido muito bem, "feito um bebê". Jack conta que permitimos que ela continuasse tomando os remédios sempre que necessário. Millie pergunta se Molly já voltou, e, como eu sinto um aperto na garganta sempre que penso na filhotinha, é Jack quem responde, dizendo que é pouco provável que ela volte algum dia, que deve ter sido encontrada por alguma garotinha muito amorosa que não sabia que Molly era uma cachorrinha perdida. Jack promete dar a ela um filhotinho quando se mudar para a nossa casa. Vendo a expressão de Millie se iluminar de felicidade, sinto uma vontade avassaladora de pegar uma faca da mesa e enfiá-la no coração dele. Talvez percebendo o meu desejo, Jack estende o braço e cobre minha mão com a sua, fazendo a garçonete sorrir diante da demonstração de afeto enquanto recolhe os nossos pratos.

Ao terminarmos a sobremesa, Millie diz que precisa ir ao banheiro.

— Pode ir — diz Jack.

Millie olha para mim.

— Você vem, Grace?

Fico de pé.

— Sim, eu também preciso ir.

— Vamos todos — diz Jack.

Nós duas o seguimos até os banheiros, que são exatamente como imaginei: uma cabine única para as mulheres e outra para os homens, as duas portas lado a lado. O feminino está ocupado, então esperamos vagar, enquanto Jack se posiciona entre nós duas. Uma senhora sai e Jack segura o meu cotovelo com força, como um lembrete de que não devo dizer a ela que meu marido é um psicopata.

Quando Millie desaparece no cubículo, a senhora se vira e sorri para nós. Certamente ela imagina que somos um casal encantador, a proximidade sugerindo que somos muito apaixonados. Percebo, outra vez, o quanto a minha situação é irremediável. Estou ficando desesperada porque ninguém questiona a perfeição absoluta das nossas vidas. Quando estamos entre amigos, não entendo como eles podem ser tão estúpidos por acreditarem que Jack e eu nunca brigamos, que concordamos absolutamente em tudo e que eu, uma mulher inteligente de 32 anos e sem filhos, fico satisfeita em passar o dia inteiro brincando de casinha.

Anseio que alguém comece a questionar, a suspeitar. Penso em Esther e me pergunto se não devo ter mais cuidado com o que desejo. Se Jack suspeitar dos questionamentos dela, ele pode achar que eu a estou incentivando e minha vida vai ser ainda mais infernal. Se não fosse por Millie, eu trocaria a minha nova vida pela morte sem pestanejar. Mas, se não fosse por Millie, eu não estaria aqui. Como Jack sempre diz, ele quer Millie, não a mim.

PASSADO

Naquela manhã na Tailândia, logo após a noite em que descobri ter me casado com um monstro, eu não estava nem um pouco ansiosa para que Jack acordasse. Eu sabia que teria que começar a interpretar o papel da minha vida assim que ele abrisse os olhos. Eu havia passado a maior parte daquela longa noite me preparando mentalmente para aceitar que precisava fingir ser uma mulher derrotada e assustada se quisesse voltar para a Inglaterra o quanto antes e em segurança. Eu estava com medo, então não precisava fingir. Seria muito mais difícil fingir que me sentia derrotada, porque lutar fazia parte da minha natureza. Porém, como Jack tinha previsto que eu tentaria escapar mais uma vez antes de irmos embora da Tailândia, eu estava determinada a não fazer isso. Era importante que ele acreditasse que eu já tinha me dado por vencida.

Ao ouvi-lo se mexer, eu me encolhi ainda mais debaixo da coberta e fingi que ainda estava dormindo, na esperança de ganhar mais tempo de descanso. Ouvi quando Jack se levantou da cama e caminhou até mim, perto da parede. Dava para senti-lo me olhando do alto. Fiquei arrepiada e meu coração começou a bater tão rápido que ele certamente conseguiria farejar o meu medo. Jack se afastou depois de alguns segundos, mas só abri os olhos ao ouvir a porta do banheiro ser aberta e o barulho da água do chuveiro cair.

— Eu sei que você estava fingindo — disse ele, me fazendo gritar de susto ao aparecer bem do meu lado. — Vamos lá, levante. Lembre--se de que você precisa pedir muitas desculpas essa manhã.

Enquanto eu tomava banho e me vestia sob o olhar atento de Jack, me reconfortei com as palavras dele na noite anterior, quando disse que não estava sexualmente interessado em mim.

— Ótimo — disse ele, assentindo com a cabeça e aprovando o vestido que eu escolhi. — Agora sorria.

— Quando a gente estiver lá embaixo — balbuciei, tentando ganhar tempo.

— Agora! — Seu tom era firme. — Quero que você olhe para mim como se me amasse.

Engolindo em seco, eu me virei lentamente para Jack, certa de que não seria capaz de obedecer a ele, mas, quando vi a ternura em seu rosto ao me olhar, fiquei perdida, como se tudo o que havia acontecido nas últimas quarenta e oito horas fosse parte de um sonho. Não consegui esconder meu desejo e, quando ele sorriu com carinho para mim, eu retribuí o sorriso.

— Assim está melhor — disse ele. — Não se esqueça de continuar sorrindo durante o café.

Perplexa comigo mesma por ter esquecido quem ele era, ainda que só por um instante, senti minha pele arder de constrangimento. Ele sorriu ao notar.

— Pense da seguinte maneira, Grace: como você obviamente ainda me acha atraente, vai ser mais fácil bancar a esposa apaixonada.

Senti lágrimas de vergonha nos meus olhos e me virei de costas, detestando saber que a aparência física de Jack era tão discrepante do mal dentro dele. Se era capaz de me enganar, se era capaz, mesmo que por alguns segundos, de me fazer esquecer quem ele era, como eu poderia convencer as outras pessoas de que era um lobo em pele de cordeiro?

Pegamos o elevador até o saguão e, ao passarmos pela recepção, Jack me levou até o gerente. Ele me abraçou, enquanto eu pedia desculpa pela atitude da noite anterior, explicando que, por causa do fuso, tinha me esquecido de tomar a medicação na hora certa. Percebi que Kiko me observava em silêncio de trás do balcão e rezei para que algo nela — algum tipo de empatia feminina, talvez — pudesse reconhecer que a minha inquietação na noite anterior era genuína. Talvez ela tenha desconfiado quando Jack apareceu repentinamente no quarto enquanto eu me trocava no banheiro e lhe disse que assumiria a partir dali. Quando parei de falar, olhei para ela na esperança de que percebesse que eu estava interpretando um papel e pensasse em ligar para a embaixada. Mas, assim como antes, ela evitou me encarar.

O gerente não se importou muito com meu pedido de desculpa e nos acompanhou até o pátio, oferecendo-nos uma mesa ao sol. Mesmo sem fome, me forcei a comer, sabendo que precisava continuar forte. Enquanto comíamos, Jack conversava comigo, me contando — para que as pessoas sentadas às mesas próximas escutassem — tudo o que faríamos naquele dia. Na verdade, não fizemos nada daquilo. Assim que terminamos a refeição, fomos até o hotel cinco estrelas que vi ao passar de táxi no dia anterior e, depois de tirar várias fotos minhas diante da entrada, e eu me lembrava de momentos felizes com Millie para estampar um sorriso no rosto, Jack me levou de volta ao nosso quarto.

— Eu gostaria de ligar para Millie — falei quando ele fechou a porta. — Você poderia me dar o telefone, por favor?

Jack balançou a cabeça negativamente.

— Receio que não.

— Eu prometi à minha mãe que ligaria — insisti. — Quero saber como Millie está.

— E eu quero que seus pais achem que a gente está se divertindo tanto na nossa lua de mel que você nem sequer pensou em Millie.

— Por favor, Jack.

Eu odiava o tom de súplica na minha voz, mas estava desesperada para saber o estado de saúde da minha irmã e desejava muito ouvir a voz da minha mãe, para confirmar que o mundo que eu conhecia antes ainda existia.

— Não.

— Eu odeio você — falei, rangendo os dentes.

— É claro que odeia. Agora preste atenção. Eu vou sair por um tempo e você vai esperar na sacada para voltar para casa bem bronzeada. Por isso, certifique-se de que pegou tudo de que precisa, porque você não vai poder voltar para o quarto depois que eu sair.

Levei um tempo para entender.

— Você não está pensando em me trancar na sacada, está?

— É isso mesmo.

— Por que eu não posso ficar no quarto?

— Porque eu não posso trancar você.

Olhei para Jack sem acreditar.

— E se eu precisar ir ao banheiro?

— Você não vai poder, então sugiro que vá agora.

— Mas quanto tempo você vai ficar fora?

— Duas ou três horas. Quatro, talvez. E, caso esteja pensando em gritar por socorro da sacada, eu a aconselho a não fazer isso. Eu vou estar por perto, observando e escutando. Por isso, não faça nada idiota, Grace. Estou avisando.

Senti um calafrio na espinha diante do tom dele, mas, ainda assim, depois que Jack saiu, foi difícil não me apoiar na sacada e gritar por socorro a plenos pulmões. Tentei imaginar o que aconteceria se eu agisse assim e concluí que, mesmo que as pessoas viessem correndo, Jack também reapareceria, pronto para contar uma história convincente sobre o meu estado mental. E precisaríamos de semanas para provar as minhas alegações, caso alguém decidisse investigar mais a fundo quando eu dissesse que era uma prisioneira e Jack, um assassino.

Eu poderia contar a história da família dele e quem sabe as autoridades pudessem encontrar algum caso de um pai que havia espancado a esposa até a morte, conseguindo a partir daí chegar ao pai de Jack. Mas, mesmo que o homem explicasse que seu filho tinha cometido o crime, dificilmente acreditariam nele trinta anos depois do assassinato. De qualquer forma, era até provável que já estivesse morto. Além disso, eu não tinha como saber se a história de Jack era real. Soava terrivelmente plausível, mas Jack podia ter inventado tudo só para me assustar.

A sacada onde eu passaria as próximas horas dava para um pátio nos fundos do hotel e, olhando para baixo, era possível ver as pessoas se reunindo desordenadamente em volta da piscina, preparando-se para nadar ou em busca de um espaço para pegar sol. Ciente de que Jack podia estar me observando de qualquer lugar lá embaixo e me veria com mais facilidade do que eu o veria, me afastei da beirada. Havia duas cadeiras de ripas de madeira na sacada, daquelas desconfortáveis, que deixam marcas na parte de trás das coxas quando se passa tempo demais sentado nelas. Havia também uma mesinha, mas nenhuma espreguiçadeira com colchonete, o que tornaria aquele momento mais agradável. Por sorte, levei a toalha comigo e improvisei uma almofada para colocar numa das cadeiras. Eu só tive tempo de pegar um biquíni, o bronzeador e os óculos escuros, mas não pensei em pegar um dos muitos livros que havia levado para a viagem. Não que tivesse importância — eu sabia que não conseguiria me concentrar, mesmo se a história fosse envolvente. Após alguns minutos na sacada, eu já me sentia enjaulada, com ainda mais vontade de fugir. Fiquei feliz em saber que o quarto ao lado estava vazio, pois a tentação de gritar por socorro de uma sacada para a outra seria grande demais.

A semana seguinte foi uma tortura.

Às vezes Jack me levava para tomar café da manhã no restaurante do hotel, outras vezes, não, e ficou óbvio, pela forma como era tratado pelo gerente, que ele era um hóspede regular dali. Depois de comermos, Jack me acompanhava de volta ao quarto. Eu ficava presa na sacada até ele voltar e me deixar entrar no quarto para ir ao banheiro e comer o que tivesse me trazido para o almoço. Cerca de uma hora depois, ele me forçava a voltar à sacada e desaparecia até a noite.

Por mais terrível que fosse, havia pelo que agradecer: sempre havia um pouco de sombra na sacada e, como insisti, Jack me deu algumas garrafas d'água, embora eu tivesse que tomar cuidado com a quantidade que bebia. Ele nunca me trancava por mais de quatro horas, mas o tempo passava de maneira excruciantemente lenta. Quando tudo — a solidão, o tédio, o medo, o desespero — era demais para suportar, eu fechava os olhos e pensava em Millie.

Ainda que eu ficasse ansiosa para sair da sacada, quando Jack decidia me libertar — não porque ele sentia pena de mim, mas porque queria tirar fotos —, eu me estressava tanto que, muitas vezes, ficava feliz em voltar para o quarto do hotel. Certa noite, ele me levou para jantar num restaurante maravilhoso, onde tirou várias fotos durante a refeição. Numa tarde, ele chamou um táxi e fizemos quatro dias de passeios turísticos em quatro horas, quando ele tirou mais fotos de mim para provar o quanto eu estava me divertindo.

Em outra tarde, Jack me levou ao que devia ser um dos melhores hotéis de Bangcoc, onde ele milagrosamente conseguiu acesso à sua praia particular. Troquei de biquíni várias vezes, para parecer que as fotos eram de dias diferentes e me perguntei se não era ali que Jack passava os dias enquanto eu ficava presa na sacada. Eu esperava que os funcionários do nosso hotel questionassem por que raramente me viam, mas, quando Jack me levou para tomar café da manhã e eles perguntaram, com gentileza, se eu estava melhor, entendi que Jack tinha dito que eu estava no quarto com problemas no estômago.

Era terrível que de vez em quando eu sentisse esperança, pois Jack voltava a ser o homem por quem eu havia me apaixonado quando estávamos em público. Às vezes — ao longo de uma refeição, por exemplo —, enquanto interpretava o papel de marido atento e carinhoso, eu esquecia quem ele era. Talvez, se sua companhia não fosse tão agradável, fosse mais fácil lembrar. Mas, mesmo quando eu lembrava, era tão complicado comparar o homem que me olhava com ternura do outro lado da mesa ao homem que me mantinha presa, que eu quase acreditava se tratar de uma fantasia.

Voltar à realidade era duas vezes mais difícil, porque havia a decepção e a vergonha de ter acreditado no charme dele. Eu olhava ao redor o tempo todo, procurando uma saída, algum lugar para onde correr, alguém a quem recorrer. Jack se divertia com o meu desespero e me estimulava a seguir em frente.

— Ande — dizia ele. — Vá em frente, conte para aquela pessoa ali, ou talvez para aquela outra ali, que eu estou mantendo você como prisioneira, que eu sou um monstro, um assassino. Mas antes olhe ao redor. Olhe para esse belo restaurante onde estamos e pense... Pense na comida deliciosa que você está comendo e no vinho maravilhoso na sua taça. Você parece mesmo uma prisioneira? Eu pareço um monstro, um assassino? Acho que não. Mas, se quiser fazer isso, não vou impedir. Eu quero me divertir.

E eu engolia o choro e tentava me convencer de que, ao voltar para a Inglaterra, tudo seria mais fácil.

No início da segunda semana na Tailândia, minha situação era tão deplorável que quase não resisti a tentar escapar. Era deprimente pensar em passar os próximos seis dias na sacada, e eu também começava a reconhecer o quanto a minha situação não tinha jeito. Não tinha mais certeza de que, ao voltar à Inglaterra, eu poderia escapar de Jack com facilidade, até porque sua reputação como advogado de sucesso certamente o protegeria. Quando pensei em alertar alguém sobre quem ele realmente era, comecei a achar que a embaixada britânica na Tailândia me oferecia mais ajuda que a polícia na Inglaterra.

E havia algo mais. Nos três dias anteriores, depois que Jack destrancou a sacada e me deixou voltar para o quarto para passar o resto da noite, ele saiu novamente, avisando que retornaria em breve e, caso eu tentasse escapar, ele descobriria imediatamente. Saber que eu podia abrir a porta e ir embora era doloroso, por isso reuni toda a minha força de vontade para ignorar o instinto de fugir, o que foi bom. Na primeira noite ele voltou depois de vinte minutos; na segunda, depois de uma hora. Mas, na terceira noite, Jack só apareceu quando já eram quase onze horas, e percebi que ele me deixava cada vez mais tempo sozinha. Pensar que Jack poderia ficar fora tempo o suficiente para que eu chegasse à embaixada britânica me fez pensar nessa possibilidade.

Eu sabia que não podia contar com a colaboração da gerência do hotel e que não iria muito longe sem ajuda, mas, quando o quarto ao lado foi ocupado no fim de semana, eu me perguntei se não poderia recorrer aos hóspedes. Não dava para saber de onde eram, pois suas vozes chegavam abafadas ao nosso quarto, mas supus se tratar de um casal jovem pelo tipo de música que os dois ouviam. Por mais que mal ficassem ali durante o dia — ninguém iria à Tailândia para ficar o tempo todo no quarto do hotel, a não ser que fosse um prisioneiro como eu —, quando estavam no quarto, às vezes um dos dois ia à sacada para fumar. Eu acreditava ser o homem, pois a silhueta que conseguia identificar pela divisória parecia masculina. Às vezes eu o ouvia gritar algo para a mulher, talvez em espanhol ou português. Os dois pareciam passar a maioria das noites no quarto, por isso imaginei que estivessem em lua de mel, felizes por ficar no hotel e fazer amor. Naquelas noites, ao som de uma música suave, eu sentia vontade de chorar, lembrando como tudo poderia ter sido.

No quarto dia, como Jack não voltou até meia-noite, concluí que a minha teoria estava certa. Ele vinha aumentando gradualmente o tempo que me deixava sozinha, certo de que eu não tentaria fugir. Eu não fazia ideia de onde ele passava aquelas noites, mas, considerando seu bom humor quando voltava, presumi que visitasse algum tipo de bordel. Concluí, durante as longas horas na sacada onde só tinha minha mente como companhia, que, diante da opinião dele sobre fazer amor comigo, Jack devia ser homossexual e havia ido à Tailândia para se divertir com algo que não se permitia na Inglaterra, temendo ser chantageado. Eu sabia que a minha teoria não estava completa, afinal, ser homossexual não é um problema, mas ainda não sabia o que faltava.

Na quinta noite, quando eram duas da manhã e Jack ainda não tinha voltado, comecei a ponderar seriamente as minhas opções. Faltavam cinco dias para o fim da viagem e, além de parecer uma longa espera, havia também o medo de continuarmos ali. Naquela manhã, cada vez mais chateada por ainda não ter falado com Millie, perguntei a Jack se poderíamos visitá-la assim que voltássemos. Quando ele disse que estava gostando muito da nossa lua de mel e pensava em estendê-la, chorei em silêncio. Imaginei que se tratava de mais um dos seus jogos para me desestabilizar, mas passei o dia chorando, completamente sem esperanças.

Quando a noite chegou, eu estava determinada a escapar de Jack. Se tivesse certeza de que o casal no quarto ao lado era de espanhóis, eu poderia falar com eles e pedir ajuda, já que tinha aprendido o suficiente do idioma nas minhas viagens à Argentina. O fato de ser um casal — haveria uma mulher com quem eu pudesse falar — também ajudou na decisão. De qualquer forma, estava certa de que eles já sabiam que eu estava com problemas, pois naquela tarde, quando o homem foi à sacada fumar, ele chamou a mulher, preocupado, dizendo que tinha ouvido alguém chorar. Com medo de que Jack pudesse vê-los tentando olhar a nossa sacada, abafei meus soluços e fiquei o mais imóvel possível para que achassem que eu tinha voltado para o quarto. Desejei que meu choro pudesse me beneficiar.

Aguardei três horas depois que Jack saiu para agir. Já passava das onze da noite, mas eu sabia que o casal ainda estava acordado, porque conseguia ouvi-los andando pelo quarto. Ao me lembrar da minha última tentativa de fuga, conferi minha bolsa, a mala e o quarto para ter certeza de que o meu passaporte e a minha carteira não estavam ali. Como não os encontrei, fui até a porta e a abri lentamente, rezando para não encontrar Jack no corredor, voltando para o quarto. Eu não o vi, mas o medo de que ele aparecesse de repente me fez bater na porta do casal espanhol com mais força do que eu gostaria. Ouvi o homem resmungar alguma coisa, talvez irritado por ser perturbado àquela hora da noite.

— ¿Quién es? — perguntou ele do outro lado da porta.

— Eu sou a sua vizinha. Vocês podem me ajudar, por favor?

— ¿Qué pasa?

— Você pode abrir a porta, por favor?

O barulho inconfundível do elevador parando mais adiante no corredor me fez bater na porta mais uma vez.

— Rápido! — gritei, com o coração palpitando. — Por favor, rápido! — Quando a tranca foi aberta, o som das portas do elevador se abrindo fez com que eu me jogasse dentro do quarto. — Obrigada, obrigada! — balbuciei. — Eu... — As palavras me escaparam e olhei aterrorizada para Jack.

— Na verdade, eu achava que você vinha antes — disse ele, rindo do choque estampado no meu rosto. — Comecei a achar que você estava sendo sincera, que tinha ouvido o meu aviso e não ia tentar escapar. Obviamente, teria sido melhor para você, mas muito menos divertido para mim. Tenho que admitir que eu ficaria decepcionado se todo o meu trabalho fosse em vão.

Perdi as forças e, quando desabei no chão, tremendo de choque, ele se agachou ao meu lado.

— Me deixe adivinhar — disse ele, com a voz baixa. — Você achou que um casal espanhol estivesse hospedado nesse quarto, não é? Mas só eu estava aqui. Se você pensar bem, vai perceber que nunca ouviu a mulher responder, porque a voz vinha de um rádio. Você também não a viu na sacada, mas ainda assim acreditou que ela existia. É claro que você não sabia que eu fumava, porque tento não fazer disso um hábito, nem que eu falava espanhol.

Ele parou por um momento.

— Eu também disse que seria burrice da sua parte tentar escapar outra vez antes de a gente ir embora da Tailândia — prosseguiu ele, baixando a voz até que virasse um sussurro. — Mas, agora que tentou, o que você acha que eu vou fazer?

— Faça o que quiser. — Solucei. — Eu não me importo mais.

— Palavras corajosas, mas tenho certeza de que não são sinceras. Por exemplo, tenho certeza de que você iria sofrer se eu decidisse matá-la, pois isso significaria que nunca mais ia ver Millie.

— Você não vai me matar — falei com mais confiança do que sentia.

— Tem razão. Não vou, não ainda, pelo menos. Antes de mais nada, preciso que faça por Millie o que ela não consegue fazer por si mesma. — Ele se levantou e me olhou com frieza de cima a baixo. — Infelizmente, não posso punir você aqui, porque não tenho do que realmente privá-la. Mas, como agora você tentou escapar duas vezes, não vamos visitar Millie nos dois fins de semana depois que voltarmos para a Inglaterra.

— Você não pode fazer isso! — berrei.

— Claro que posso. E mais: eu avisei que faria isso. — Ele estendeu a mão e me puxou para que eu ficasse de pé. — Tudo bem, agora vamos embora.

Jack abriu a porta e me empurrou para o corredor.

— Valeu a pena pagar pelo quarto extra — disse ele, fechando a porta às suas costas. — O Sr. Ho, o gerente, entendeu que eu poderia precisar de um quarto separado por causa da sua condição mental. Como se sente, sabendo que eu estava observando você o tempo todo?

— Não tão bem quanto vou me sentir no dia em que você for para a cadeia — rosnei.

— Isso nunca vai acontecer, Grace — retrucou ele, me empurrando de volta para o nosso quarto. — E sabe por quê? Porque não existe nada contra mim.

Aquele foi o pior momento das duas semanas na Tailândia. Não tanto por não ter conseguido escapar, mas por ter caído em outra armadilha que Jack armou cuidadosamente para mim. Tentei pensar nos motivos que o levaram a se esforçar tanto para me pegar, já que eu não teria tentado escapar se não fosse por isso. Talvez minha submissão o entediasse, ou talvez fosse algo mais sinistro. Ao negar a si mesmo o prazer de acabar comigo fisicamente, ele queria o prazer de me deixar mentalmente perturbada. Gelei ao pensar que Jack poderia transformar meu aprisionamento numa espécie de jogo psicológico. Mesmo que eu tivesse outra oportunidade de fugir, sempre teria medo de que fosse uma armadilha, e concluí que, caso eu não escapasse na chegada à Inglaterra, antes de sair do aeroporto, seria muito, mas muito mais difícil depois que estivéssemos em casa.

Lutando contra o desespero, tentei pensar no que faria no avião e quando chegasse ao aeroporto de Heathrow. Após a decolagem, se eu contasse a uma das aeromoças que Jack me mantinha como prisioneira, eu conseguiria ficar calma enquanto ele insistisse que tudo era um delírio meu? E se ele levasse o relatório do gerente do hotel para confirmar sua versão? O que eu faria? E se eu ficasse calma e contasse que ele pretendia fazer mal a mim e à minha irmã? Conseguiria convencê-la a verificar as informações sobre Jack enquanto ainda estivéssemos no avião? E, em caso positivo, será que descobririam que ele se trata de um impostor ou que Jack Angel é um advogado de sucesso, defensor de mulheres vítimas de agressão? Eu não sabia dizer, mas estava determinada a ser ouvida e, se não fosse possível, criaria uma confusão desproporcional quando chegássemos ao aeroporto, até que me levassem para o hospital ou para a delegacia.

Não estranhei quando fiquei sonolenta assim que o nosso voo noturno decolou. Mas, ao acordar na manhã seguinte, estava tão grogue que trouxeram uma cadeira de rodas para que eu desembarcasse do avião. Minhas palavras estavam tão emboladas que eu mal conseguia falar. Embora meu cérebro enevoado me impedisse de ouvir o que Jack dizia ao médico que veio me consultar, pude ver que ele segurava um frasco de comprimidos. Ciente de que estava perdendo a chance de escapar, fiz um enorme esforço para pedir ajuda enquanto éramos conduzidos até a imigração, mas só consegui emitir ruídos ininteligíveis.

No carro, Jack me colocou no banco e afivelou o cinto de segurança. Desmoronei para o lado, batendo na porta, incapaz de lutar contra a sonolência. Quando despertei novamente, Jack me fazia beber um café forte que tinha comprado na máquina de um posto de gasolina. Fiquei um pouco mais atenta, mas ainda estava confusa e desorientada.

— Onde a gente está? — balbuciei, me esforçando para me ajeitar no banco.

— Quase chegando em casa — respondeu ele, com a voz tão animada que senti medo.

Jack voltou para o carro e, enquanto fazíamos o trajeto, eu tentava descobrir onde estávamos, mas não reconhecia o nome dos vilarejos pelos quais passávamos. Depois de quase meia hora, ele virou numa rua.

— Bem, aqui está, minha querida esposa — disse ele, parando o carro. — Espero que goste.

Paramos ao lado de enormes portões pretos. Um pouco mais à frente havia um portão preto único, com uma campainha na parede ao lado. Jack pegou um controle remoto no bolso, apertou um botão e os portões duplos se abriram.

— A casa que prometi a você como presente de casamento. Agora me diga: o que achou?

No início, achei que o que quer que ele tenha usado para me drogar agora estava me provocando alucinações. Mas percebi que estava vendo a casa que desenhamos juntos num pedaço de papel no bar do Hotel Connaught. A casa que ele prometeu encontrar para mim, até mesmo com a janelinha redonda no telhado.

— Vejo que ficou sem palavras. — Ele gargalhou, atravessando os portões.

Depois de estacionar perto da entrada, ele saiu do veículo e abriu a porta do carro para mim. Como continuei sentada, Jack me pegou pelos braços e me arrastou sem cerimônia do carro até a varanda. Ele abriu a porta e me empurrou para o hall, batendo a porta ao entrar.

— Bem-vinda — disse ele, sarcasticamente. — Espero que você seja muito feliz aqui.

O hall era lindo, com o pé-direito alto e uma escada maravilhosa. As portas à direita estavam fechadas, assim como as imensas portas duplas à esquerda.

— Eu sei que você quer conhecer tudo — continuou ele. — Mas antes não gostaria de ver Molly?

Encarei Jack.

— Molly?

— Sim, Molly. Não vai me dizer que se esqueceu dela.

— Onde ela está? — perguntei, desesperada, ao mesmo tempo surpresa por não ter pensado nela enquanto estava na Tailândia. — Onde Molly está?

— Na despensa. — Jack abriu uma porta à direita da escada e acendeu a luz. — Lá embaixo.

Seguindo-o pelo porão, reconheci os azulejos da foto que ele me mostrou de Molly no cesto. Jack parou diante de uma porta.

— Ela está aí dentro. Mas, antes de entrar para vê-la, é melhor levar um desses aqui. — Ele pegou um rolo de sacos de lixo de cima de uma prateleira, arrancou um e me deu. — Acho que vai precisar.

PRESENTE

Por mais que os dias passem lentamente, sempre fico impressionada ao ver como os domingos acabam rápido. Hoje, no entanto, estou deprimida, porque não há nenhuma visita programada para ver Millie. Não tenho certeza, mas é pouco provável que Jack me leve para vê-la depois de termos ido à escola nos últimos dois fins de semana. Ainda assim, ele pode me surpreender, por isso tomei banho, me secando com a toalha de rosto que Jack me deu. Toalhas e secadores são artigos de luxo, parte de um passado distante, assim como as visitas ao cabeleireiro. Embora me secar seja uma tristeza no inverno, nem tudo é ruim. Meu cabelo, sem o secador e sem ser cortado, é longo e brilhoso, e, com um tantinho de engenhosidade, consigo amarrá-lo num coque para não me incomodar.

Nem sempre foi tão ruim assim. Quando chegamos, meu quarto era muito melhor, com muitas opções de entretenimento, das quais eu era privada a cada tentativa de fuga. Primeiro foi a chaleira, depois o rádio, então os livros. Sem nada com o que me distrair, comecei a aliviar o tédio dos dias brincando com as roupas no armário, misturando e combinando as diferentes peças sem nenhum objetivo em mente. Depois de mais uma tentativa fracassada de fuga,

Jack me transferiu para o quartinho ao lado, sem nenhum conforto, apenas com uma cama. Ele chegou ao extremo de colocar grades na janela. Sem o armário, comecei a depender dele para receber roupas pela manhã. Em pouco tempo, perdi esse direito e agora, a não ser quando saímos, sou forçada a ficar de pijama dia e noite. Por mais que eu receba pijamas limpos três vezes por semana, nada alivia a monotonia de vestir a mesma roupa dia sim, dia não, especialmente porque todos os pijamas são iguais. Todos têm o mesmo estilo e a mesma cor — preto — sem nada que os diferencie. Certa vez, não muito tempo atrás, quando perguntei a Jack se poderia me dar um vestido para que eu usasse durante o dia, ele trouxe a cortina do meu antigo apartamento e me mandou fazer um. Ele se divertia, pois sabia que eu não tinha tesoura, linha e agulha, mas, quando me viu com ela no corpo no dia seguinte, um sarongue — o que era uma bela mudança em relação aos pijamas —, tirou-a de mim, irritado com a minha engenhosidade. Por isso brincou com Esther e Diane dizendo que eu costurava muito bem e fazia minhas próprias roupas.

Jack adora me colocar no centro das atenções para ver como reajo diante de algum comentário que ele jogue de forma casual na conversa, esperando um erro para que possa me castigar. Mas estou ficando muito boa em inventar respostas. Pessoalmente, espero que Esther e Diane me peçam para formarmos um grupo de corte e costura outra vez, porque será Jack quem vai ter que me tirar dessa. Talvez ele quebre o meu braço ou esmague os meus dedos numa porta. Até agora, ele nunca me machucou fisicamente, mas eu acredito que, em algumas circunstâncias, era isso que ele queria fazer.

Num certo momento da tarde, ouço a campainha tocar e me levanto da cama num pulo, colando o ouvido na porta. É a primeira situação empolgante que me acontece em um bom tempo, já que as pessoas nunca aparecem sem ser convidadas. Tento ouvir se Jack vai deixar quem tocou entrar, ou, pelo menos, perguntar o que a pessoa quer. Pelo silêncio, sei que ele escolheu fingir que não estamos em casa

— para a sorte dele, não dá para ver o carro estacionado na entrada através dos portões pretos. Quando a campainha toca mais uma vez, agora mais insistentemente, penso em Esther.

Tenho pensado bastante nela ultimamente, em especial por causa do modo como repetiu o número do celular no restaurante na semana passada. Quanto mais penso nisso, mais tenho certeza de que Esther entendeu que eu precisava ouvi-lo outra vez. Por isso sei que, se um dia eu precisar de ajuda, vou recorrer a ela, e não a Diane, que conheço há mais tempo. Perdi todas as minhas amigas, até mesmo Kate e Emily, que eu achava que estariam sempre ao meu lado. No entanto, meus e-mails ocasionais e muito curtos — ditados por Jack —, nos quais descrevia empolgada o quanto a vida de casada era maravilhosa e dizia que andava ocupada demais para vê-las, serviram para garantir que elas logo parassem de me responder. Não recebi nem sequer um cartão de aniversário esse ano.

Agora que se livrou das minhas amigas, Jack permite que eu responda a outros e-mails enviados especificamente para mim — como dos meus pais ou de Diane, por exemplo —, em vez de respondê-los ele mesmo, mas apenas para que o texto tenha um tom mais genuíno, ainda que eu não consiga imaginar o quanto minhas mensagens poderiam ser genuínas com Jack respirando na minha nuca enquanto escrevo. Para fazer isso, sou levada ao escritório, e gosto desses momentos quando há um computador e um telefone ao meu alcance. O potencial para alertar alguém é maior do que em qualquer outro lugar.

Meu coração sempre bate mais rápido quando Jack me faz sentar com o computador e o telefone a apenas alguns centímetros de distância, pois sempre sinto a esperança de que ele se distraia tempo o bastante para que eu consiga puxar o telefone, discar rapidamente o número da emergência e berrar todo o meu desespero para a polícia. Ou digitar um apelo de socorro no teclado para quem for receber meu e-mail e clicar no botão de enviar antes que ele me impeça. A tentação é grande, mas Jack está sempre alerta. Ele fica o tempo todo muito perto e inspeciona cada mensagem antes de permitir que eu a envie.

Certa vez, enquanto eu escrevia, achei que teria minha chance quando alguém tocou a campainha no portão, mas, em vez de verificar quem era, Jack simplesmente a ignorou, assim como faz quando o telefone toca enquanto estou sentada ao computador. Mesmo assim, junto à frustração que sinto quando ele me acompanha de volta ao quarto, diante de mais uma oportunidade perdida, há também uma sensação de quase contentamento, especialmente depois de escrever para os meus pais. É quase como se eu acreditasse nas mentiras que conto a eles, sobre os fins de semana que eu e Jack passamos fora, ou sobre visitas a belos jardins, casas de campo, lugares onde nunca estive nem nunca estarei, e ainda consigo descrevê-los com enormes detalhes. Mas, assim como todos os pontos altos, a descida é difícil e, depois da euforia, fico mais deprimida que nunca.

A campainha não toca uma terceira vez, por isso volto para a cama e me deito. Estou tão agitada que decido tentar meditar um pouco para relaxar. Aprendi a meditar sozinha pouco depois que Jack me transferiu para esse quarto, temendo de enlouquecer sem ter nada para fazer o dia inteiro. Sou tão boa nisso que às vezes consigo flutuar pelo que parecem horas, embora provavelmente seja muito menos tempo. Costumo começar imaginando que estou com Millie, as duas sentadas num lindo jardim com um cachorrinho aos nossos pés. Porém, não é Molly — para poder me entregar por completo, preciso ter pensamentos felizes. Hoje, entretanto, não consigo relaxar, pois só penso em Esther dirigindo para longe da casa. Em meu isolamento, me tornei supersticiosa e interpreto a imagem como um sinal de que entendi tudo errado, de que minha ajuda não vai vir de Esther.

Quando ouço Jack subir as escadas, talvez uma hora depois ıa campainha tocar, tento adivinhar se ele está vindo para fazer algum tipo de jogo comigo ou se simplesmente está me trazendo o almoço atrasado. Ele destranca a porta; como não carrega bandeja alguma, me preparo para um dos seus jogos sádicos, especialmente quando vejo que está segurando um livro. A vontade de avançar e tirá-lo da mão de Jack é forte, mas continuo com uma expressão impassível e faço o meu melhor para não olhar para ele, imaginando que tipo de suplício inventou dessa vez. Jack sabe o quanto eu adoraria ter algo para ler — perdi a conta de quantas vezes implorei para que me trouxesse um jornal, nem que fosse apenas um por semana, para que eu me atualizasse com as notícias do mundo e não parecesse uma completa idiota quando saímos para jantar. Por isso acredito que ele vá me oferecer o livro e puxar o braço no momento em que eu estender a mão para pegá-lo.

— Eu tenho uma coisa para você — avisa ele.

— O quê? — pergunto, com o mínimo de entusiasmo que consigo demonstrar.

— Um livro. — Ele faz uma pausa. — Gostaria de recebê-lo?

Eu odeio quando Jack faz essa pergunta, pois estou condenada se disser que sim ou que não.

— Depende — respondo, detestando prolongar minha agonia ao tentar mantê-lo ali pelo máximo de tempo possível, porque ao menos é alguém com quem conversar.

— Do quê?

— Do título. Se for *Minha vida com um psicopata*, não estou interessada.

Ele sorri.

— Na verdade, é aquele que Esther recomendou.

— E você decidiu comprá-lo para mim?

— Não, ela o deixou aqui. — Jack faz outra pausa. — Em circunstâncias normais, eu o teria jogado no lixo, mas ele foi deixado junto de um convite encantador para um jantar no sábado que vem, com um pequeno P.S. no qual ela diz que não vê a hora de saber a sua opinião sobre o livro. Sugiro que você o tenha lido até lá.

— Não sei se vou ter tempo, mas vou fazer o meu melhor.

— Não banque a espertinha — adverte ele. — Você ficou tão boa em evitar seus castigos que não preciso de muito hoje em dia.

Ele vai embora, e, sem conseguir mais esperar, abro o livro e leio a primeira página para ter uma ideia do que se trata. Percebo que vou adorar a leitura e odeio pensar que só vou precisar de um dia ou dois para terminar. Eu me pergunto se não devia esperar um pouco antes de começá-lo pra valer, limitando-me a um capítulo por dia, mas, como sempre existe a possibilidade de que Jack o pegue de volta antes que eu consiga terminá-lo, vou para a cama e me preparo para passar as melhores horas em um bom tempo. Depois de uma hora mergulhada na leitura, percebo que uma das palavras que acabei de ler, a palavra "bem", se destaca em relação às outras e, ao olhar mais de perto, vejo que foi levemente marcada a lápis.

Algo estimula a minha memória e, voltando algumas páginas, encontro a palavra "tudo" realçada da mesma maneira, mas com tamanha sutileza que não sei ao certo se a teria encontrado se não a estivesse procurando. Volto mais algumas páginas e me deparo com a palavra "está", que reconheço como a palavra que tinha chamado minha atenção antes, embora eu tivesse justificado seu tom mais escuro como um problema de impressão. Intrigada, continuo voltando as páginas e eventualmente encontro um minúsculo "oi" perto do início do livro.

Junto todas as palavras: "oi está tudo bem."

Meu coração começa a bater acelerado quando considero a possibilidade de Esther ter escrito uma mensagem para mim. Caso seja isso mesmo, deve haver mais. Com uma sensação crescente de empolgação, esquadrinho o restante do livro em busca de sinais de palavras marcadas e encontro "você", "precisa", "de", e, na penúltima página do livro, "ajuda".

A euforia que sinto por ela ter percebido a minha situação e querer ajudar não dura muito, afinal, como eu poderia responder quando sequer tenho um lápis? E, mesmo se tivesse, não saberia o que responder. Um simples "sim" não seria suficiente, e um "sim, chame a polícia" seria inútil, porque, como descobri da forma mais difícil, Jack conhece todo mundo no departamento. Como os funcionários do hotel na Tailândia, a polícia me vê como bipolar, inclinada a acusar meu marido, um advogado dedicado e brilhante, de me manter prisioneira. Mesmo que os policiais viessem sem avisar, Jack não teria dificuldades em explicar esse quarto ou qualquer outro cômodo. De todo modo, ele jamais permitiria que eu devolvesse o livro a Esther sem examiná-lo antes, assim como sempre faz com a minha bolsa antes de sairmos para garantir que esteja vazia.

Subitamente me ocorre que Jack não me daria o livro sem que o analisasse minuciosamente de antemão, o que significa que era bem provável que ele tivesse visto as palavras sublinhadas. É um pensamento aterrador, principalmente porque Jack poderia representar um risco para Esther. Isso significa que também vou ter que ser cuidadosa com o que disser a ela quando nos encontrarmos na semana seguinte, pois, sabendo que não posso responder com um bilhete, Jack vai prestar atenção a cada palavra minha. Ele com certeza espera que eu diga algo como "achei a mensagem da autora bastante pertinente". Mas vai ficar decepcionado. Posso ter sido burra assim uma vez, mas isso não voltaria a acontecer. Pode ser difícil responder a Esther, mas me recuso a ficar abatida. Sinto uma enorme gratidão por ela ter percebido tão rapidamente o que ninguém mais percebeu, nem meus pais, nem Diane, nem Janice nem a polícia: Jack controla tudo o que faço.

Então me ocorre que, se ela suspeita que ele me controla, certamente imagina que também controla os meus contatos. Isso me faz franzir a testa. Se Esther notou que Jack é perigoso, por que ela se arriscaria a ser descoberta quando não tem nada de concreto para provar suas suspeitas?

Volto à leitura, esperando encontrar uma dica de como posso me comunicar com Esther sem que Jack descubra. Como posso desapontá--la depois da sua maravilhosa tentativa de me ajudar?

Em algum ponto da noite, quando ainda estou pensando em como mandar uma mensagem para Esther, ouço Jack subir a escada, por isso fecho o livro rapidamente e o coloco sobre a cama, a certa distância de mim.

— Já terminou? — pergunta ele, apontando com a cabeça para o livro.

— Para falar a verdade, não estou conseguindo me envolver com a trama — minto. — Não é o tipo de coisa que costumo ler.

— Até que ponto você chegou?

— Não muito longe.

— Bem, não esqueça que você deve terminá-lo antes do encontro com ela na semana que vem.

Jack vai embora e volto a franzir a testa. É a segunda vez que ele insiste para que eu leia o livro antes de irmos ao jantar de Esther, o que significa que sabe das palavras marcadas e está esperando que eu cave a minha própria cova. Afinal, como ele próprio admitiu ao dizer mais cedo que eu estava bancando a espertinha, Jack sentia falta de me castigar, então posso imaginar o quanto devia estar feliz por ver a mensagem de Esther — e como deve ter gargalhado com a tentativa dela de me ajudar. Porém, quanto mais penso, mais sinto que devo ter deixado alguma coisa passar. E, quando me lembro do tempo que se passou entre o toque da campainha e Jack me trazer o livro, eu me pergunto se as palavras marcadas na verdade não seriam obra do próprio Jack.

PASSADO

Molly devia estar morta havia poucos dias, o corpo dela ainda não estava em decomposição. Jack foi muito esperto; ele deixou um pouco de água, mas não o bastante para durar as duas semanas até voltarmos para casa. O choque de encontrá-la morta foi terrível. O olhar de maldade e expectativa no rosto de Jack ao abrir a porta da lavanderia já me dizia algo — cheguei a pensar que a havia deixado amarrada durante as duas semanas em que estivemos fora ou que ela não estaria ali —, mas não que ele a tinha deixado para morrer.

No começo, ao ver o seu corpinho estirado no chão, achei que as drogas que Jack tinha me dado estavam me deixando perturbada, porque eu ainda estava atordoada. Mas, quando ajoelhei ao lado dela e toquei seu corpo frio e rígido, imaginei como a cachorrinha devia ter tido uma morte terrível. Foi ali que não só jurei que mataria Jack como também que o faria sofrer como ele havia feito com Molly.

Ele fingiu surpresa diante da minha angústia, lembrando-me de que tinha dito na Tailândia que não havia governanta alguma. Fiquei feliz por não ter prestado muita atenção às suas palavras naquele momento. Se tivesse entendido o que ele quis dizer, não sei como chegaria ao fim daquelas duas semanas.

— Fico feliz em ver que você a amava — comentou ele, enquanto eu chorava, ajoelhada ao lado de Molly. — Era o que eu esperava. É importante que você compreenda o quanto seria mais difícil se fosse Millie deitada aí no lugar de Molly. E, se Millie estivesse morta, você teria que tomar o lugar dela. Quando você para um instante para pensar, ninguém sentiria a sua falta de verdade e, se alguém perguntasse onde você está, eu diria que, diante da morte da sua adorada irmã, você decidiu morar com os seus pais na Nova Zelândia.

— E por que eu não posso tomar o lugar de Millie, de qualquer jeito? — Solucei. — Por que você precisa dela?

— Porque vai ser muito mais fácil colocar medo nela do que em você. Além disso, se eu estiver com Millie, vou ter tudo que preciso bem aqui, sem precisar ir para a Tailândia.

— Eu não estou entendendo. — Sequei as lágrimas das bochechas com as costas da mão. — Você não vai à Tailândia para fazer sexo com homens?

— Sexo com homens? — Jack pareceu achar a ideia engraçada. — Eu poderia fazer isso aqui, se quisesse. Não que eu queira. Sabe, não me interesso por sexo. Viajo à Tailândia para curtir a minha maior paixão. Não que eu suje as minhas mãos, entende? Não, meu papel é mais o de observador, de ouvinte.

Ergui o olhar para Jack, que aproximou sua cabeça da minha.

— Medo — sussurrou ele. — Não existe nada igual. Adoro o que ele causa, a sensação que provoca, seu cheiro. E especialmente o som. — Senti sua língua na minha bochecha. — Adoro até mesmo o sabor.

— Você me dá nojo — falei, indignada. — Você deve ser uma das pessoas mais cruéis do mundo. Eu vou pegar você, Jack. Prometo. No fim, eu vou pegar você.

— Não se antes eu pegar Millie, que é o que pretendo fazer.

— Então você vai matá-la — falei, com a voz desaparecendo.

— Matar? E o que eu faria com ela morta? Não vou matar Millie, Grace. Só assustá-la um pouco. Agora me diga: você quer enterrar a cachorra ou jogá-la no lixo?

Ele não se prontificou a me ajudar. Simplesmente ficou parado e me observou enrolar o corpo de Molly no saco de lixo. Soluçando de aflição, carreguei-a até o andar de cima, atravessei a cozinha e cheguei à varanda que eu tinha pedido a ele. Olhei ao redor no enorme jardim, tremendo de terror e de frio, sem saber onde colocá-la.

Jack me seguiu até o lado de fora. Apontando para uma cerca viva do outro lado do jardim, ele me disse para enterrá-la atrás dela. Ao passar pela cerca, vi uma pá enfiada na terra. Pensar que ele havia arrumado uma pá para que eu enterrasse Molly antes de deixá-la para morrer me fez chorar outra vez. Tinha chovido nas duas últimas semanas e a terra estava macia, mas eu só consegui cavar a cova de Molly porque imaginava se tratar da cova de Jack. Quando terminei, tirei o corpo de Molly do saco de lixo e a abracei por um momento, pensando em Millie e imaginando como contaria a ela que Molly havia morrido.

— Ela não vai voltar à vida, não importa o quanto a abrace — disse ele lentamente. — Faça logo o que tem que ser feito.

Temendo que Jack a arrancasse de mim e a jogasse de qualquer jeito no buraco que cavei, depositei-a delicadamente e cobri com terra. Foi só então que entendi o horror daquele momento e, largando a pá no chão, corri para trás de uma árvore e vomitei.

— Você vai precisar ter um estômago mais forte — comentou ele, enquanto eu limpava a boca com as costas da mão.

Suas palavras fizeram ondas de pânico percorrerem o meu corpo. Correndo até a pá, agarrei-a e parti para cima de Jack. Com a pá erguida acima da cabeça, me preparei para golpeá-lo e transformar a cabeça dele numa massa disforme. Mas eu não era páreo para Jack. Ao erguer o braço, ele segurou a pá e conseguiu tirá-la de mim, me fazendo perder o equilíbrio. Eu me endireitei e comecei a correr e gritar por socorro a plenos pulmões. Quando percebi que dava para ver as janelas da propriedade mais próxima em meio às árvores, parti em direção à casa, torcendo para que alguém tivesse ouvido os meus gritos. Enquanto corria, procurei uma saída do jardim. Ao notar que os muros que o cercavam eram altos demais para serem escalados, respirei fundo, pronta para gritar outra vez com todas as forças, sabendo que essa poderia ser a minha única chance. Uma pancada nas costas me fez soltar o ar que havia inspirado e não dei mais que um grunhido. Quando eu caí para a frente, a mão de Jack cobriu minha boca, me silenciando por completo. Ele me sacudiu para que eu ficasse de pé, usando a outra mão para levar meu braço às costas, me deixando indefesa.

— Acho que você não está com pressa para rever Millie — sussurrou ele, conduzindo-me de volta à casa. — Por causa das suas tentativas de fuga na Tailândia, você já perdeu o direito de vê-la nos próximos dois fins de semana; agora, não vai vê-la pelo terceiro fim de semana seguido. E, se tentar mais alguma coisa, não vai vê-la por um mês inteiro.

Eu me debati contra ele, virando a cabeça num esforço desesperado para afastar a mão de Jack da minha boca, mas ele simplesmente me segurou com mais força.

— Pobre Millie. — E suspirou, fingindo tristeza, enquanto me empurrava pela varanda até a cozinha. — Ela vai achar que você a abandonou, que não tem mais tempo para ela agora que se casou. — Jack me jogou longe. — Ouça o que eu vou dizer, Grace: estou disposto a tratar você bem, se não fizer nenhuma estupidez; afinal, não tenho interesse em maltratá-la. Mas não vou hesitar em tirar os privilégios que concedi a você se fizer algo que me desagrade. Estamos entendidos?

Jogada na parede e tremendo de cansaço, ou por consequência das drogas, ou do medo, só consegui assentir com a cabeça, em silêncio

— Ótimo. Antes que eu possa mostrar o restante da casa, tenho certeza de que você gostaria de tomar um banho.

Lágrimas patéticas de gratidão escorreram dos meus olhos.

— Eu não sou um monstro — disse ele de testa franzida, percebendo a minha reação. — Bom, pelo menos não nesse sentido. Venha, vou mostrar para você onde fica o seu banheiro e, depois de um bom banho, a gente pode ver a casa.

Eu o segui até o hall e escada acima, mal prestando atenção ao redor. Abrindo uma porta, Jack me fez entrar num quarto claro e ventilado, decorado em tons pálidos de verde e bege. Na cama de casal, reconheci algumas das cobertas e almofadas que escolhi no dia em que saímos juntos para comprar os móveis da casa. No mundo hostil em que eu vivia, aqueles objetos eram como velhos amigos e meu ânimo melhorou um pouco.

— Gostou? — perguntou ele.

— Sim — respondi, relutante.

— Ótimo. — Jack pareceu satisfeito. — O banheiro fica ali e você vai encontrar as suas roupas no armário. — Então olhou para o relógio de pulso. — Você tem quinze minutos.

Jack saiu e fechou a porta. Curiosa, fui até o imenso guarda-roupa que ocupava toda a parede à minha esquerda. Abrindo as portas de correr, vi as roupas que tinha mandado para a casa antes da minha chegada, as roupas que não precisei levar para a Tailândia, penduradas ali. Meus suéteres e minhas camisetas estavam dobrados nos nichos e minhas roupas íntimas foram acomodadas em gavetas feitas especialmente para isso. Em outra parte do guarda-roupa, meus incontáveis pares de sapatos foram colocados dentro de caixas de plástico transparentes. Tudo parecia tão normal que, mais uma vez, tive uma sensação de ruptura. Era impossível comparar o belo quarto que Jack havia preparado para mim e a promessa de um banho com o que ele tinha feito antes. Eu não conseguia me livrar da sensação de que, se deitasse na cama para dormir um pouco, descobriria ao acordar que tudo não passava de um pesadelo terrível.

Fui à janela e olhei para fora. A vista dava para a lateral da casa, onde um jardim de rosas havia sido plantado. Enquanto eu apreciava a beleza das flores e a tranquilidade daquela tarde, um saco de lixo preto, carregado por uma súbita rajada de vento, veio voando rapidamente dos fundos da casa e ficou preso numa das roseiras. Ao ver que era o saco no qual eu tinha levado Molly para o jardim, dei um grito angustiado, me virando de costas para a janela e correndo até a porta, ciente de que havia perdido minutos preciosos em vez de tentar escapar. Abrindo-a com um puxão, eu estava prestes a correr para o hall quando o braço de Jack apareceu, estendido, bloqueando a minha passagem.

— Vai a algum lugar? — perguntou ele, de bom humor. Eu o encarei, com o coração batendo forte no peito. — Você não estaria pensando em tentar ir embora, estaria?

Pensei em Millie, em como ela ficaria chateada quando eu não aparecesse nas próximas três semanas, e soube que não poderia me arriscar a ser punida novamente.

— Toalhas — balbuciei. — Eu queria saber onde ficam as toalhas.

— Se você tivesse olhado no banheiro, teria encontrado. Rápido, você só tem mais dez minutos.

Depois que Jack fechou a porta na minha cara, me prendendo mais uma vez, fui até o banheiro. Encontrei um chuveiro e uma banheira à parte, além da pia e do vaso sanitário. Havia uma pilha enorme de toalhas macias sobre um armário baixo e, ao abri-lo, vi que estava generosamente abastecido com frascos de xampu, condicionador e sabonete líquido. Subitamente desesperada para limpar a sujeira que parecia penetrar em cada poro do meu corpo, tirei a roupa, abri o chuveiro e, com tudo o que era necessário, entrei debaixo d'água. Ajustei a temperatura até chegar ao ponto mais quente que conseguia suportar, passei xampu no cabelo e esfreguei bem o corpo, sem saber se algum dia voltaria a me sentir limpa. Eu teria ficado mais tempo no banho, porém temia que Jack aparecesse e me arrancasse do chuveiro assim que meus dez minutos se esgotassem. Por isso fechei a água e me enxuguei rapidamente.

No armário embaixo da pia, encontrei um pacote de escovas de dentes e tubos de pasta. Usei dois preciosos minutos do tempo que me restava para escovar os dentes até minhas gengivas sangrarem. Corri para o quarto, abri o armário, tirei um vestido do cabide, peguei um sutiã e uma calcinha da gaveta e me vesti rapidamente. Quando a porta se abriu, eu estava fechando o vestido.

— Ótimo — disse ele. — Eu não queria ter que entrar aqui e arrancar você do chuveiro, mas faria isso se fosse preciso. — Jack indicou o guarda-roupa com a cabeça. — Calce alguma coisa.

Após um breve momento de hesitação, escolhi um par de sapatos de salto baixo e não os chinelos que meus pés tanto pediam, na esperança de que me dessem a sensação de ter controle sobre alguma coisa.

— Agora vamos ver o restante da casa. Espero que goste.

Desci a escada atrás de Jack, me perguntando que importância tinha para ele se eu gostava ou não da casa. Embora estivesse decidida a não ficar impressionada, a razão me dizia que reagir de forma positiva, como ele esperava, poderia me trazer benefícios.

— Levei dois anos para deixar a casa exatamente do jeito que eu queria — comentou ele quando chegamos ao hall. — Especialmente depois que precisei fazer mudanças de última hora, com as quais não contava. Por exemplo, originalmente a cozinha não dava para uma varanda, mas mandei construí-la porque achei uma excelente ideia. Felizmente, consegui adaptar o restante dos seus desejos ao que já estava pronto — prosseguiu ele, confirmando o que eu já suspeitava.

No dia em que Jack me pediu para descrever a casa onde eu gostaria de morar, ele me levou a sugerir a casa que já havia comprado.

— Não sei se lembra, mas você pediu um banheiro no térreo para os convidados, só que, quando eu sugeri um quartinho para guardar roupas, você aceitou prontamente. — Abrindo uma porta à direita, ele revelou o quartinho que abrigava um armário, um espelho enorme e um lavabo à parte.

— Muito esperto — falei, referindo-me ao modo como ele havia me manipulado.

— Sim, bastante — concordou ele. Caminhando pelo hall, Jack abriu a porta seguinte. — Meu escritório e a biblioteca.

Vi de relance uma sala coberta do chão ao teto por estantes cheias de livros e, numa alcova à direita, uma mesa de mogno.

— Você não vai frequentar esse cômodo. — Atravessando para o outro lado do hall, ele abriu as imensas portas duplas que eu tinha visto anteriormente. — A sala de estar e a sala de jantar.

Jack segurou as portas, me convidando a entrar, e parei diante de uma das salas mais bonitas que já tinha visto. Mas mal prestei atenção às quatro janelas de sacada que davam para o jardim de rosas na lateral da casa ou ao pé-direito alto ou à elegante passagem em arco que levava à sala de jantar, pois meus olhos foram atraídos de imediato para a lareira, onde *Vaga-lumes*, o quadro que pintei para ele, estava pendurado.

— Ficou perfeito ali, não acha? — perguntou ele.

Lembrando o amor e o trabalho que investi na pintura e o fato de ser composto por centenas de beijos, senti um frio na barriga. Abruptamente, dei meia-volta e parti em direção ao hall.

— Espero que isso não signifique que você não gostou da sala. — Ele arqueou as sobrancelhas, seguindo-me.

— Por que você se importa se eu gostei ou não? — perguntei rispidamente.

— Eu não tenho nada contra você, Grace — disse ele, pacientemente, andando pelo hall. — Como expliquei na Tailândia, você é o meio para que eu chegue ao fim com o qual sempre sonhei, então é normal que eu sinta certa forma de gratidão a você. Por isso, gostaria que sua experiência aqui fosse a mais agradável possível, pelo menos até a chegada da sua irmã. Assim que isso acontecer, receio que a sua vida vá voltar a ficar desagradável. E a dela também, é claro. Mas me responda uma coisa: você não teve chance de dar uma boa olhada na cozinha, não é? — Jack abriu a porta da cozinha e vi o balcão de café da manhã que pensamos juntos, completo com quatro bancos altos e cintilantes.

— Ah, Millie vai adorar esses bancos — gritei, já conseguindo enxergá-la girando neles.

Houve apenas silêncio em seguida, lembrando-me de tudo o que tinha acontecido. A cozinha começou a rodar tão rápido que senti meu corpo cair. Ciente dos braços de Jack se estendendo para me segurar, tentei lutar contra ele, mesmo sem forças, antes de perder os sentidos.

Quando voltei a abrir os olhos, me sentia tão descansada, que achei que estava de férias em algum lugar. Olhando ao redor, ainda inebriada pelo sono, vi todo o equipamento necessário para fazer chá e café sobre uma mesa ao lado da cama e concluí que estava num hotel, mas não sabia onde. Olhei para as paredes de um verde pálido, ao mesmo tempo familiares e estranhas, então subitamente lembrei onde estava. Pulei da cama, corri até a porta e tentei abri-la. Quando descobri que estava trancada, comecei a esmurrá-la, gritando para que Jack me deixasse sair.

A chave girou na fechadura e a porta foi aberta.

— Pelo amor de Deus, Grace — disse ele, claramente irritado. — Você só precisava me chamar.

— Como ousa me trancar aqui? — gritei com a voz tremendo de raiva.

— Eu fiz isso para o seu próprio bem. Se não trancasse, é possível que você agisse de forma impulsiva mais uma vez e tentasse escapar. Eu seria obrigado a privá-la de mais uma visita a Millie. — Ele se virou e pegou uma bandeja numa mesinha do lado de fora da porta. — Se chegar um pouco para trás, vou dar algo para você comer.

A ideia de me alimentar era tentadora; eu não me lembrava de quando tinha comido pela última vez, mas deve ter sido bem antes de sair da Tailândia. No entanto, a porta aberta era ainda mais tentadora. Fui para o lado, e não para trás, como Jack havia pedido, esperei até que entrasse no quarto e me joguei em cima dele, derrubando a bandeja de suas mãos. Em meio ao barulho do prato se quebrando e seu urro de raiva, corri para a escada e desci de dois em dois degraus,

142

percebendo tarde demais que o hall lá embaixo estava completamente às escuras. Chegando ao pé da escada procurei o interruptor, mas não o encontrei, então tateei a parede até chegar à porta da cozinha. Abrindo-a com um puxão, descobri que a cozinha também estava às escuras. Eu sabia que havia quatro janelas de sacada na sala de estar, por isso atravessei o hall e segui a parede com as mãos até encontrar as portas duplas. A escuridão total do ambiente, sem nenhum sinal de luz vindo das janelas, assim como o silêncio — pois a casa estava assustadoramente quieta — me deixaram subitamente aterrorizada. Saber que Jack poderia estar em qualquer lugar, esgueirando-se escada abaixo atrás de mim, a poucos metros de distância, fez meu coração bater acelerado de medo.

Ao entrar na sala, eu me abaixei no chão atrás de uma das portas, encolhi os joelhos no peito e fiquei feito uma bola, esperando que as mãos dele aparecessem para me agarrar a qualquer momento. O suspense era terrível e a ideia de que Jack poderia decidir não vir atrás de mim pelo tempo que quisesse fez com que eu me arrependesse de ter deixado a relativa segurança do quarto.

— Onde você está, Grace?

A voz de Jack vinha de algum lugar do hall, e o tom delicado e melódico fazia o meu pavor aumentar. Naquele silêncio, ouvi Jack farejando o ar.

— Hmmm, adoro o cheiro do medo — murmurou ele.

Com leveza, seus pés atravessaram o hall e, quando se aproximaram de mim, eu me encolhi ainda mais contra a parede. Os passos pararam e, conforme eu aguçava os ouvidos, tentando descobrir onde Jack estava, senti sua respiração na minha bochecha.

— Buu! — sussurrou ele.

Enquanto eu chorava aliviada com o fim daquela provação, ele explodiu em risadas. Um zumbido anunciou os primeiros feixes de luz solar que iluminavam o ambiente e, ao erguer a cabeça, vi Jack segurando um controle remoto.

— Persianas de aço — explicou. — Cobrem todas as janelas do térreo. Mesmo que, por algum milagre, você consiga encontrar um modo de deixar o quarto enquanto eu estiver trabalhando, seguramente não vai encontrar um jeito de sair da casa.

— Me deixa ir embora, Jack — implorei. — Por favor, me deixa ir.

— Por que eu faria isso? Na verdade, vou gostar de ter você aqui, especialmente se continuar tentando fugir. Pelo menos vai me manter entretido até Millie morar com a gente. — Ele fez uma pausa. — Sabe, eu estava quase arrependido de não ter preparado a casa para que ela viesse morar aqui assim que a gente voltasse da lua de mel. Pense nisso: ela podia chegar a qualquer momento.

Respirei fundo.

— Você acha mesmo que eu vou deixar Millie chegar perto dessa casa? — gritei. — Ou deixar que você chegue perto dela?

— Lembro que a gente conversou sobre isso na Tailândia — disse ele, com ar entediado. — Quanto antes aceitar que está tudo encaminhado e que não há nada que possa fazer para interromper o processo, melhor para você. Não existe escapatória: agora você é minha.

— Não acredito que você ache que vai se safar dessa! Você não pode me manter escondida para sempre e sabe disso. E quanto às minhas amigas, aos nossos amigos? A gente não devia jantar com Moira e Giles quando devolvesse o carro?

— Vou dizer a eles exatamente o que pretendo dizer na escola de Millie. A propósito, agora são quatro semanas sem ver a sua irmã. Vou contar que você pegou alguma infecção na Tailândia, causada por algum parasita terrível, e está indisposta. E, quando eu permitir que você volte a ver Millie, vou observar todos os seus passos e ouvir cada palavra que você disser. Se tentar avisar a alguém o que está acontecendo, você e Millie vão pagar. Quanto às suas amigas, bom, você não vai ter mais tempo para elas agora que está casada e feliz e, quando parar de responder os e-mails, elas vão esquecer completamente de você. Vai ser gradual, é claro. Vou deixar você manter contato com elas por um tempo, mas examinarei seus e-mails antes de serem enviados, só por precaução, caso pense em alertar alguém da sua situação. — Ele fez uma pausa. — Mas não acho que você seria tão idiota assim.

Até aquele ponto eu ainda tinha certeza de que conseguiria fugir, ou pelo menos contar a alguém que estava sendo mantida como prisioneira, mas havia algo no tom casual da voz dele que era assustador. Sua certeza absoluta de que tudo sairia exatamente como o planejado me fez duvidar, pela primeira vez, da minha capacidade de ser mais esperta que ele. Enquanto Jack me acompanhava de volta ao quarto, dizendo que não me alimentaria até o dia seguinte, pensei no que ele tinha feito com Molly e no que faria comigo se eu tentasse fugir outra vez. Não podia correr o risco de passar mais uma semana sem ver Millie e fiquei ainda mais triste ao pensar no quanto ela ficaria decepcionada quando eu não aparecesse nos domingos seguintes.

As dores que eu sentia por causa da fome me deram a ideia de fingir que estava com apendicite para que Jack precisasse me levar a um hospital, onde imaginava que encontraria alguém que pudesse me ouvir. Quando ele me trouxe comida no dia seguinte, como prometido, já era tarde da noite e eu havia passado mais de quarenta e oito horas sem me alimentar. Foi difícil comer pouco e, ao levar a mão à barriga e dizer que estava doendo, fiquei feliz pelas cãibras que deixavam meu relato ainda mais genuíno.

Infelizmente, Jack se manteve impassível, mas, quando me encontrou encolhida na manhã seguinte, concordou em trazer a aspirina que pedi, embora tenha me obrigado a engoli-la na sua frente. À noite, comecei a me contorcer na cama e de madrugada esmurrei a porta até que ele aparecesse para ver por que eu estava fazendo todo aquele barulho. Eu disse a ele que estava sofrendo e pedi que chamasse uma ambulância. Jack se recusou, dizendo que chamaria um médico se eu ainda estivesse com dor no dia seguinte. Não era exatamente o que eu queria, mas era melhor que nada. Assim, planejei meticulosamente o que diria ao médico quando ele aparecesse, sabendo que, depois da minha experiência na Tailândia, eu não poderia parecer histérica.

Não imaginei que Jack fosse ficar ao meu lado enquanto o médico me examinava. Fingindo sentir dores toda vez que ele tocava na minha barriga, meus pensamentos se aceleravam, ciente de que, se eu não aproveitasse o momento, toda a minha encenação e privação de comida teriam sido em vão. Ao perguntar ao médico se poderia conversar com ele em particular, insinuando que a dor poderia ser causada por algum problema ginecológico, me senti vitoriosa quando ele pediu a Jack que deixasse o quarto.

Eu não me dei conta de que a disposição de Jack em sair do quarto significava que ele não estava preocupado com a minha conversa com o médico. O sorriso complacente do homem quando lhe contei, desesperada, que estava sendo mantida como prisioneira tampouco me fez desconfiar. Só entendi quando ele começou a fazer perguntas sobre o que chamou de tentativa de suicídio e suposto histórico de depressão. Jack havia completado as lacunas da história antes que o médico viesse me ver. Chocada, supliquei a ele que acreditasse que Jack não era quem dizia ser e repeti a história dele, que havia espancado a mãe até a morte quando era pré-adolescente e tinha jogado a culpa no pai. Mas, enquanto eu falava, conseguia notar o quanto a narrativa parecia inverossímil. Quando o médico prescreveu Prozac na receita, fiquei tão histérica que acabei fundamentando a conversa entre ele e Jack, de que eu era bipolar e louca por atenção. Havia documentos que comprovavam: uma cópia da ficha médica da minha overdose e uma carta do gerente do hotel na Tailândia detalhando o meu comportamento na noite em que chegamos.

Devastada por ter fracassado em convencer o médico de que eu estava falando a verdade, a imensidão do meu desafio pareceu mais uma vez insuperável. Se não conseguia fazer com que um profissional me ouvisse, como seria capaz de fazer qualquer outra pessoa perceber minha situação? E uma questão ainda mais pertinente: como conseguiria conversar abertamente com alguém, já que Jack não permitia que eu falasse com ninguém, a não ser que ele já tivesse manipulado a pessoa?

Jack começou a monitorar os meus e-mails e, quando não ditava minha resposta palavra por palavra, parava atrás de mim e lia tudo que eu escrevia. Como eu passava dia e noite trancada no quarto, as pessoas eram forçadas a deixar mensagens na caixa postal, a não ser que Jack estivesse por perto para atender o telefone. Se pedissem para falar comigo, ele dizia que eu estava no chuveiro ou que tinha saído para fazer compras e retornaria a ligação quando voltasse. E, quando ele permitia que eu retornasse a ligação, ficava ao meu lado para ouvir a conversa. Mas eu não ousava reclamar. Minha conversa com o médico tinha custado outra visita a Millie, assim como o direito de ter chá e café no quarto. Eu sabia que, se quisesse vê-la num futuro próximo, teria que me comportar exatamente como Jack queria, pelo menos por um tempo. Então eu me submeti, sem reclamar, aos limites que ele havia imposto. Quando vinha me trazer comida — na época ele me alimentava de manhã e à noite —, eu sempre estava sentada e impassível na cama, subserviente, dócil.

Meus pais, com a mudança iminente para a Nova Zelândia, desconfiaram do parasita misterioso que aparentemente eu havia contraído na Tailândia e que me impedia de visitar Millie. Para desencorajar a visita deles, Jack falou que era contagioso, mas percebi pelas ligações ansiosas que eles temiam que eu não tivesse mais interesse em cuidar de Millie, agora que estava casada.

Eu só os vi uma vez antes da mudança, quando vieram para uma despedida apressada. Durante um passeio rápido pela casa, finalmente conheci o restante dos cômodos do primeiro andar. Tive que admitir o quanto Jack era esperto. Ele não só me fez arrumar todos os meus pertences, dando a impressão de que o quarto onde eu dormia era de hóspedes, como também espalhou as minhas roupas pelo quarto dele para que deixasse claro que eu também dormia lá. Eu quis muito contar a verdade aos meus pais, implorar para que me ajudassem, mas não tive coragem ao sentir Jack segurando meu braço com força.

Eu até poderia ter dito algo, se não fosse pelo quarto de Millie. Enquanto meus pais pareciam entusiasmados diante das paredes amarelo-claras, dos lindos móveis e da cama com dossel cheia de almofadas, não consegui acreditar que Jack teria se dado todo aquele trabalho se realmente tivesse a intenção de causar algum mal à minha irmã. Aquilo me deu esperança; esperança de que, enterrado em algum lugar bem lá dentro, ele ainda tivesse um pouco de decência. Jack podia me controlar, mas que deixasse Millie em paz.

Na semana seguinte à partida dos meus pais, Jack finalmente me levou para ver Millie. Cinco longas semanas se passaram desde a nossa chegada da Tailândia. Àquela altura, a perna de Millie já estava recuperada e pudemos levá-la para almoçar. Mas a irmã que encontrei esperando por mim era muito diferente da menina alegre que eu havia deixado para trás.

Meus pais mencionaram que havia sido difícil lidar com Millie enquanto estivemos fora, e eu achava que ela estava agindo assim porque se sentia desapontada por não ter sido a nossa dama de honra. Sei que estava ressentida por eu não ter ido visitá-la assim que voltamos da lua de mel, porque, durante as nossas ligações, com o bafo de Jack sempre na minha nuca, Millie só dava respostas monossilábicas. Embora eu não tenha demorado para reconquistá-la com as lembrancinhas que Jack me deixou comprar no aeroporto, além de um novo audiolivro da Agatha Christie, Millie o ignorava por completo. Percebi que ele estava irritado com isso, especialmente porque Janice estava presente. Tentei fingir que Millie estava chateada porque não levamos Molly, mas, como ela não se queixou quando falei que deixamos a cachorrinha cavando buracos no jardim, a desculpa pareceu não colar. Quando Jack disse a Millie, numa tentativa de melhorar a situação, que nos levaria a um novo hotel para almoçar, ela disse que não queria ir a lugar algum com ele nem que ele morasse com a gente. Janice, tentando apaziguar a situação, diplomaticamente levou Millie para buscar um casaco. Jack não perdeu tempo em dizer que, se ela não mudasse de atitude, ele garantiria que eu nunca mais voltaria a vê-la.

Numa nova tentativa de justificar o comportamento de Millie, falei que, pelo que ela tinha dito sobre ele não morar com a gente, obviamente ela não havia entendido que Jack estaria ao meu lado o tempo todo depois do casamento e se ressentia por precisar me dividir com ele. Não acreditei nem por um minuto no que estava dizendo — Millie entendia muito bem que um casamento significava morar junto — e sabia que teria que resolver a forma como Millie estava tratando Jack antes que ele perdesse a paciência e colocasse em prática sua ameaça de levá-la para alguma instituição. Porém, com ele sempre ao meu lado, observando todos os meus movimentos e gestos, eu não sabia como conversar a sós com ela.

Minha oportunidade veio no hotel onde fomos almoçar. No fim da refeição, Millie me pediu para acompanhá-la ao banheiro. Notei que aquela era a minha chance de conversar com ela, então me levantei, mas Jack disse a Millie que ela era perfeitamente capaz de ir ao banheiro sozinha. Millie insistiu, aumentando cada vez mais o tom de voz, forçando Jack a ceder. Quando viu que o banheiro feminino ficava nos fundos de um pequeno corredor, não podendo nos acompanhar sem levantar suspeitas, ele me puxou pelo braço e me lembrou, num sussurro que me deixou gelada, de que eu não devia contar nada a Millie — ou a qualquer outra pessoa —, e acrescentou que nos esperaria no fim do corredor e que não deveríamos demorar.

— Grace, Grace — choramingou Millie assim que ficamos a sós. — Jack mau, muito mau. Ele empurrou eu, empurrou eu da escada!

Coloquei o dedo sobre seus lábios, pedindo a ela que fizesse silêncio enquanto olhava ao redor, assustada. Ver as cabines vazias foi meu primeiro momento de sorte em um bom tempo.

— Não, Millie — sussurrei, morrendo de medo de que Jack tivesse nos seguido pelo corredor e estivesse ouvindo atrás da porta. — Jack não faria isso!

— Ele empurrou eu, Grace! No casamento, Jack empurrou eu forte, assim! — Ela me deu um encontrão com o ombro. — Jack machucou eu, quebrou perna.

— Não, Millie, não! — protestei. — Jack é um homem bom.

— Não, Jack não é bom. — Millie estava inflexível. — Jack mau, muito mau.

— Você não deve dizer isso, Millie! Você não contou a ninguém, certo, Millie? Você contou a alguém o que acabou de me contar?

Ela balançou a cabeça vigorosamente.

— Você diz para sempre contar tudo para Grace antes. Mas agora digo para Janice que Jack mau.

— Não, Millie, não faz isso, você não pode contar para ninguém!

— Por quê? Grace não acredita eu.

Minha mente foi a mil, pensando no que poderia dizer a Millie. Eu já sabia do que Jack era capaz e subitamente tudo fez sentido, especialmente quando lembrei que ele não queria que ela fosse nossa dama de honra.

— Me ouça, Millie. — Segurei as mãos dela, sabendo que Jack desconfiaria se demorássemos muito. — Que tal jogarmos um jogo? Um jogo secreto, só nós duas? Você se lembra de Rosie? — perguntei, referindo-me à amiga imaginária que ela inventou quando era criança para culpá-la por tudo que fazia.

Millie assentiu com a cabeça vigorosamente.

— Rosie faz coisa ruim, Millie não.

— Sim, eu sei. Ela era muito levada.

Millie parecia se sentir tão culpada que eu sorri.

— Millie não é como Rosie, Rosie má, como Jack.

— Mas não foi Jack que empurrou você da escada.

— Foi — retrucou ela, obstinada.

— Não foi, não. Foi outra pessoa.

Ela olhou para mim, desconfiada.

— Quem?

Tentei pensar desesperadamente num nome.

— George Clooney.

Millie me encarou por um momento.

— Jorj Kuni?

— Sim. Você não gosta do George Clooney, não é?

— Não, Millie não gosta do Jorj Kuni — concordou ela.

— Foi ele que empurrou você da escada, não Jack.

Ela franziu a testa.

— Não Jack?

— Não, não Jack. Você gosta de Jack, Millie, gosta muito de Jack. — E dei uma sacudidela em seu corpo. — É muito importante que você goste de Jack. Ele não empurrou você da escada, foi tudo culpa do George Clooney. Entendeu? Você precisa gostar de Jack, Millie, por mim.

Ela me olhou com atenção.

— Você com medo.

— Sim, Millie, estou com medo. Por isso me diz, por favor, que gosta de Jack. É muito importante.

— Gosto de Jack — disse ela, obediente.

— Ótimo, Millie.

— Mas não gosto do Jorj Kuni.

— Não, você não gosta do George Clooney, nem um pouquinho.

— Ele mau, empurrou eu da escada.

— Isso, foi ele que empurrou. Mas você não pode dizer isso a ninguém. Não pode dizer a ninguém que o George Clooney empurrou você da escada. É um segredo, como Rosie. Mas você precisa dizer às pessoas que gosta de Jack. Isso não é segredo. E precisa dizer a Jack que gosta dele. Está entendido?

— Entendido. — Ela assentiu com a cabeça. — Preciso dizer Jack que gosto dele.

— Isso.

— Digo Jack que não gosto do Jorj Kuni.

— Sim, pode dizer isso a ele também.

Ela se curvou para perto de mim.

— Mas Jack Jorj Kuni, Jorj Kuni Jack — sussurrou.

— Sim, Millie, Jack é George Clooney, mas só nós duas sabemos disso — murmurei. — Você entende o que quero dizer? É um segredo, o nosso segredo, como Rosie.

— Jack mau, Grace.

— Sim, Jack mau. Mas isso também é um segredo nosso. Você não pode contar a ninguém.

— Eu não morar com ele. Eu com medo.

— Eu sei.

— Então o que você faz?

— Ainda não sei ao certo, mas vou encontrar uma solução.

— Promete?

— Prometo

Ela me examinou com atenção.

— Grace triste.

— Sim, Grace triste.

— Não se preocupa, Millie aqui. Millie ajuda Grace.

— Obrigada — falei, abraçando-a. — Não esqueça, Millie, você gosta de Jack.

— Eu não esquecer.

— E não deve dizer que não quer morar com ele.

— Não diz.

— Ótimo, Millie.

Do lado de fora, Jack esperava impacientemente por nós.

— Por que vocês demoraram tanto? — perguntou ele, lançando--me um olhar sombrio.

— Eu menstruada — explicou Millie, destacando a importância disso. — Preciso muito tempo para menstruação.

— Que tal uma caminhada antes de a gente voltar?

— Sim, Millie gosta caminhar.

— Talvez a gente ache alguma sorveteria no caminho.

Lembrando-se do que eu disse, Millie abriu um sorriso para Jack.

— Obrigada, Jack.

— Bom, parece que o humor dela melhorou um pouco — observou Jack, enquanto Millie saltitava à nossa frente.

— Quando a gente estava no banheiro, expliquei a ela que agora somos casados, que é normal que você esteja sempre comigo, e ela entendeu que vai ter que me dividir com você.

— Espero que tenha sido só isso mesmo.

— É claro que foi.

Janice estava esperando quando deixamos Millie na escola uma hora depois.

— Parece que você se divertiu bastante, Millie. — Ela sorriu.

— Diverti — concordou Millie. Ela se virou para Jack. — Eu gosto você, Jack, você legal.

— Que bom que você acha isso. — Ele assentiu com a cabeça, olhando para Janice.

— Mas não gosto Jorj Kuni.

— Por mim, tudo bem — disse ele. — Também não gosto dele.

E Millie caiu na gargalhada.

PRESENTE

Hoje vamos à casa de Esther e Rufus e amanhã visitaremos Millie. Tenho certeza de que só vamos lá porque Janice tomou a liberdade de ligar para Jack ontem querendo confirmar nossa ida. Parece que ela precisa ir a um almoço de família importante e não tem quem cuide de Millie se não formos buscá-la, mas, como não aparecemos há três semanas, imagino que seja uma desculpa. Pessoalmente, acho que Janice está perdendo um pouco a paciência por não levarmos Millie para passear. Fico surpresa por Jack não perceber isso. Para me punir, ele está arriscando fazer com que Janice questione o nosso comprometimento com Millie. Mas, como isso pode ser vantajoso para mim, dificilmente vou alertá-lo.

Talvez por saber que vou ver Millie amanhã eu me sinta menos estressada que o normal quanto ao programa dessa noite. Jantares na casa de amigos são o equivalente a caminhar num campo minado, pois sempre tenho medo de fazer ou dizer algo que Jack possa usar contra mim depois. Fico feliz por não ter caído na armadilha que ele preparou ao marcar as palavras no livro de Esther, mas ainda preciso tomar cuidado para não dizer nada que Jack possa interpretar de forma errada.

Jack pegou o livro quando me entregou o café da manhã. Eu sorri ao pensar nele esquadrinhando as páginas inutilmente em busca de alguma coisa, talvez uma palavra ou outra marcada com a unha. Ele claramente ficou irritado por não ter encontrado nada, afinal, passou a maior parte do dia no porão, sempre um mau sinal. Além de, para mim, ser entediante. Prefiro quando Jack se move pela casa, sempre me divirto mapeando seus movimentos de um cômodo a outro, tentando descobrir o que ele está fazendo através do que ouço.

Sei que agora ele está na cozinha e acabou de preparar uma xícara de chá, porque alguns minutos antes ouvi o barulho da chaleira elétrica sendo enchida de água e o clique de quando desligou. Eu o invejo. Uma das muitas coisas que odeio em ser mantida como prisioneira é não poder preparar uma xícara de chá quando tenho vontade. Sinto falta da chaleira e de quando ele me trazia chá e leite com regularidade. Quando penso **nisso** agora, vejo que Jack era um carcereiro bastante generoso no começo.

Vendo o sol começar a mergulhar no horizonte, imagino que sejam quase seis horas. Como precisamos estar na casa de Esther às sete, Jack deve aparecer em breve permitindo meu acesso ao quarto ao lado, o que costumava ser meu, para que eu me arrume. Pouco depois, ouço seus passos na escada. Logo em seguida, a chave gira na fechadura e a porta é aberta.

Sempre que o vejo parado à porta fico consternada ao perceber o quanto Jack parece normal, porque certamente deveria haver alguma coisa — orelhas pontudas ou um par de chifres — que alertasse as pessoas de sua maldade. Jack chega para trás e passo por ele, entrando no outro quarto sem perder tempo, feliz pela oportunidade de me vestir, de usar algo que não seja preto, algo diferente de chinelos nos pés. Abro a porta de correr do guarda-roupa e espero que Jack me diga o que vestir. Como ele não diz nada, sei que está me dando falsas esperanças, tentando me fazer acreditar que posso usar o que quiser, para, em seguida, me mandar trocar de roupa assim que a tiver colocado. Talvez por ter descoberto seu plano ao me entregar o livro, decido arriscar e escolho um vestido preto que não estou com a menor vontade de usar. Tiro o pijama. Por mais desconfortável que seja trocar de roupa sob o escrutínio de Jack, não tenho escolha, porque perdi meu direito à privacidade muito tempo atrás.

— Você está começando a ficar magra demais — comenta Jack, enquanto coloco a calcinha.

— Talvez você devesse me trazer comida com um pouco mais de frequência — sugiro.

— Talvez sim — concorda ele.

Já de vestido, quando estou fechando o zíper, começo a achar que me enganei.

— Tire — manda ele, enquanto aliso a roupa. — Coloque o vermelho.

Finjo estar decepcionada e tiro o vestido preto, feliz porque consegui ser mais esperta que Jack, porque eu teria escolhido o vermelho desde o começo. Eu o coloco e, talvez por causa da cor, sinto-me mais confiante. Vou até a penteadeira, sento em frente ao espelho e me observo pela primeira vez em três semanas. A primeira coisa que percebo é que preciso fazer a sobrancelha. Por mais que odeie fazer meus rituais de beleza na frente de Jack, pego a pinça na gaveta e começo a tirar os pelos das sobrancelhas. Tive que negociar pelo direito de depilar as pernas, alegando que eu não pareceria perfeita se elas estivessem cobertas de pelos. Felizmente ele concordou em acrescentar uma caixa de folhas com cera aos poucos produtos de higiene que me dava todo mês.

Quando termino de fazer as sobrancelhas, passo a maquiagem e, honrando o vestido, escolho um batom com mais brilho que o normal. Levanto, vou até o guarda-roupa e examino as caixas de sapatos, procurando os de salto alto vermelhos e pretos. Eu os calço, então vou à estante pegar uma bolsa que combine com eles e a entrego a Jack. Ele a abre e examina o interior, certificando-se de que eu não consegui, em algum momento das últimas três semanas, conjurar papel e caneta do além e fazer um bilhete atravessar paredes sólidas e entrar na bolsa. Devolvendo-a para mim, ele me avalia de cima a baixo e sinaliza sua aprovação com a cabeça. Ironicamente, sei que isso é mais do que muitas mulheres recebem dos maridos.

Descemos a escada e, no hall, ele pega o meu casaco no closet e o estende para que eu enfie os braços. Na entrada da garagem, Jack abre a porta do carro e espera que eu entre. Ao fechá-la, lamento que seja um sádico cretino, porque ele sabe se portar muito bem.

Chegamos à casa de Esther e Rufus e, junto de um enorme buquê de flores e de uma garrafa de champanhe, Jack devolve o livro a Esther. Suponho que ele tenha apagado as palavras sublinhadas. Ela pergunta o que eu achei e dou a mesma resposta que dei a Jack: levei um tempo para terminar a leitura porque não era o tipo de livro que normalmente leio. Esther parece ficar bastante decepcionada, e imagino se, no fim das contas, não foi ela quem marcou as palavras. Escondendo meu pânico, olho para Esther com ansiedade. Mas não há nada em sua expressão que sugira que eu tenha perdido uma oportunidade, e meu coração volta a bater no ritmo normal.

Vamos até Diane e Adam, Jack com o braço na minha cintura. Não sei se é por causa das pequenas gentilezas que recebi dele ou por ter conseguido colocar o vestido que queria, mas, no momento em que terminamos as nossas bebidas e estamos a caminho da mesa, começo a me sentir como uma mulher normal numa noite normal e não uma prisioneira que sai acompanhada pelo carcereiro. Ou talvez eu tenha bebido muito champanhe. Conforme o delicioso jantar que Esther preparou para nós se desenrola, sei que Jack me observa do outro lado da mesa enquanto eu como demais e falo muito mais que o normal.

— Você parece pensativo, Jack — comenta Esther.

— Eu só estava pensando que não vejo a hora de Millie vir morar com a gente — explica ele, no que reconheço ser uma ordem direta.

— Deve faltar pouco agora.

— Setenta e cinco dias. — Jack suspira com alegria. — Você sabia disso, Grace? Só mais setenta e cinco dias para Millie se mudar para o seu lindo quarto vermelho e se tornar parte da nossa família.

Eu estava prestes a tomar um gole de vinho, mas meu coração perde o ritmo tão rápido, que paro a taça de repente no ar e um pouco do líquido escorre pela lateral.

— Não, eu não sabia — respondo.

Eu me pergunto como podia estar sentada ali de forma tão complacente, quando o tempo está se esgotando. Penso em como eu poderia ter me esquecido, mesmo que por um minuto, da minha situação desesperadora. Setenta e cinco dias: como pode faltar tão pouco? Mais importante, como eu vou fugir de Jack se não consegui fazer isso nos trezentos e setenta e cinco dias que devem ter passado desde que voltamos da lua de mel? Naquela época, mesmo depois do horror que passei — e o que tive que enfrentar quando fomos para casa —, jamais duvidei de que conseguiria escapar antes de Millie vir morar com a gente. Mesmo depois de todas as tentativas fracassadas, sempre havia uma próxima. Mas agora já faz mais de seis meses que não tento.

— Vá em frente, Grace — diz Jack, apontando com a cabeça para a minha taça de vinho enquanto sorri para mim. Olho fixamente para ele, anestesiada, e Jack ergue a taça. — Vamos fazer um brinde à chegada de Millie à nossa casa. — E olha ao redor da mesa. — Na verdade, por que não fazemos todos um brinde a Millie?

— Boa ideia — diz Adam, erguendo sua taça. — A Millie.

— A Millie — ecoam todos em uníssono, enquanto tento abafar o pânico crescente dentro de mim. Ciente do olhar curioso de Esther, levanto a taça rapidamente, esperando que ela não note minha mão trêmula.

— Já que estamos em clima de celebração — continua Adam —, talvez vocês não se importem em brindar outra vez.

Todos o encaram com interesse.

— Diane está esperando um bebê! Um irmãozinho ou uma irmãzinha para Emily e Jasper!

— Que notícia maravilhosa! — diz Esther, em meio às felicitações à mesa. — Não é mesmo, Grace?

Para o meu horror, começo a chorar.

Diante do silêncio causado pela surpresa, choro ainda mais com a certeza de que Jack vai me punir pela falta de autocontrole. Desesperada, tento conter as lágrimas, mas é impossível. Muito constrangida, me levanto da mesa, ciente de que Diane está perto de mim, tentando me consolar. Mas é Jack quem me puxa para seus braços — é claro que ele agiria assim — e me abraça forte, aninhando minha cabeça em seu ombro, murmurando palavras tranquilas de conforto, e choro ainda mais, pensando em como minha vida poderia ter sido, em como achei que seria. Pela primeira vez tenho vontade de desistir, de morrer, pois tudo parece demais para suportar e não há saída.

— Não posso continuar assim — sussurro para Jack, sem me importar que todos estejam ouvindo.

— Eu sei. — Ele me tranquiliza. — Eu sei.

Tenho a sensação de que Jack reconhece ter ido longe demais e, por uma fração de segundo, chego a acreditar que vai ficar tudo bem.

— Acho que devemos contar a eles, não é? — Ele levanta a cabeça. — Grace sofreu um aborto na semana passada. E infelizmente não foi o primeiro.

Há um suspiro coletivo, silêncio e surpresa por um tempo, antes de todos começarem a falar ao mesmo tempo, as vozes desanimadas, solidárias. Embora eu saiba que as palavras bondosas de compaixão e compreensão sejam por causa do aborto que nunca tive, consigo encontrar consolo para me sentir melhor.

— Sinto muito — balbucio para Jack, na esperança de diminuir a raiva que vou ter que enfrentar depois.

— Não seja boba — diz Diane, afagando meu ombro. — Mas eu gostaria que você tivesse nos contado. Me sinto mal por Adam ter anunciado minha gravidez desse jeito.

— Eu não posso mais continuar com isso — digo, ainda falando com Jack.

— Seria muito mais simples se você apenas aceitasse tudo — argumenta ele.

— A gente não pode deixar Millie fora disso? — peço, desesperada.

— Temo que não seja possível — responde ele, sério.

— Millie não precisa saber, precisa? — pergunta Esther, intrigada.

— Não tem por que aborrecê-la com isso. — Diane fica séria.

Jack se vira para elas.

— Vocês têm razão, é claro. Seria tolice contar isso a Millie. Agora acho melhor levar Grace para casa. Espero que você me perdoe por acabar com a festa, Esther.

— Eu estou bem — digo rapidamente, querendo ficar na segurança do teto de Rufus e Esther, pois sei o que me aguarda quando voltar para casa. Eu me afasto dos braços de Jack, chocada por ter encontrado conforto neles por tanto tempo. — É verdade, eu estou bem e gostaria de ficar.

— Que bom, fico feliz. Por favor, Grace, sente-se.

Perceber a vergonha nos olhos de Esther me faz entender que seu comentário, o que provocou minhas lágrimas, tinha sido maldoso, e ela se sentia culpada por ter enfatizado que Diane estava grávida.

— Sinto muito — diz ela em voz baixa quando volto a me sentar. — E sinto muito pelo seu aborto.

— Tudo bem — respondo. — Por favor, vamos esquecer tudo isso.

Bebo o café que Esther serviu, me esforçando mais que nunca, terrivelmente consciente do quanto fui estúpida em baixar a guarda. Sei que preciso me redimir caso queira ver Millie no dia seguinte, então olho para Jack com carinho e explico a todos à mesa que comecei a chorar porque me sentia péssima no momento, aparentemente incapaz de dar a Jack o que ele mais desejava no mundo: um filho. Quando finalmente nos levantamos para ir embora, vi que todos admiravam minha rápida e encantadora recuperação e sinto que Esther gosta muito mais de mim agora do que antes, o que pode ser bom, mesmo que seja apenas por causa do meu útero imperfeito.

Caio na real quando estou no carro a caminho de casa. O silêncio sinistro de Jack deixa claro que, por mais que eu tenha conquistado as pessoas, ainda vou pagar pela minha estupidez. Não sei se posso suportar ficar sem ver Millie e, chorando em silêncio, me surpreendo ao perceber o quanto estou fraca.

Chegamos a casa. Jack destranca a porta e entramos no hall.

— Sabe, eu nunca questionei quem eu sou — diz ele, pensativo, enquanto me ajuda a tirar o casaco. — Mas hoje à noite, por uma fração de segundo, enquanto a abraçava e todos se solidarizavam com a gente por causa do aborto, tive um gostinho do que é ser normal.

— Você poderia ser! — digo a ele. — Poderia ser, se realmente quisesse! Você poderia procurar ajuda, Jack, eu sei que sim!

Ele ri da minha explosão de emoções.

— O problema é que eu não quero ajuda. Gosto de quem eu sou. Na verdade, gosto muito. E vou gostar ainda mais daqui a setenta e cinco dias, quando Millie vier morar com a gente. É uma pena que amanhã não vamos vê-la... Estou quase começando a sentir falta dela.

— Por favor, Jack — imploro.

— Bem, não posso ignorar a sua espantosa falta de controle durante o jantar. Por isso, se quiser ver Millie, você sabe o que precisa fazer.

— Você não está suportando a ideia de que eu não caí na sua armadilha patética, não é? — digo, percebendo que Jack havia criado uma armadilha para me aborrecer durante o jantar ao mencionar a vinda de Millie.

— Armadilha patética?

— Sim, isso mesmo, patética. Você não podia pensar em algo melhor do que marcar as palavras de um livro?

— Você realmente está ficando espertinha demais — grita ele. — Seja como for, precisa ser punida.

Balanço a cabeça sem forças.

— Eu não posso, não consigo. Já tive o bastante. Estou falando sério, Jack, já tive o bastante.

— Mas eu não — retruca ele. — Não cheguei nem perto de ter o bastante. Na verdade, nem sequer começou para mim. É esse o problema, está vendo? Quanto mais me aproximo de ter o que eu quero há tanto tempo, mais desejo eu sinto. Cansei de esperar. Cansei de esperar que Millie venha morar com a gente.

— Por que a gente não volta à Tailândia? — sugiro, desesperada, temendo que ele diga que Millie deve se mudar para a nossa casa antes do planejado. — Vai fazer bem para você. A última vez que a gente esteve lá foi em janeiro.

— Não posso. O caso Tomasin está se aproximando.

— Mas não vamos poder voltar quando Millie vier morar com a gente — observo, desesperada para manter minha posição, pois preciso que Millie fique em segurança na escola pelo máximo de tempo possível.

Ele me olha como se achasse graça.

— Acredite, quando Millie estiver morando aqui, não vou querer mais ir à Tailândia. Agora vai andando.

Começo a tremer com tanta intensidade que tenho dificuldade de andar. Vou até a escada e coloco o pé no primeiro degrau.

— Você está indo para o lado errado — avisa ele. — A não ser que tenha desistido de ver Millie amanhã, é claro. — Jack para por um momento, querendo fingir que está me dando escolha. — O que você quer, Grace? — A voz dele está empolgada. — Ver Millie decepcionada... ou o porão?

PASSADO

Depois que Millie me contou que Jack a havia empurrado escada abaixo, a pressão para fugir dele aumentou. Embora eu a tivesse feito prometer que não contaria a ninguém, não tinha certeza de que ela não diria tudo a Janice ou até mesmo se não acusaria Jack na frente dele. Não acho que tenha passado pela cabeça de Jack que ela pudesse perceber que a queda não tinha sido um acidente. Era fácil subestimar Millie e supor que seu jeito de falar refletia o funcionamento de sua mente, mas ela era muito mais esperta do que as pessoas acreditavam. Eu não tinha ideia do que Jack faria se descobrisse que ela sabia exatamente o que havia acontecido naquele dia. Acredito que negaria as acusações com a mesma rapidez que negou as minhas e daria a entender que ela estava com ciúme porque eu e ele estávamos casados, e, por isso, tentava nos separar inventando falsas acusações.

Millie foi quem me fez seguir em frente durante aquele período sombrio. Ela parecia tão confortável na presença de Jack que achei que tinha esquecido que ele a havia empurrado da escada ou pelo menos que havia passado a aceitar isso. Porém, sempre que eu tentava me convencer de que era melhor assim, ela disparava o que se tornou seu mantra — "Gosto você, Jack, mas não gosto Jorj Kuni" —, como se soubesse o que eu estava pensando e quisesse me avisar que estava cumprindo sua parte do pacto. Com isso, me senti mais pressionada a fazer a minha parte e comecei a planejar meu próximo passo.

Depois do que houve quando tentei pedir ajuda ao médico, decidi que, na oportunidade seguinte, seria melhor ter mais pessoas por perto. Assim, quando me senti pronta para tentar outra vez, insisti para que Jack me levasse para fazer compras, esperando conseguir a ajuda de alguém durante o passeio. Quando saí do carro, achei que as minhas preces tinham sido atendidas ao avistar um policial parado a poucos metros de mim. Jack me segurou com força quando tentei me libertar, o que reforçava minha condição de prisioneira. Quando o policial veio correndo em resposta aos meus gritos de socorro, acreditei sinceramente que meu pesadelo havia chegado ao fim, até que as palavras de preocupação do homem — "Está tudo bem, Sr. Angel?" — provassem o contrário.

Meu comportamento naquela situação confirmou o que Jack tinha dito à polícia local um tempo atrás, ou seja, que sua esposa apresentava um histórico de problemas mentais e tinha tendência a causar desordem em locais públicos, muitas vezes acusando-o de mantê-la como prisioneira. Segurando meus braços e pernas com força enquanto eu me debatia, Jack sugeriu ao policial, em alto e bom som para que a multidão ao redor ouvisse, que ele visitasse a casa que eu chamava de prisão. A multidão continuava nos observando, cochichando sobre problemas mentais e olhando com solidariedade para Jack até que uma viatura chegou e, enquanto eu estava no banco de trás com uma policial que tentava aplacar as minhas lágrimas de desespero com palavras de conforto, o policial perguntou a Jack sobre o trabalho que ele fazia em prol de mulheres vítimas de agressão.

Mais tarde, quando a história foi encerrada e eu voltei ao quarto que pensei que nunca mais veria, refleti sobre Jack ter concordado tão prontamente que eu o acompanhasse nas compras. Confirmei o que já havia suspeitado na Tailândia — ele sentia um enorme prazer quando eu pensava que tinha vencido, para logo em seguida tirar a vitória de mim. Ele gostava de preparar o terreno para a minha queda, adorava interpretar o papel de marido carinhoso, mas atormentado, deleitando-se ao ver minha total decepção. Quando tudo chegava ao fim, sentia prazer em me castigar. Não só isso: sua capacidade de prever minhas ações significava que eu estava destinada a fracassar desde o início.

Foram três semanas até eu voltar a ver Millie, e a explicação de Jack — de que eu andava ocupada demais visitando amigos — a deixou magoada e confusa, especialmente por eu não ter podido negar, com Jack sempre ao nosso lado. Determinada a não decepcionar Millie outra vez, parei de provocá-lo para poder vê-la regularmente. No entanto, em vez de agradá-lo, minha submissão parecia irritá-lo. Pensei que o tivesse interpretado mal quando ele disse que eu poderia voltar a pintar por causa do meu bom comportamento. Desconfiada das intenções de Jack, escondi a minha alegria e, desanimada, entreguei a ele uma lista de materiais necessários, sem acreditar que realmente traria meus pedidos. No dia seguinte, Jack apareceu com pastéis e óleos numa grande variedade de cores, com meu cavalete e uma tela nova.

— Eu só tenho uma condição — disse ele, enquanto eu celebrava aqueles itens como velhos amigos. — Sou eu que vou escolher o tema

— O que isso quer dizer? — Arqueei as sobrancelhas.

— Você vai pintar o que eu quiser, nada além disso.

Olhei para Jack desconfiada, tentando decifrá-lo e me perguntando se seria mais um joguinho.

— Depende do que você vai pedir — falei.

— Um retrato.

— Um retrato?

— Sim. Você já pintou retratos antes, não é?

— Alguns.

— Ótimo. Então eu gostaria que pintasse um retrato.

— Seu?

— Sim ou não, Grace?

Todos os meus instintos me disseram para recusar. Mas eu estava desesperada para pintar novamente, desesperada para ter algo com o que preencher meus dias além de ler. Embora a ideia de fazer um quadro de Jack me revoltasse, tentei me convencer de que ele dificilmente ficaria ali parado, posando para mim por horas e horas. Pelo menos eu esperava que não.

— Só se eu puder pintar a partir de uma foto — falei, aliviada por ter encontrado uma solução.

— Fechado. — Ele buscou algo no bolso. — Quer começar agora?

— Por que não? — Dei de ombros.

Jack pegou uma foto e a ergueu diante do meu rosto.

— Era uma das minhas clientes. Não é linda?

Gritei de horror, afastando-me dele e da foto, mas Jack continuou sem piedade, com um sorriso estúpido.

— Vamos lá, Grace, não fique com vergonha, dê uma boa olhada. Afinal, você vai olhar bastante para essa imagem nas próximas semanas.

— Nunca — falei com nojo. — Eu nunca vou pintar um quadro disso!

— É claro que vai. Você concordou, lembra? E sabe o que vai acontecer se você mudar de ideia? — perguntou ele. Eu o encarei. — Isso mesmo. Millie. Você quer vê-la, não quer?

— Não se esse for o preço que eu tenha que pagar — falei com a voz tensa.

— Me desculpe, mas eu devia ter dito de outra forma. Você quer vê-la outra vez, não quer? Estou certo de que não quer ver Millie apodrecer em alguma instituição, não é?

— É melhor você não encostar um dedo nela! — berrei.

— Então é melhor começar a pintar. Se você rasgar a foto ou não for fiel a ela de alguma forma, Millie vai pagar. Se você não a reproduzir na tela ou fingir que não consegue, Millie vai pagar. Vou vir aqui todo dia para conferir o seu progresso e, se eu decidir que você está trabalhando muito devagar, Millie vai pagar. Depois que terminar esse, vai pintar outro, e mais um, e mais um, até eu decidir que é o suficiente.

— Suficiente para quê? — Solucei, admitindo a derrota.

— Um dia eu vou mostrar para você. Eu prometo, Grace, que um dia vou mostrar.

Chorei sem parar ao pintar aquele primeiro quadro. Ter que olhar para um rosto machucado e ensanguentado por horas e horas, dia após dia, examinar um nariz quebrado, um lábio cortado, um olho roxo nos mínimos detalhes e reproduzi-los na tela era mais do que eu podia aguentar, por isso várias vezes cheguei a passar muito mal. Eu sabia que, se quisesse manter a sanidade, precisava encontrar um jeito de lidar com o trauma de pintar algo tão grotesco. Descobri que conseguia suportar melhor ao dar nomes às mulheres nos quadros seguintes, enxergar além dos ferimentos que foram causados nelas, imaginando-as como eram antes. Também ajudava saber que Jack nunca perdia um caso, ou seja, as mulheres das fotos — todas antigas clientes — escaparam dos seus parceiros abusivos, o que me deixou ainda mais determinada a fugir dele. Se elas conseguiram, eu também podia conseguir.

Devíamos estar casados há quatro meses quando Jack decidiu que tínhamos passado bastante tempo juntos e que, para as pessoas não suspeitarem, precisaríamos começar a socializar como antes. Fomos a um jantar na casa de Moira e Giles, mas, como o casal era amigo de Jack, segui as ordens dele e interpretei o papel da esposa carinhosa. Fiquei de estômago embrulhado, mas percebi que era importante ganhar a confiança deles, ou ficaria confinada em meu quarto indefinidamente e minhas chances de escapar seriam drasticamente reduzidas.

Soube que me saí bem quando, não muito tempo depois, ele me avisou que jantaríamos com alguns colegas do trabalho. A adrenalina que senti ao ouvir que se tratavam de colegas, e não de amigos, foi o bastante para me convencer de que seria a oportunidade perfeita para escapar. Essas pessoas estariam mais propensas a acreditar em mim do que os amigos de Jack, que já confiavam nele. E, com um pouco de sorte, o sucesso de Jack na firma poderia significar que havia alguém esperando a oportunidade de apunhalá-lo pelas costas. Eu sabia que teria que ser engenhosa. Jack já havia explicado centenas de vezes como eu devia me comportar na presença de outras pessoas: não ir a lugar algum sozinha, nem mesmo ao banheiro, não seguir ninguém até outro cômodo, mesmo que fosse para levar os pratos, não ter conversas particulares com ninguém, além de não aparentar nada além de alegria e felicidade.

Levei um tempo para pensar no que fazer. Em vez de tentar conseguir ajuda na frente de Jack, que era excelente em desacreditar minhas acusações, decidi que seria melhor tentar escrever para alguém. Eu teria menos chance de ser chamada de louca histérica se registrasse tudo num papel. De fato, diante das ameaças de Jack, esse parecia o método mais seguro. Mas conseguir um pedacinho de papel se provou impossível. Eu não poderia pedir a ele, que desconfiaria de imediato, e não só recusaria o pedido como também me observaria como um falcão a partir daquele momento.

Pensei em cortar palavras relevantes dos livros que ele me emprestava. Usando a tesourinha de unha, cortei "por", "favor", "estou", "sendo", mantida", "como", "prisioneira", "chame", "polícia". Busquei um jeito de colocá-las em ordem de alguma forma. No fim, coloquei uma por cima da outra, começando com "por" e terminando com "polícia". Formavam uma pilha tão minúscula que a possibilidade de serem confundidas com simples pedaços de papel e jogadas no lixo fez com que eu decidisse prendê-las com um grampo de cabelo guardado no meu estojo de maquiagem. Certamente alguém que encontrasse um grampo com vários pedacinhos de papel teria a curiosidade de verificar do que se tratava.

Depois de pensar muito, sem querer correr o risco de que encontrassem os recortes quando Jack estivesse presente, decidi deixar meu pedido de socorro em algum lugar da mesa após o término do jantar, para que encontrassem depois de irmos embora. Eu não tinha a menor ideia de onde jantaríamos, mas rezei para que fosse na casa de alguém, e não em um restaurante. Num estabelecimento havia o perigo de levarem o grampo com a toalha de mesa.

No dia, meu cuidadoso planejamento não funcionou. Fiquei tão preocupada em onde guardar meu precioso conjunto de palavras, que esqueci de escondê-lo de Jack. Não refleti muito a respeito até o momento em que ele apareceu e, depois de me observar por um tempo, enquanto eu calçava os sapatos e pegava a bolsa, perguntou por que eu estava tão nervosa. Embora tenha fingido que estava ansiosa para conhecer seus colegas, Jack não acreditou em mim, especialmente porque eu já os havia conhecido no casamento. Ele revistou as minhas roupas, me fazendo colocar os bolsos para fora, e depois exigiu que lhe desse a bolsa. Sua raiva ao encontrar o grampo com as palavras foi previsível, e ele me castigou exatamente como havia prometido. Ele fez com que eu me mudasse para o quartinho de depósito, privada de qualquer tipo de conforto, e começou a me fazer passar fome.

PRESENTE

Ao despertar no porão, minha mente anseia por um pouco de luz do sol para organizar meu relógio biológico. Ou por algo que me faça perceber que não enlouqueci. Não consigo ouvir Jack, mas sinto que ele está por perto, ouvindo. As portas se abrem de supetão.

— Você precisa ser mais rápida que isso se quiser chegar a tempo de levarmos Millie para almoçar — avisa ele, enquanto me levanto lentamente.

Sei que eu devia estar feliz, mas a verdade é que ver Millie fica mais difícil a cada visita. Desde que ela me contou que Jack a havia empurrado da escada, ela espera que eu tome uma atitude. Temo o dia em que Millie finalmente vai conseguir convencer Jack a nos levar ao hotel, porque não quero precisar explicar que ainda não encontrei uma solução. Naquela época, nunca imaginei que ainda seria prisioneira um ano depois. Sabia que seria difícil escapar, mas não impossível. E agora falta tão pouco. Setenta e quatro dias. A ideia de que Jack está contando os dias para Millie vir morar com a gente, como uma criança faz ao esperar impacientemente pelo Natal, me dá um frio na barriga.

* * *

Como sempre, Millie e Janice nos esperam sentadas no banco. Conversamos por um tempo — Janice pergunta se nos divertimos no casamento na semana anterior e na visita que fizemos a amigos uma semana antes. Jack deixa para mim o encargo de inventar que o casamento foi em Devon, um evento muito agradável, e que gostamos muito do Peak District, onde moram os nossos amigos. Jack, sempre charmoso, diz a Janice que ela é um amor por permitir que aproveitemos o pouco tempo que ainda temos juntos antes de Millie morar com a gente. Janice diz que está tudo bem, que adora Millie e que fica feliz em nos substituir sempre que precisamos. Ela acrescenta que vai sentir falta quando Millie for embora e reforça sua promessa de nos visitar com frequência, o que Jack certamente vai garantir que nunca aconteça. Conversamos sobre como Millie está e Janice nos diz que, graças aos comprimidos receitados pelo médico, ela tem dormido bem, o que significa que voltou a ser a Millie de sempre durante o dia.

— Sinto muito — desculpa-se, olhando para o relógio. — Acho que chegou a hora de me despedir de vocês. Minha mãe vai me matar se eu chegar atrasada no almoço.

— Também está na nossa hora — avisa Jack.

— Pode ir ao hotel hoje? — pergunta Millie, ansiosa.

Jack abre a boca, mas, antes que consiga dizer que vai nos levar a outro lugar, Janice intervém.

— Millie tem falado bastante desse hotel e do quanto gosta de ir lá. Ela prometeu nos contar tudo sobre o almoço na aula de segunda, não é, Millie?

Millie assente com a cabeça, entusiasmada.

— Ela já nos contou sobre o restaurante do lago e sobre o outro, o que serve panquecas. Agora estamos ansiosas para saber mais sobre esse. E a Sra. Goodrich está pensando em levar os funcionários ao hotel para o jantar do fim do ano letivo — acrescenta ela —, por isso pediu a Millie que escrevesse uma redação sobre ele.

— Preciso ir a hotel para Sra. Goodrich — confirma Millie.

— Então vamos ao hotel — diz Jack, escondendo sua irritação ao abrir um grande sorriso para ela.

Alegre, Millie fala sem parar durante o almoço e, quando terminamos, ela diz que precisa ir ao banheiro.

— Pode ir — diz Jack.

Ela levanta.

— Grace vem com eu.

— Não tem necessidade alguma de Grace ir com você — argumenta Jack, firme. — Você pode muito bem ir sozinha.

— Estou com menstruação — anuncia Millie em voz alta. — Preciso Grace.

— Muito bem — diz Jack, escondendo seu desagrado. Ele empurra a cadeira para trás. — Eu também vou.

— Jack não pode entrar banheiro feminino — reclama Millie, irritada.

— Eu quis dizer que vou acompanhá-las ao banheiro.

Ele nos deixa no fim do corredor, avisando que não devemos demorar. Há duas senhoras batendo papo alegremente perto da pia enquanto lavam as mãos e Millie salta de um pé para o outro, impaciente, esperando que saiam. Quebro a cabeça pensando no que dizer a ela, algo que a faça achar que tenho uma solução em mente e que fiquei maravilhada com o seu plano para que Jack nos levasse àquele restaurante, envolvendo Janice e a Sra. Goodrich na história.

— Você foi muito esperta, Millie — comento, assim que a porta se fecha depois de as mulheres saírem.

— Preciso falar — murmura ela.

— O que foi?

— Millie tem algo para Grace — sussurra. Ela coloca a mão no bolso e tira um lenço. — Segredo — continua ela, entregando-o a mim. Intrigada, abro o lenço esperando encontrar uma conta de colar ou uma flor e vejo um punhado de pilulazinhas brancas.

— O que é isso? — pergunto, arqueando as sobrancelhas.

— Para sono. Eu não tomo.

— Por que não?

— Não preciso — diz ela, fazendo uma careta.

— Mas elas são para você dormir melhor — explico pacientemente

— Eu durmo bem.

— Sim, agora você dorme, por causa dos comprimidos — insisto.

— Antes não dormia, lembra?

Ela balança a cabeça.

— Fingia.

— Fingia?

— Sim, fingia não dormir.

Olho para Millie, perplexa.

— Por quê?

Ela fecha minha mão com os comprimidos.

— Para você, Grace.

— É muita gentileza sua, Millie, mas eu não preciso.

— Sim, Grace precisa. Para Jorj Kuni.

— George Clooney?

— Sim, Jorj Kuni mau, Jorj Kuni empurrou eu da escada, Jorj Kuni faz Grace triste. Ele mau, muito mau.

Agora é a minha vez de balançar a cabeça.

— Acho que eu não estou entendendo.

— Sim, entende. — Millie é firme. — É simples, Grace. Nós mata Jorj Kuni.

173

PASSADO

Voltamos à Tailândia no mês seguinte, mas não tentei fugir dessa vez. Eu sabia que, se fizesse isso, Jack seria capaz de dar um jeito para que eu morresse durante a nossa estadia. Ficamos no mesmo hotel, no mesmo quarto, e fomos recepcionados pelo mesmo gerente. Só Kiko não estava lá. Assim como na primeira viagem, passei os dias trancada na varanda ou presa no quarto, saindo apenas para tirar fotos. Minha experiência na segunda viagem foi ainda pior por saber que, quando não estava comigo, Jack estava se divertindo com o medo de outra pessoa. Eu não sabia do que ele gostava, mas supunha que fosse algo que não pudesse fazer na Inglaterra e, me lembrando da história de sua mãe, imaginei que talvez ele fosse à Tailândia para agredir mulheres. Parecia inconcebível que Jack pudesse se safar disso, mas certa vez ele disse que, na Tailândia, tendo dinheiro, pode-se comprar qualquer coisa — até mesmo medo.

Talvez tenha sido por isso que, uma semana depois de voltarmos, eu acertei a cabeça dele com uma garrafa de vinho na cozinha, meia hora antes de Diane e Adam chegarem para o jantar que combinamos, na esperança de atordoá-lo por tempo suficiente para eu conseguir fugir. Mas não o acertei com força o bastante e, explodindo de raiva,

Jack se controlou o suficiente para ligar para os convidados e cancelar o jantar, alegando que eu havia ficado com uma súbita enxaqueca. Ao desligar o telefone e se virar para me encarar, temi unicamente por Millie, pois não restaria mais nada para ele tirar de mim. Mesmo quando Jack falou que me mostraria o quarto de Millie, ainda assim não temi pela minha vida. Imaginei que ele só tivesse retirado toda a bela mobília, como havia feito no meu quarto. Enquanto Jack me empurrava para o hall, torcendo meus braços dolorosamente nas minhas costas, fiquei triste por Millie, pois era o quarto que ela sempre havia sonhado em ter. No entanto, em vez de me levar para o andar de cima, ele abriu a porta que levava ao porão.

Lutei desesperadamente para não descer a escada, mas eu não era páreo para Jack. A raiva o havia deixado ainda mais forte. Eu ainda não fazia ideia do que me aguardava. Foi só quando passamos pela lavanderia, onde ele havia mantido Molly, atravessamos o que parecia ser um quartinho de depósito e paramos diante de uma porta de aço escondida atrás de uma pilha de estantes que comecei a sentir medo de verdade.

Não era uma espécie de câmara de tortura, como eu temia, pois não havia instrumentos para isso. Sem mobília, o quarto inteiro, incluindo o chão e o teto, era vermelho-sangue. Era terrível, assustador, mas não foi só isso que me fez gritar de angústia.

— Dê uma boa olhada — vociferou ele. — Espero que Millie goste tanto quanto eu, porque esse é o quarto dela, não aquele lindo cômodo amarelo lá em cima. — Jack me sacudiu com força. — Dê uma boa olhada nele e me diga se ela não vai ficar aterrorizada.

Eu tentava evitar a todo custo olhar para as paredes, onde estavam pendurados os quadros que ele me forçou a pintar.

— Acha que Millie vai gostar dos quadros que você pintou especialmente para ela? Qual deve ser o preferido dela? Esse aqui?

Com a mão na minha nuca, Jack empurrou meu rosto para um dos retratos.

— Ou esse? — Ele me arrastou até outra parede. — Um belo trabalho, não acha?

Gemendo, fechei os olhos.

— Eu não estava pensando em mostrar esse quarto para você por enquanto — prosseguiu ele —, mas agora pode experimentá-lo. Você não devia ter me acertado com aquela garrafa.

Depois de me empurrar mais uma vez, Jack saiu do quarto, deixando a porta bater às suas costas. Eu me levantei com dificuldade e corri até ela. Ao ver que não tinha maçaneta, comecei a esmurrá-la com os punhos fechados, gritando para que me deixasse sair.

— Pode gritar o quanto quiser. — A voz dele atravessou a porta. — Você não sabe o quanto isso me excita.

Incapaz de controlar o medo — de que Jack nunca mais me deixasse sair, de que me fizesse morrer ali —, fiquei histérica. Em poucos segundos, achei que não estava mais conseguindo respirar e, hiperventilando, caí de joelhos com dor no peito. Percebi que estava tendo uma crise de ansiedade e me esforcei para estabilizar a respiração, mas a risada de Jack do outro lado da porta apenas aumentou a minha angústia. Minhas lágrimas escorriam e, incapaz de recobrar o fôlego, acreditei realmente que fosse morrer. A ideia de deixar Millie nas mãos de Jack era horrível e me agarrei a uma lembrança dela usando seu cachecol e seu chapéu amarelos, desejando que essa fosse a última imagem na minha mente.

Levei um tempo até perceber que a dor no meu peito havia diminuído, e eu já conseguia respirar fundo. Não tive coragem de me mexer, temendo uma nova onda de pânico; em vez disso, me mantive imóvel, com a cabeça apoiada nos joelhos, concentrada na minha respiração. O alívio por ainda estar viva e ainda poder salvar Millie me deu forças para erguer a cabeça e descobrir como sair do quarto. Mas não havia nem sequer uma janelinha. Comecei a revistar as paredes, tateando-as e puxando os quadros para o lado, na esperança de achar alguma espécie de botão que abrisse a porta.

— Você está perdendo tempo — disse Jack com uma voz arrastada, o que me fez dar um pulo. — Não dá para abrir por dentro.

Comecei a tremer ao saber que ele estava do outro lado da porta.

— Está gostando do quarto? — continuou ele. — Espero que esteja se divertindo aí dentro tanto quanto eu estou ouvindo você daqui de fora. Não vejo a hora de saber o que Millie vai achar. Mas espero que ela consiga se expressar melhor que você.

Subitamente exausta, deitei no chão e me encolhi como uma bola, colocando os dedos nos ouvidos para não ouvir a voz de Jack. Rezei para que o sono me levasse, mas o quarto continuava totalmente iluminado, impedindo que eu dormisse.

Deitada ali, tentei não pensar na possibilidade de ele nunca me deixar sair do inferno que havia criado para Millie. Quando lembrei que, diante da beleza daquele quarto amarelo, eu tinha chegado a pensar que havia dentro de Jack alguma espécie de decência, chorei por ter sido tão idiota.

PRESENTE

Olho fixamente para Millie, os comprimidos ainda na minha mão, perguntando-me se ouvi direito o que ela disse.

— Millie, a gente não pode fazer isso.

— Sim, pode. Precisa. — Ela assente com a cabeça, determinada. — Jorj Kuni mau.

Com medo do rumo daquela conversa e ciente de que Jack nos esperava, dobrei o lenço com os comprimidos.

— Acho que a gente devia jogar isso no vaso sanitário, Millie.

— Não!

— A gente não pode fazer algo ruim, Millie.

— Jorj Kuni faz coisa ruim — argumenta ela com um ar sombrio. — Jorj Kuni mau, muito mau.

— Sim, eu sei.

Millie franze a testa.

— Mas eu vou morar Grace em pouco tempo.

— Sim, isso mesmo, você vem morar comigo em pouco tempo.

— Mas eu não morar com homem mau, eu com medo. Então a gente mata homem mau, a gente mata Jorj Kuni.

— Sinto muito, Millie, a gente não pode matar ninguém.

— Agatha Christie mata pessoas! — diz ela, indignada. — Em *Não sobra nenhum* morre muita gente, e a Sra. Rogers, ela morre com remédio de dormir.

— Pode ser que sim — respondo, firme. — Mas são apenas histórias, Millie. Você sabe disso.

No entanto, mesmo enquanto eu dizia a ela que não podíamos fazer isso, minha mente começou a fervilhar, imaginando se haveria comprimidos suficientes para pelo menos apagar Jack por tempo o bastante para que eu pudesse escapar. Meu lado racional dizia que, mesmo que houvesse essa possibilidade, as chances de que ele engolisse os comprimidos eram quase nulas. Mas, apesar do que eu disse a Millie, sei que não teria coragem de jogá-los no vaso sanitário. Esses remédios representam o primeiro lampejo de esperança que sinto em muito tempo. Mas também sei que, independentemente do que eu fizer com o remédio — se é que vou fazer alguma coisa —, Millie não pode estar envolvida.

— Vou jogar os comprimidos no vaso sanitário — digo, indo para uma das cabines. Ao puxar a descarga, escondo rapidamente o lenço na manga. Na mesma hora entro em pânico ao me dar conta de que Jack vai perceber o volume e perguntar do que se trata. Ao tirá-lo da manga, eu me observo de cima a baixo, pensando em onde escondê-lo. Não posso colocar na bolsa, porque Jack sempre a examina antes que eu a guarde, e colocá-lo no sutiã ou na calcinha está fora de cogitação, pois ele sempre me observa enquanto troco de roupa. Eu me curvo e enfio o lenço embolado no sapato, espremendo-o com força na ponta. Tenho dificuldade para calçá-lo novamente e sei que vai ser ainda mais desconfortável quando começarmos a andar, porém me sinto mais segura com os comprimidos escondidos ali do que em outra parte do corpo. Não faço ideia de como recuperá-los do sapato caso um dia tenha a oportunidade de usá-los, mas me sinto consolado por saber que os tenho guardados.

— Grace burra! — exclama Millie, furiosa, quando volto. — Agora não pode matar Jorj Kuni!

— Isso mesmo, Millie, a gente não pode.

— Mas ele mau!

— Sim, mas não se pode matar homens maus — observo. — É contra a lei.

— Então diz polícia Jorj Kuni mau!

— Boa ideia, Millie — digo, tentando acalmá-la. — Vou dizer à polícia.

— Agora!

— Não, não agora, mas em breve.

— Antes de morar com você?

— Sim, antes de você vir morar comigo.

— Você diz polícia?

Peguei a mão dela.

— Você confia em mim, Millie? — pergunto. Ela assente com a cabeça, relutante. — Eu prometo que vou encontrar uma solução antes de você vir morar comigo.

— Promete?

— Sim, eu prometo — respondo, tentando não chorar. — Agora você precisa me prometer uma coisa. Promete que vai continuar guardando o nosso segredo.

— Gosto Jack, mas não gosto Jorj Kuni — diz ela, ainda chateada comigo.

— Sim, é isso aí, Millie. Agora vamos sair e encontrar Jack. Talvez ele compre um sorvete para a gente.

A promessa de um sorvete, uma das coisas preferidas de Millie, não é suficiente para que ela se sinta melhor. Quando penso em como ela estava orgulhosa e animada ao me entregar os comprimidos cuidadosamente embalados, como tinha sido esperta em encontrar uma solução para a nossa situação desesperadora, eu me sinto péssima por não poder lhe dizer o quanto ela é fantástica. Mas, apesar da injeção de esperança que senti quando coloquei os comprimidos na ponta do sapato, não vejo como vou conseguir usá-los.

A caminhada até o parque ali perto, depois até a van de sorvete parada nas proximidades, é muito desconfortável por causa dos meus dedos espremidos. Sei que não vou conseguir passar as próximas três horas passeando. Millie está tão abatida que tenho medo de que Jack desconfie da nossa ida ao banheiro e comece a fazer perguntas que Millie não vai saber responder. Numa tentativa de distraí-la, pergunto qual sabor de sorvete ela vai escolher. Quando ela dá de ombros, desanimada, o olhar atento de Jack deixa claro que, mesmo que não tivesse reparado antes, a mudança de humor de Millie agora havia chamado sua atenção. Buscando um meio de distraí-lo, de melhorar o ânimo de Millie e de descansar meus pés, sugiro irmos ao cinema.

— Você quer ir? — pergunta Jack, virando-se para Millie.

— Sim — responde ela, desanimada.

— Então vamos. Mas antes, Millie, quero saber o que aconteceu no banheiro.

— Do que você fala? — Surpreendida, Millie fica na defensiva.

— É que você entrou feliz no banheiro e saiu de lá triste — explica ele.

— Estou com menstruação.

— Você já sabia disso antes de entrar. Vamos lá, Millie, me diz o que aconteceu para que você ficasse chateada.

A voz de Jack é encorajadora, persuasiva, e, vendo Millie hesitar, sinto uma pontada de medo. Não acho que ela vá contar a Jack sobre os comprimidos, mas ele é ótimo em manipular as pessoas. Seria idiotice não ter medo dele e, considerando como Millie se sente agora, existem boas chances de que ela baixe a guarda. Além disso, está irritada comigo. Olho para ela, na esperança de conseguir alertá-la para que tome cuidado, mas Millie se recusa a olhar para mim.

— Não pode. — Millie balança a cabeça.

— Por que não?

— Segredo.

— Infelizmente acho que você não tem permissão para guardar segredos — diz Jack, num lamento. — Por que não me conta? Grace falou algo que deixou você chateada? Pode me dizer, Millie. Na verdade, você tem que me dizer.

— Ela diz não — solta Millie, dando de ombros.

— Não?

— Sim.

— Entendi. E Grace disse não para o quê?

— Falei para ela matar Jorj Kuni e ela diz não — responde Millie num tom sério.

— Muito engraçado, Millie.

— Verdade.

— Millie, eu não acredito que esse seja o motivo do seu mau humor. Sei que você não gosta do George Clooney, mas você não é burra e sabe muito bem que Grace não pode matá-lo. Por isso eu vou perguntar outra vez. O que Grace disse para deixar você assim?

Penso rapidamente em algo que pareça verdadeiro.

— Se quer mesmo saber, Jack, ela perguntou se podia ver a casa e eu falei que não — intervenho, fingindo estar irritada.

Ele se vira para mim, sabendo exatamente por que eu quero manter Millie longe de casa.

— É isso mesmo? — pergunta ele.

— Quero ver quarto — confirma Millie, olhando para mim para mostrar que entendeu a minha ideia.

— Tudo bem — diz Jack com gentileza, como se estivesse concedendo um pedido. — Você está certa, Millie. Tem todo o direito de ver o seu quarto. Na verdade, você provavelmente vai gostar tanto dele que talvez peça para se mudar imediatamente, em vez de voltar para a escola. Você não acha que isso é possível, Grace?

— É amarelo?

— Claro que é. — Jack abre um sorriso. — Agora vamos ao cinema... Preciso pensar.

Sentada no escuro do cinema, fico feliz por ninguém me ver chorando ao pensar no quanto fui imprudente. Por não conseguir pensar em outra justificativa e dizer que Millie gostaria de ver o quarto, posso tê-la aproximado ainda mais do perigo que a espera. Depois da conversa no banheiro sobre não querer morar com Jack, duvido que ela queira se mudar antes da hora, como Jack sugeriu. Mas e se ele insistisse? Depois do comentário de ontem à noite sobre estar cansado de esperar, eu não ficaria surpresa. E por que diríamos não? Que desculpa eu poderia inventar para manter Millie em segurança na escola? Mesmo que eu encontrasse uma, Jack jamais aceitaria. Olho de relance para ele, na esperança de vê-lo envolvido na história do filme ou dormindo, mas a expressão de satisfação em seu rosto deixa claro que convidar Millie para ir à nossa casa pode ser uma boa ideia.

Saber que fui responsável por algo potencialmente perigoso para Millie me deixa horrorizada, assim como saber que não tenho como impedir nada disso. Quando começo a ser dominada pelo desespero, Millie, sentada do outro lado de Jack, cai na gargalhada por causa de uma cena do filme, e sei que preciso salvá-la dos horrores que ele preparou. Não importa o preço.

Depois do filme, voltamos à escola e deixamos Millie. Janice nos recebe e, na despedida, ela pergunta se vamos voltar no domingo seguinte.

— Na verdade, pensamos em levar Millie para casa da próxima vez — responde Jack, tranquilo. — Já está na hora de ela conhecer onde vai morar, não acha, querida?

— Achei que você quisesse esperar até que a obra terminasse — comento, tentando manter a voz firme, chocada por ele ter agido com tamanha rapidez.

— Vai ficar tudo pronto até o fim de semana.

— Você disse meu quarto não pronto — argumenta Millie de forma acusadora.

— Eu estava só fingindo — explica Jack, pacientemente. — Eu queria que sua visita no próximo fim de semana fosse uma surpresa. Que tal se viermos buscar você às onze para irmos até lá? Você gosta da ideia?

Millie hesita, sem saber o que deve responder.

— Sim, gosto — diz ela lentamente. — Quero ver casa.

— E o seu quarto — relembra Jack.

— Amarelo — diz Millie, virando-se para Janice. — Tenho quarto amarelo.

— Bom, você vai poder me contar tudo quando voltar — diz Janice a ela.

Não consigo raciocinar diante do medo de que Millie não volte à escola, de que Jack invente que o carro quebrou para mantê-la conosco ou que simplesmente diga a Janice e à Sra. Goodrich que ela quis ficar conosco. Sei que tenho pouco tempo para agir, então começo a pensar rápido, em busca de uma forma de desviar a trajetória dessa bola de neve que já se formou.

— Por que você não vem junto? — ouço minha voz perguntar a Janice. — Assim você também vai poder conhecer o quarto de Millie.

Millie bate palmas de alegria.

— Janice vem também!

Jack faz cara feia.

— Tenho certeza de que Janice tem coisas melhores para fazer no fim de semana.

Janice balança a cabeça.

— Não, tudo bem. Na verdade, eu adoraria ver onde Millie vai morar.

— Posso pedir que você a leve lá? — pergunto rapidamente, antes que Jack possa inventar um motivo para Janice não ir.

— Claro que sim! Não faz sentido a senhora e o Sr. Angel virem até aqui para voltar em seguida. É o mínimo que eu posso fazer. Se me derem o endereço...

— Eu escrevo para você — diz Jack. — Tem caneta?

— Não aqui comigo, infelizmente. — Janice olha para a minha bolsa. — A senhora tem uma?

Nem finjo procurar.

— Sinto muito — digo, me desculpando.

— Não tem problema, vou ali buscar e já volto.

Ela sai. Estou dolorosamente ciente do olhar furioso de Jack, e não consigo responder as perguntas que Millie dispara animadamente sobre visitar a casa. A raiva que ele sente de mim é palpável e sei que vou precisar inventar um motivo excelente e plausível para o que fiz. Como Janice vai levar Millie à nossa casa, supõe-se que a levará de volta à escola, e com isso há uma chance menor de que Jack manipule as coisas e a faça ficar com a gente.

Janice volta com papel e caneta e Jack anota o nosso endereço. Ela dobra o papel e o guarda no bolso. Talvez acostumada a nos ver cancelar compromissos no último minuto, confirma que o convite é para o próximo domingo, dia 2 de maio. Quando ouço a data, eu me lembro de algo e agarro a oportunidade com unhas e dentes.

— Tive uma ideia. Por que a gente não marca para o domingo seguinte? — pergunto. Millie parece desanimada e me viro para ela. — Assim a gente também pode comemorar antecipadamente o seu aniversário de 18 anos, que é no dia 10 — lembro a ela. — Que tal, Millie? Quer fazer a sua festa de aniversário na casa nova?

— Com bolo? — pergunta ela. — E balões?

— Com bolo, velas, balões, tudo — respondo, abraçando-a.

— Que ótima ideia! — exclama Janice, enquanto Millie sorri de alegria.

— Isso também vai nos dar tempo para terminar as obras — acrescento, animada por ter conseguido ganhar uma semana. — O que você acha, Jack?

— Acho uma excelente ideia. Agora a gente pode ir? Está ficando tarde e ainda temos o que fazer hoje à noite, não é, querida?

O medo substitui a alegria que senti por ter sido mais esperta que Jack, pois não há opção para o que ele está dizendo agora. Sem querer demonstrar o quanto fui afetada pelas palavras dele, eu me viro e dou um beijo de despedida em Millie.

— Vemos você no domingo que vem — digo, mesmo sabendo que Jack nunca vai permitir que eu a veja depois de ter convidado Janice.

— Nesse tempo, vou começar a preparar a sua festa. Você gostaria de algo em especial?

— Bolo grande. — Ela sorri. — Bolo muito grande.

— Pode deixar que Grace vai preparar o bolo mais lindo do mundo para você — promete Jack.

— Eu gosto você, Jack — diz Millie, radiante.

— Mas não do George Clooney — termina ele. Jack se vira para Janice. — Na verdade, ela odeia tanto o George Clooney que pediu que Grace o matasse.

— Isso não é legal, Millie — repreende Janice.

— Ela estava brincando com você, Jack — digo com calma, ciente de que ele sabe o quanto Millie detesta ser repreendida.

— Ainda assim, você não devia fazer esse tipo de brincadeira — diz Janice com firmeza. — Está entendido, Millie? Não quero ter que contar à Sra. Goodrich.

— Desculpa — diz Millie, cabisbaixa.

— Acho que você tem ouvido muitas histórias da Agatha Christie — continua Janice, severa. — Vai ficar sem elas por uma semana.

— Eu não devia ter falado nada — diz Jack, arrependido, enquanto os olhos de Millie se enchem de lágrimas. — Eu não queria causar problemas para ela.

Engulo uma resposta furiosa, surpresa por simplesmente pensar em contradizê-lo. Parei de agir assim há muito tempo, especialmente em público.

— Bom, agora a gente realmente tem que ir — digo a Janice. Dou um último abraço em Millie. — Você pode pensar no vestido que vai querer usar na festa e me contar na semana que vem.

— Que horas a gente deve chegar no dia 9? — pergunta Janice.

— Por volta de uma da tarde? — respondo, olhando para Jack em busca de confirmação.

Ele balança a cabeça.

— Acho que pode ser mais cedo. Além do mais, não vejo a hora de Millie ver quarto dela. Por que não marcamos para meio-dia e meia?

— Ótimo. — Janice sorri.

No carro, a caminho de casa, espero pelo pior. Jack fica em silêncio, talvez por saber que às vezes, mas nem sempre, a espera pelo seu ataque de raiva é pior que o castigo. Tento impedir que o medo me deixe confusa e me concentro em encontrar um jeito de acalmá- -lo. Decido fazer com que ele ache que desisti, que não tenho mais esperanças, e encontro consolo ao pensar que a passividade pela qual me censurei nos últimos meses pode ser útil, pois um comportamento de total apatia não vai parecer tão calculado.

— Espero que saiba que você só piorou a situação convidando Janice — diz ele, quando sente que já estou bastante tensa.

— Eu convidei Janice para que ela possa contar à Sra. Goodrich que a nossa linda casa é perfeita para Millie — digo, cansada. — Você acha mesmo que as pessoas da escola onde Millie morou nos últimos sete anos vão se despedir dela sem dar uma olhada no lugar onde ela vai morar?

Ele assente com a cabeça.

— Muito nobre da sua parte, mas sou obrigado a me perguntar o porquê.

— Porque talvez eu tenha aceitado que não há o que fazer para evitar o inevitável — respondo, em voz baixa. — Acho que percebi isso há muito tempo, na verdade. — E deixo um soluço abafar a minha voz. — Por um tempo, acreditei que encontraria uma saída. E eu tentei mesmo. Mas você sempre esteve um passo à minha frente.

— Fico feliz que você tenha entendido isso, embora eu deva dizer que sinto falta das suas tentativas inúteis de fugir. Elas, no mínimo, eram divertidas.

O pequeno brilho de satisfação por conseguir despistar Jack é precioso. Ele me dá confiança para tentar de novo, para acreditar que posso reverter uma situação ruim e transformar algo negativo em positivo. Não sei como vou encontrar algo positivo em Millie vir almoçar na nossa casa, mas é só um almoço. A inevitável alegria dela quando chegar já vai ser difícil de suportar nas poucas horas que vai passar com a gente. Ter que aguentar essa situação por mais tempo, quando sei o que Jack reserva para Millie e sem saber se vou conseguir encontrar a solução que prometi, é inimaginável.

Quero tirar os sapatos por causa da dor no pé, mas não ouso fazer isso temendo não conseguir calçá-los novamente com rapidez assim que estivermos em casa. Os comprimidos que Millie me deu ganham uma nova importância ao saber que ela nos visitará em breve. Eu havia planejado escondê-los em segurança no bico do sapato, até o momento em que pudesse usá-los, mas não tenho mais tempo para isso. Se tenho a intenção de usá-los um dia, preciso deixá-los no meu quarto, onde ficarão mais acessíveis. Mas será quase impossível com Jack sempre me observando.

Aproveito o restante do trajeto para pensar no que fazer. Os comprimidos só terão propósito se eu conseguir fazer com que Jack os tome em quantidade suficiente para perder a consciência. Mas, se o simples plano de levá-los para o meu quarto parece impossível, fazer Jack ingeri-los parece ainda pior. Digo a mim mesma que não posso fazer planos com tanta antecedência, que tudo o que posso fazer é dar um passo de cada vez e focar no presente.

Depois que entramos em casa, enquanto tiramos os casacos, o telefone começa a tocar. Jack atende, como sempre, e espero obedientemente, como sempre. Não faz sentido subir a escada para tentar tirar os comprimidos do sapato, pois Jack simplesmente iria atrás de mim.

— Hoje ela está bem. Obrigado, Esther — ouço ele dizer e, depois de ficar intrigada por um momento, lembro-me da noite anterior e percebo que Esther está ligando para saber como eu estou. Jack faz uma pausa. — Sim, a gente acabou de chegar, na verdade. A gente levou Millie para almoçar. — Jack faz outra pausa. — Vou dizer a Grace que você ligou. Ah, sim, claro, vou passar para ela.

Não demonstro me surpreender quando Jack me passa o telefone, embora mal consiga acreditar. Em geral, ele diz para as pessoas que eu não posso atender. Mas suponho que, por ter falado para Esther que tínhamos acabado de chegar, Jack não poderia dizer que estou no banho ou dormindo.

— Olá, Esther — digo, cautelosa.

— Sei que você acabou de chegar, por isso não vou incomodá-la por muito tempo. Eu só queria saber como você está depois da noite passada.

— Eu estou bem, obrigada. Muito melhor.

— Minha irmã sofreu um aborto antes de ter o primeiro filho, então eu sei o quanto isso pode ser emocionalmente exaustivo — continua ela.

— Mesmo assim, eu não queria ter ficado tão mal na frente de todos vocês — digo, ciente de que Jack ouve o que estou dizendo. — Foi difícil ficar sabendo da gravidez de Diane.

— Claro que foi. — Esther se solidariza. — Quero que você saiba que, se algum dia precisar de alguém para conversar, eu estou aqui.

— Obrigada. É muita gentileza sua.

— E como Millie está? — pergunta ela, obviamente disposta a solidificar nossa recente amizade.

Sempre desconfiada das perguntas de Esther, estou pronta para finalizar a ligação com um "Ela está bem, obrigada por ligar, preciso ir agora, Jack está esperando para jantar", quando decido continuar falando, como se eu levasse uma vida normal.

— Muito animada. — Sorrio. — Janice, a cuidadora dela, vai trazê-la aqui para almoçar daqui a dois domingos, para finalmente conhecer a casa. Millie faz 18 anos na segunda seguinte, então vamos fazer uma festinha para comemorar.

— Que bacana! — Esther se empolga. — Espero que vocês me deixem levar um cartão para ela.

Estou pronta para dizer que preferimos comemorar só entre nós quatro, mas que ela seria muito bem-vinda se quisesse conhecer Millie depois da mudança, mas me dou conta de que Esther nunca vai ver Millie. Se tudo sair como Jack planeja, ela vai viver escondida. Como ele poderia permitir que alguém a visse se pretende mantê-la como prisioneira? E, quando não conseguir mais inventar desculpas para refrear a curiosidade de quem quiser ver Millie, Jack vai dizer que não deu certo, que Millie estava habituada demais ao colégio e, por isso, ela se mudou para uma linda casa distante. Afastada de tudo, ninguém se lembraria dela. Por isso, quanto mais pessoas a conhecerem, mais difícil vai ser escondê-la. Mas preciso agir com cuidado.

— É muita gentileza sua — digo, fazendo questão de parecer hesitante. — E você tem razão, ela devia mesmo ganhar uma festa de verdade numa data tão importante. Tenho certeza de que Millie vai adorar conhecer os seus filhos.

— Minha nossa! Não foi uma sugestão para que vocês fizessem uma festa para Millie nem para que Sebastian e Aisling fossem convidados! — exclama Esther, parecendo constrangida. — Eu quis dizer que a visitaria sozinha e entregaria um cartão.

— Por que não? Diane e Adam sempre quiseram conhecer Millie.

— Sinceramente, Grace, acho que nenhum de nós gostaria de se intrometer. — Esther parece mais confusa que nunca.

— De forma alguma. É uma excelente ideia. Que tal às três? Assim Jack e eu vamos ter tempo para almoçar com Millie e Janice antes.

— Bom, se você tem certeza... — diz Esther, titubeante.

— Sim, vai ser maravilhoso para Millie — digo, assentindo com a cabeça.

— Vejo vocês no dia 9, então.

— Estarei esperando. Até lá, Esther, e obrigada por ligar.

Coloco o telefone no gancho, me preparando mentalmente.

— O que diabos foi isso? — Jack explode. — Você realmente acabou de convidar Esther para uma festa de aniversário para Millie?

— Não, Jack — respondo, cansada. — Esther resolveu que devíamos dar uma festa de verdade para Millie e depois se convidou, com os filhos. Você sabe como ela é... Quase mandou que eu também chamasse Diane e Adam.

— E por que você não recusou?

— Porque eu não consigo mais agir assim com facilidade. Estou acostumada a ser perfeita, a dizer o que é certo, exatamente como você sempre quis. Mas, se quiser desconvidá-los, fique à vontade, por favor. Nossos amigos já podem se acostumar com a ideia de que nunca vão conhecer Millie. Moira e Giles não disseram que estavam ansiosos para conhecê-la? Que desculpa você vai dar a eles, Jack?

— Eu pensei em dizer que os seus pais perceberam de repente o quanto sentiam falta da bela caçula e que Millie iria morar com eles na Nova Zelândia — responde ele.

Fico horrorizada com os planos de Jack para mantê-la longe das pessoas, mas resolvo ser firme e levar a festa adiante.

— E se os meus pais decidirem vir para o Natal? — pergunto. — O que você vai fazer se eles aparecerem aqui, querendo ver Millie?

— Duvido muito que venham e talvez ela já tenha desistido e morrido até lá, por mais que eu não deseje isso. Seria péssimo se ela só resistisse por alguns meses, depois de todo o trabalho que tive.

Eu me viro de repente para que Jack não me veja empalidecer. A raiva intensa me impede de desabar no chão. Cerro os punhos e, ao perceber meu gesto, Jack começa a rir.

— Você adoraria poder me matar, não é?

— Às vezes, sim, mas antes gostaria que você sofresse — respondo, incapaz de me controlar.

— Receio que as chances sejam mínimas — retruca ele, parecendo se divertir com a ideia.

Preciso manter o foco. A cada dia que passa, as chances de Millie ser uma pessoa de carne e osso para os nossos amigos diminui, tornando-se alguém de quem eles só ouvem falar. Se Jack suspeitar que eu quero essa festa, ele vai ligar para Esther e dizer que preferimos uma reunião mais íntima.

— Cancele a festa, Jack — digo, fingindo estar prestes a chorar. — Eu não vou conseguir participar dela e fingir que está tudo bem.

— Esse vai ser o castigo perfeito por ter convidado Janice.

— Por favor, Jack, não — suplico.

— Eu adoro quando você implora. — Ele suspira. — Especialmente por surtir o efeito exatamente oposto. Agora, já para o quarto. Preciso organizar uma festa. Talvez não seja uma má ideia, afinal de contas. Quando as pessoas conhecerem Millie, elas vão ficar ainda mais impressionadas com a minha generosidade.

Sinto meus ombros se curvarem e arrasto os pés ao subir a escada à frente dele, tentando demonstrar meu desânimo. No closet, tiro a roupa devagar enquanto minha mente pensa em como distraí-lo para que eu possa tirar os comprimidos do sapato e escondê-los comigo em algum lugar.

— Me diga, você contou aos vizinhos que, além de ter uma esposa bipolar, tem também uma cunhada com deficiência mental? — pergunto, tirando os sapatos e começando a me despir.

— Por que eu faria isso? Eles nunca vão conhecer Millie.

Penduro o vestido no guarda-roupa e pego o pijama no nicho.

— Mas eles vão vê-la no jardim quando fizermos a festa — digo, enquanto me visto.

— Eles não conseguem ver o nosso jardim — comenta Jack.

Pego a caixa de sapato.

— Se estiverem de pé na janela do primeiro andar, conseguem.

— Que janela?

— Aquela de frente para o jardim. — Aponto com a cabeça para a janela. — Aquela ali. — Quando ele se vira, eu me abaixo, coloco a caixa no chão e pego os sapatos.

Jack estende o pescoço.

— Ninguém consegue ver nada dali — retruca ele, enquanto pego o lenço dentro do sapato. — É muito longe.

Ainda agachada, enfio o lenço no elástico da calça do pijama, coloco os sapatos na caixa e me levanto.

— Então você não tem com o que se preocupar — concluo, colocando a caixa de volta no guarda-roupa.

Caminho para a porta, rezando para que o lenço não caia do esconderijo e os comprimidos se espalhem pelo chão. Jack vem atrás de mim. Abro a porta do quarto e entro, esperando que ele me puxe e exija saber o que eu escondi na calça. Quando ele fecha a porta, não consigo acreditar que realmente consegui. Ao ouvir a chave girar na fechadura, sinto um enorme alívio e minhas pernas cedem. Desabo no chão com o corpo tremendo. Porém, como sempre existe a possibilidade de que Jack esteja apenas fingindo que eu o enganei, levanto e escondo o lenço debaixo do colchão. Em seguida, me sento na cama e reflito que fui mais bem-sucedida nos últimos quinze minutos que nos últimos quinze meses. E eu só consegui isso graças a Millie. Não fiquei chocada por ela esperar que eu matasse Jack, assassinatos são recorrentes nos romances policiais que Millie adora e ela não entende de fato o que significa matar alguém. Na cabeça dela, onde a linha entre realidade e ficção às vezes é muito tênue, um assassinato é simplesmente a solução para um problema.

PASSADO

Na primeira vez, senti vergonha de como me joguei nos braços de Jack quando ele enfim me libertou do quarto no porão. Havia sido uma noite longa e terrível, ainda pior por saber que parte da responsabilidade por fazer daquele lugar um pesadelo era minha. Eu não fazia ideia dos planos de Jack para Millie até então. Sabia que ele queria causar medo nela, mas eu tinha certeza de que conseguiria protegê-la do pior, de que ela poderia correr para mim, de que eu estaria sempre com ela. Mesmo que Jack tivesse me contado que queria alguém para manter escondido em segredo, jamais havia passado pela minha cabeça que ele desejava manter Millie trancada no quarto aterrorizante no porão para se alimentar do medo que infligiria. Saber o quanto ele era perverso já era ruim o bastante, mas o medo de que ele me deixasse morrer desidratada, como tinha feito com Molly, e que eu talvez não pudesse salvar Millie acabou comigo. Por isso, quando Jack finalmente destrancou a porta na manhã seguinte, demonstrei uma gratidão quase incoerente, prometendo fazer o possível, desde que ele não me colocasse lá embaixo outra vez.

Jack interpretou o que eu falei de forma literal e transformou a situação num jogo. Ele começou a me dar tarefas, sabendo que eu não conseguiria realizá-las, só para ter uma desculpa para me prender no porão. Antes de acertá-lo com a garrafa, Jack permitia que eu escolhesse o cardápio dos nossos jantares, e eu escolhia pratos que já havia preparado muitas vezes. A partir daquele momento, ele passou a impor o cardápio, certificando-se de que os pratos fossem os mais complexos possíveis. Se a refeição não fosse perfeita — se a carne estivesse um pouco dura ou o peixe tivesse passado um pouco do ponto —, ele me levava para o quarto assim que os nossos convidados iam embora e me fazia passar a noite trancada. Eu era bastante confiante na cozinha, mas cometia erros bobos sob pressão. O jantar em que convidamos Esther e Rufus para conhecer a casa foi o primeiro em que tudo correu bem num período de cinco meses.

Mesmo quando jantávamos na casa de amigos, caso eu dissesse ou fizesse algo que o desagradasse — certa vez, não consegui terminar a sobremesa —, Jack me levava para o porão assim que entrávamos em casa. Eu sabia que meu medo provocava um efeito poderoso nele, então eu tentava me manter calma, mas, nesses momentos, Jack ficava do outro lado da porta e, com a voz rouca de animação, me dizia para imaginar Millie ali dentro, até eu implorar para que ele parasse.

PRESENTE

É o dia da festa de Millie. Quando acho que Jack não vai mais aparecer para permitir que eu vá para o quarto ao lado me arrumar, eu o ouço subindo a escada.

— Hora da festa! — avisa ele, abrindo a porta com um empurrão.

Jack parece tão empolgado que me pergunto o que ele está escondendo. Mas não posso me preocupar com isso. Por mais que esteja feliz com meu progresso nas últimas duas semanas, é importante que hoje, acima de tudo, eu mantenha a calma.

Vou ao meu antigo quarto e abro o guarda-roupa, esperando que Jack escolha algo bonito para eu usar no aniversário de Millie. O vestido que ele escolhe já ficava um pouco grande antes, e agora ressalta minha magreza extrema. Jack arqueia as sobrancelhas, mas, como não ordena que eu o tire, imagino que ele só se preocupe com minha aparência em geral. Quando me olho no espelho, vejo um rosto fino, o que faz meus olhos parecerem imensos.

Coloco um pouco de maquiagem e, quando termino de me ajeitar, desço para o térreo atrás de Jack. Ele preparou o almoço e contratou uma empresa para fornecer o bufê da festa de hoje à tarde, sem me deixar preparar nada, como eu tinha pedido. Tudo parece perfeito.

Ele verifica a hora no relógio de pulso, então vamos para o hall. Ele digita um código no teclado preso à parede e os portões da frente se abrem com um chiado. Minutos depois, ouvimos o barulho de um carro se aproximando. Jack vai até a porta e a abre enquanto Janice estaciona o carro.

Janice e Millie descem e minha irmã corre na minha direção com um belo vestido rosa com um laço do mesmo tom no cabelo. Janice a segue com mais tranquilidade, olhando ao redor e absorvendo tudo.

— Você está linda, Millie — comento, abraçando-a.

— Adorei casa, Grace! — grita ela, os olhos brilhando. — Bonita!

— É verdade — diz Janice, admirada, logo atrás de Millie. Ela cumprimenta Jack com um aperto de mão, depois me cumprimenta.

Millie se vira para Jack.

— Casa bonita!

Ele faz uma reverência graciosa.

— Fico feliz que tenha gostado. Por que não entramos? Assim eu posso mostrar tudo a vocês. Ou talvez prefiram beber algo antes. Pensei em irmos para a varanda, a não ser que estejam com frio.

— Vai ser ótimo ficar na varanda — diz Janice. — A gente tem que aproveitar esse tempo fantástico, principalmente porque não vai durar muito.

Atravessamos o hall, passamos pela cozinha e saímos na varanda, onde latas de refrigerante e sucos esperam no gelo. Os copos já estão na mesa; Jack não vai precisar entrar para buscá-los, me deixando a sós com Janice e Millie. Com tantas visitas hoje à tarde, Jack vai precisar se esforçar para não me perder de vista.

Bebemos um pouco enquanto falamos de amenidades. Millie não fica parada por muito tempo; ela está animada demais e vai explorar o jardim. Nós a alcançamos enquanto mostramos o lugar para Janice.

— Quer ver o seu quarto, Millie? — pergunta Jack.

Ela faz que sim com a cabeça com entusiasmo.

— Sim, por favor, Jack.

— Espero que goste.

— Gosto amarelo — diz ela, contente.

Nós quatro subimos a escada. Jack abre a porta do quarto principal, onde ele dorme e onde, agora, há coisas que eu nunca vi antes, mas que obviamente parecem ser minhas — um roupão de seda, frascos de perfume e algumas revistas —, dando a impressão de que eu também durmo ali. Quando Millie balança a cabeça e diz que aquele não é o seu quarto, Jack mostra a ela um dos quartos de hóspedes, com decoração azul e branca.

— O que achou? — pergunta ele.

Ela hesita.

— Bonito, mas não amarelo.

Ele vai até o quarto onde eu costumava ficar.

— E esse aqui?

Millie balança a cabeça.

— Não gosto verde.

Jack sorri.

— Que bom que esse não é o seu quarto, então.

Janice entra no jogo.

— Talvez seja aquele ali — comenta ela, apontando para a porta mais à frente.

Millie corre, abre a porta e encontra um banheiro.

— Por que não tenta aquela porta? — sugere Jack, apontando para a porta do meu quarto atual.

Millie obedece.

— Horrível. — Ela faz uma cara feia, espiando o interior. — Não gosto.

— Horrível, não é mesmo? — concordo.

— Não se preocupe, Millie, estou só brincando. Ainda tem uma porta que você não abriu, de frente para o quarto principal. Por que não vai lá dar uma olhada?

Ela volta correndo, abre a porta e dá um gritinho de alegria. Quando chegamos até ela, Millie está pulando na cama, a bainha do vestido esvoaçando, e parece tão feliz que tenho vontade de chorar Reprimo as lágrimas, lembrando tudo o que está em jogo.

— Acho que ela gostou — diz Jack, virando-se para Janice.

— E quem não gostaria? É lindo!

Jack só consegue fazer Millie sair do quarto ao mencionar o almoço. Descemos e, no caminho até a sala de jantar, onde comeremos, Jack mostra o restante da casa a Millie e Janice.

— Aqui o quê? — pergunta Millie, tentando abrir a porta do porão. — Por que trancado?

— É o porão — responde Jack.

— Que é porão?

— É onde eu gosto de guardar as coisas.

— Posso ver?

— Agora não. — Ele para de falar por um momento. — Mas, quando vier morar com a gente, vou ficar feliz em mostrar.

É difícil continuar, mas a mão firme dele nas minhas costas não me dá muita escolha. Temos um almoço informal com frios e saladas e, enquanto tomamos café, Millie pergunta se pode explorar o jardim novamente, então levamos nossas xícaras para a varanda.

— Espero que tenha aprovado a casa onde Millie vai morar — diz Jack, puxando as cadeiras para nos sentarmos.

— Sem dúvida. — Janice assente com a cabeça. — Dá para ver por que vocês preferiram esperar até o fim da reforma para que Millie visse a casa. É realmente maravilhosa. Deve ter dado um trabalhão.

— Bem, não foi muito fácil viver no meio da obra, mas valeu a pena, não é, querida?

— Sim — concordo. — Onde a gente vai fazer a festa de Millie? Lá dentro ou aqui fora?

— Eu pensei em preparar tudo na sala de jantar, mas o tempo esta tão bonito que talvez seja melhor fazer aqui na varanda. Assim Millie e as outras crianças podem brincar no jardim.

— Eu não sabia que vocês tinham convidado mais gente — diz Janice.

— A gente queria fazer uma festa de verdade para Millie, por isso achamos importante ela conhecer os nossos amigos — explica Jack. — Embora as outras crianças sejam mais novas que Millie, espero que a tratem como uma irmã mais velha. — Ele olha para o relógio. — Marcamos às três. Você se importa de cuidar de Millie enquanto Grace e eu preparamos tudo?

Janice concorda.

— Vou arrumá-la um pouco.

— Antes de ir, tenho uma coisa para ela. — Jack chama Millie nos fundos do jardim. — Millie, se você for à sala de estar, vai encontrar uma caixa grande atrás de uma das cadeiras. Acha que consegue trazê-la para mim?

Millie desaparece dentro da casa e tento não me preocupar com o que Jack preparou, convencendo-me de que ele não faria nada idiota na frente de Janice. Mesmo assim, fico aliviada quando Millie abre a caixa e tira um vestido amarelo de cetim com uma saia longa e um cinto largo.

— É lindo, Jack — comento, detestando minha gratidão, e, quando Millie joga os braços em volta dele, sinto a mesma pontada de tristeza de quando sou lembrada da vida que eu poderia ter tido.

— Fico feliz que você tenha gostado.

Janice olha para mim, surpresa.

— Você não ajudou Jack a escolher?

— Não, Jack quis preparar tudo sozinho. Como você pode ver, ele é perfeitamente capaz.

— Por que você não vai com Millie até o quarto para ela trocar de roupa? — sugere Jack. — Vá, Millie, vá com Janice.

Quando elas saem, ele se vira para mim.

— É melhor aproveitá-la enquanto pode... Por algum motivo, eu acho que ela não vai gostar tanto assim do seu verdadeiro quarto, não acha? Certo, hora de arrumar a mesa.

Jack abre a mesa grande por completo, para acomodar todos os convidados — nove adultos e cinco crianças. Enquanto nos alternamos entre a cozinha e a varanda, carregando pratos e copos, tento não perder o foco do meu objetivo, depois que ele menciona o quarto de Millie.

— O que acha? — pergunta Jack, olhando para a mesa lotada de comida.

— Ficou incrível — digo, admirando a faixa e os balões que ele pendurou pela varanda. — Millie vai adorar.

Assim que falei dela, Millie e Janice reaparecem. Millie está radiante com seu vestido novo e um laço no cabelo.

— Que mocinha mais linda! — exclama Jack, fazendo Millie corar de alegria. Olho para ela com aflição, esperando que não comece a confiar em Jack.

— Obrigada, Jack. — Ela olha para tudo ao redor, boquiaberta, e suspira. — Lindo!

— Você está muito bonita, Millie — digo, me aproximando dela.

Millie joga os braços em volta do meu pescoço.

— Não esqueci que ele mau — sussurra ela no meu ouvido.

— Tem razão, Millie, Jack é muito legal. — Sorrio, sabendo que Jack teria percebido o sussurro.

Ela assente com a cabeça.

— Jack legal.

Nesse momento, a campainha toca.

— Começou a festa! — exclama Millie, maravilhada.

Jack segura a minha mão num gesto carinhoso e vamos abrir a porta, deixando Janice e Millie na varanda. Conduzimos Esther, Rufus e seus dois filhos pela cozinha e fazemos as apresentações. Eles estão dizendo a Millie o quanto ela está bonita quando Moira e Giles chegam, logo seguidos por Diane, Adam e os filhos.

— Ouvimos vocês aqui de fora, por isso não tocamos a campainha — explica Diane, me cumprimentando com um beijo.

Jack cumprimenta todos os convidados e, entre as tantas apresentações, acaba me deixando um pouco de lado. Sei que tenho tempo de sobra para sussurrar "Me ajude, Jack é louco" no ouvido de Diane. No entanto, mesmo com urgência na minha voz, ela pensaria que estou brincando, ou me referindo aos gastos com a festa perfeita de Millie. Jack me leva à cozinha para pegarmos champanhe para os adultos e refrigerante para as crianças. Quando me sento à mesa, a pressão da mão dele na minha indica que está prestando atenção a tudo o que digo, enquanto conversa com outras pessoas, do jeito que só Jack consegue.

Millie começa a abrir os presentes. Não tenho ideia do que compramos para ela, incapaz de perturbar a relativa calma que vivi nas últimas duas semanas. Como sempre, Jack foi além do que imaginava e comprou para ela um belo broche de prata, com um "M" gravado.

— Bonito! — Millie fica radiante, erguendo-o para que todos possam ver.

— Na verdade, esse é o meu presente. Grace tem um presente especial para você — diz Jack. Millie olha para mim, curiosa, e sorrio para ela, esperando que ele tenha escolhido algo bom. — Ela pintou alguns quadros lindos para o seu novo quarto, não é, querida?

Sinto meu rosto empalidecer e agarro a borda da mesa.

Millie bate palmas, animada.

— Pode ver?

— Ainda não — responde Jack, desculpando-se. — Mas eles vão estar pendurados no seu quarto quando você vier morar aqui, eu prometo.

— Que tipo de quadro? — pergunta Rufus.

— Retratos — responde Jack. — Bem realistas. Grace é excelente com detalhes.

— Você está bem, Grace? — Esther olha para mim, preocupada.

— O calor — é o que consigo responder. — Não estou acostumada.

Jack me dá um copo d'água.

— Beba um gole, querida — diz ele, solícito. — Vai fazer você se sentir melhor.

Millie me observa, aflita, e bebo um pouco de água.

— Estou bem — aviso a ela. — Abra os seus outros presentes, depois vocês podem ir brincar.

Millie ganha um bracelete de prata de Moira e Giles e um porta--joias prateado de Diane e Adam, mas mal consigo prestar atenção, me esforçando para manter a calma acima de tudo. Esther me observa com curiosidade, mas dessa vez eu não me importo que ela perceba o meu incômodo.

— Esther, você não vai entregar o nosso presente para Millie? — pergunta Rufus.

— É claro. — Esther volta à realidade e entrega a Millie um presente com um embrulho lindo. Ela sorri. — Espero que goste.

Millie abre o presente e vê uma grande caixa de veludo vermelho, com uma tampa decorada com belas lantejoulas e contas de vidro. É o tipo de presente que Millie adora, e, enquanto ela perde o fôlego de tanta alegria, eu me recomponho e sorrio agradecida para Esther.

— É para guardar coisas — explica Esther. — Comprei para combinar com o seu novo quarto.

Millie abre um sorriso radiante para ela.

— Amarelo — diz ela, orgulhosa. — Meu quarto é amarelo.

Esther parece intrigada.

— É vermelho, não?

Millie balança a cabeça.

— Amarelo. Minha cor preferida.

— Eu pensei que a sua cor preferida fosse vermelho.

— Amarelo.

Esther se vira para Jack.

— Você não disse que estava pintando o quarto de Millie de vermelho porque era a cor preferida dela?

— Não, acho que não.

203

— Sim, Jack, você falou — confirma Diane. — Pelo menos você disse isso quando apareceu de penetra no nosso almoço na cidade.

— Bom, se falei, peço desculpas. Eu devia estar pensando em outra coisa na hora.

— Mas você repetiu isso em mais de uma ocasião — insiste Esther. — Quando jantou na nossa casa, você falou que não via a hora de Millie conhecer o quarto vermelho. — Ela olha para mim. — Não foi isso que ele disse, Grace?

— Acho que não me lembro — balbucio.

— Isso é realmente importante? — Jack aponta com a cabeça para Millie, ocupada em guardar os outros presentes na caixa. — Olhem, ela adorou.

— Mas é estranho que você tenha cometido o mesmo erro duas vezes — comenta Esther, realmente intrigada.

— Eu não sabia que tinha falado isso.

— Bom, eu acho que posso levar a caixa de volta e trocar por uma amarela — diz ela, hesitante.

— Por favor, esqueça isso — digo a Esther. — Jack tem razão, Millie adorou o presente.

Pelos dez minutos seguintes, vejo Esther observando Jack, e fico feliz por ele ter se perdido ao tentar me desestabilizar — não que alguém além de Esther pareça ter notado. Num certo momento, ela desvia o olhar de Jack e observa a caixa vermelha, arqueando as sobrancelhas. De repente, Esther se vira para mim.

— Espero que não se incomode com a pergunta, Grace, mas tem certeza de que você está bem? Você está muito pálida.

— Eu estou bem — reafirmo.

— Eu também percebi isso — concorda Diane. — E também perdeu peso... Você não está fazendo dieta, está?

— Não, só ando sem muito apetite ultimamente.

— Talvez fosse bom você procurar um médico.

— Pode deixar — prometo.

— Você precisa cuidar mais dela, Jack, de verdade. — Esther olha para ele, estudando-o.

— É o que eu pretendo fazer. — Sorrindo, ele coloca a mão no bolso interno do paletó e tira um envelope. — Não vejo por que Millie deveria ser a única a ganhar um presente hoje.

— Adam, por favor, preste atenção. — Diane suspira.

— Aqui está, querida. — Jack me entrega o envelope. — Abra.

Eu obedeço e encontro duas passagens aéreas.

— Vamos lá, Grace, não mate a gente de curiosidade — implora Diane. — Para onde Jack vai levar você?

— Tailândia — respondo lentamente, ciente de que tudo o que fiz desde que Millie me entregou os comprimidos terá sido em vão se viajarmos.

— Que garota de sorte — comenta Moira, sorrindo para mim.

— Acho que você devia dizer alguma coisa, Grace — instiga Esther.

Levanto a cabeça rapidamente.

— Eu só estou em choque. Quero dizer, é uma ótima ideia, Jack, mas será que a gente tem mesmo tempo para viajar?

— Você falou que queria ir à Tailândia uma última vez antes de Millie vir morar com a gente — lembra ele, como se eu encarasse minha irmã como um fardo.

— Mas você disse que a gente não ia conseguir... Você não disse que o julgamento do caso Tomasin está se aproximando?

— Sim, mas estou trabalhando intensamente para garantir que termine antes.

— Quando vocês viajam? — pergunta Giles.

— Comprei as passagens para 5 de junho.

Adam olha para ele, surpreso.

— O caso Tomasin vai acabar assim tão rápido?

— Espero que sim. O julgamento começa na semana que vem.

— Mesmo assim. Quero dizer, não é tão simples dessa vez, é? Pelo que li nos jornais, o marido é inocente.

Jack arqueia as sobrancelhas.

— Não vai me dizer que você acredita em tudo que lê nos jornais.

— Não, mas a teoria de que tudo não passa de armação e ela quer que o marido vá preso porque tem um amante é interessante.

— E completamente mentirosa.

— Você acredita que vai vencer esse caso?

— Com certeza. Eu nunca perdi e não planejo perder agora.

Adam se vira para mim.

— O que você acha, Grace? Você deve ter lido os jornais.

— Eu? Eu acho que o marido é completamente culpado — respondo, imaginando o que eles diriam se soubessem que mal sei do que estão falando.

— Sinto muito, mas não consigo vê-lo como alguém que agride a mulher — comenta Diane. — Ele não faz o tipo.

— Jack costuma me dizer que esses são os piores — falo, casualmente.

Esther se vira para mim.

— Deve ser empolgante ter um marido que trabalha nesses casos famosos — diz ela, me encarando.

— Na verdade, Jack quase nunca fala do trabalho quando está em casa, ainda mais sobre os detalhes dos casos, por questões de confidencialidade profissional. Tenho certeza de que também é assim com você, Diane. — Eu me viro para Jack, fingindo ansiedade. — Mas, voltando às nossas férias, não seria melhor adiar até Millie poder viajar com a gente?

— Por quê?

— Bom, se existe a possibilidade de o julgamento não terminar a tempo...

— Vai terminar.

— E se não terminar? — insisto.

— Então você vai antes e a gente se encontra depois.

Olho fixamente para ele.

— Não vamos cancelar as férias, Grace. Como todo mundo disse, você precisa de um descanso.

— Você realmente me deixaria ir antes? Sem você? — pergunto, sabendo que Jack jamais permitiria.

— É claro.

Esther se vira para Jack com um olhar de aprovação.

— É muito generoso da sua parte, Jack.

— De forma nenhuma. Por que eu privaria a minha bela esposa de suas férias só porque não posso ir?

— Eu ficaria mais do que feliz em fazer companhia a Grace — oferece Diane.

— Lamento desapontá-la, mas não tenho a menor intenção de não ir — responde Jack, levantando-se. — Grace, preciso da sua ajuda na cozinha, querida.

Vou atrás dele, perplexa ao perceber como tudo parece estar dando errado.

— Você não parece muito animada com a ideia de ir para a Tailândia — comenta ele ao me passar as velas para colocar no bolo.

— Mas foi você que sugeriu essa viagem.

— É que não me parece uma boa ideia, com o julgamento se aproximando.

— Você acha que seria melhor eu cancelar?

Sinto um grande alívio.

— Com certeza.

— Nesse caso, você acha que Millie pode vir morar com a gente antes do planejado? Na semana que vem, por exemplo? Na verdade, ela poderia até ficar por aqui hoje. Posso buscar os pertences dela durante a semana, enquanto ela se acostuma com o seu lindo quarto vermelho. O que acha, Grace? Devo sair daqui e sugerir isso? Ou seria melhor a gente ir para a Tailândia no mês que vem?

— Vamos para a Tailândia no mês que vem — respondo, sem emoção.

— Achei que essa seria a sua resposta. Agora, onde estão os fósforos?

É difícil não me desesperar ao cantar "Parabéns a você" com todo mundo batendo palmas, enquanto Millie sopra as velas. Olho ao redor com todos sorrindo e brincando juntos, sem conseguir entender como a minha vida tinha se transformado num inferno que ninguém ali sequer conseguiria imaginar. Se eu decidisse pedir a atenção deles e dissesse que Jack representa um grande perigo para Millie, que ele planeja trancá-la num quarto assustador até ela enlouquecer de medo, que não passa de um assassino que me mantém como prisioneira nos últimos quinze meses, ninguém acreditaria. E o que Jack lhes diria em seguida? Que só descobriu o meu histórico de doença mental depois do casamento, que isso só apareceu durante a lua de mel, quando o acusei diante de um hall cheio de gente de me manter como prisioneira, que o gerente do hotel, nosso médico e a polícia ficariam felizes em confirmar o meu desequilíbrio. Além disso, que os últimos quinze meses exigiram um enorme esforço da parte dele, especialmente por precisar me acompanhar a todo lugar com receio do que eu vou dizer em público. Mesmo que Millie me defendesse e o acusasse de empurrá-la escada abaixo, ele fingiria surpresa e diria que devo tê-la influenciado. Por que as pessoas reunidas aqui hoje acreditariam na minha versão, e não na de Jack, quando a dele soa bem mais plausível?

Comemos o bolo e bebemos mais champanhe. Millie e as crianças continuaram brincando, e nós nos sentamos para conversar. Não consigo me concentrar direito, mas, quando Janice diz que vai gostar de visitar Millie na nossa bela casa, aproveito a chance para garantir que isso aconteça.

— Por que a gente não marca uma data agora? — Eu me viro para os outros. — Talvez a gente pudesse levar Millie e as crianças para o festival de música e fazer um piquenique lá. Elas parecem estar se dando bem. Não começa no início de julho?

— Que ótima ideia! — exclama Diane. — E alguém estaria interessado numa visita ao zoológico? Eu prometi levar os meus filhos assim que eles entrassem de férias.

— Millie adoraria — digo, louca para ocupar toda a agenda dela.

— Antes que você se empolgue, Grace — interrompe Jack —, eu tenho outra surpresa para você. Bem, para você e Millie.

Sinto o meu corpo gelar.

— Outra surpresa?

— Não precisa se preocupar — brinca Moira. — Conhecendo Jack, tenho certeza de que vai ser algo fantástico.

— Eu não queria contar ainda — diz Jack, se desculpando —, mas, como você está planejando as férias de verão, acho que devia saber que vou levar você e Millie para a Nova Zelândia. Assim vocês podem visitar os seus pais.

— Nova Zelândia! — Diane suspira. — Meu Deus, eu sempre quis ir à Nova Zelândia.

— Bem, pensei em deixar Millie passar alguns dias aqui para se acostumar com a casa e aí a gente viaja no meio de julho — explica ele.

— Mas Millie começa a trabalhar no centro botânico em agosto — retruco, tentando entender o que ele está planejando. — É um lugar muito distante para a gente passar só duas semanas.

— Tenho certeza de que não vão se importar se ela começar uma ou duas semanas mais tarde, especialmente se a gente explicar o motivo.

— Você não acha que vai ser exaustivo para Millie viajar para a Nova Zelândia logo depois de se mudar? Não seria melhor esperar até o Natal?

— Acho que ela vai adorar — intervém Janice. — Millie sonha em ir para lá desde que a turma dela fez um trabalho sobre a Nova Zelândia, logo depois que seus pais se mudaram.

— Se eu fosse para a Nova Zelândia, não sei se voltaria — comenta Diane. — Dizem que é um lugar muito bonito.

— Esse é um dos riscos, claro — concorda Jack. — Millie pode acabar gostando muito de lá e querer morar com os pais.

Minha ficha começa a cair e me dou conta de que ele está planejando tirar Millie do nosso círculo social.

— Ela nunca faria isso — declaro, determinada. — Para começo de conversa, Millie nunca me deixaria.

— E se você também decidir ficar por lá? — pergunta Jack. Seu tom é de brincadeira, mas entendo perfeitamente que ele está preparando o terreno para o meu sumiço.

— Eu jamais faria isso — digo. — Eu jamais poderia deixar você, Jack. Você não sabe disso?

Mas poderia matá-lo, acrescento em silêncio. Na verdade, eu vou ter que fazer isso.

PASSADO

Os comprimidos debaixo do colchão deram uma nova esperança à minha vida. Pela primeira vez em seis meses, escapar de Jack era uma possibilidade real, e assim eu me sentia humildemente grata a Millie por interceder e me colocar no comando outra vez. Depois do esforço dela para conseguir os comprimidos, fiquei determinada a não a decepcionar. Mas eu tinha que planejar tudo com cuidado. Um dos meus problemas era não saber quantos comprimidos eu tinha. Mesmo que conseguisse fazer com que Jack os ingerisse, eu não sabia quanto tempo levaria até fazer efeito ou mesmo qual efeito seria. Quantos comprimidos seriam necessários para derrubá-lo? Havia tantas variáveis, tantos "se" e "mas".

Comecei pensando num modo de colocá-los em alguma bebida de Jack. Só bebíamos juntos em jantares, com outras pessoas ao redor, e, se eu queria ser bem-sucedida, teria que fazê-lo tomar os comprimidos em casa, quando estivéssemos sozinhos. Passei a noite refletindo sobre todas as possibilidades e, quando ele me trouxe o jantar no dia seguinte, eu já havia pensado num jeito de colocar a ideia em prática. Mas precisava começar a agir.

Garanti que ele me visse sentada na cama, abatida, de costas para a porta. Como não me virei para pegar a bandeja, como sempre fazia, Jack a colocou ao meu lado na cama e saiu sem dizer nada. Era difícil saber que a comida estava ali, especialmente porque eu não me alimentava desde o almoço com Millie no dia anterior, mas estava determinada a não tocar no prato. No dia seguinte ele não me deu nada para comer, mas a bandeja continuava ali, e eu sentia ainda mais fome. Foi difícil não ceder à tentação, mas sempre que pensava em comer, mesmo que só um pouquinho para aliviar a dor da fome, eu visualizava o quarto no porão com Millie lá dentro. Então ficava fácil.

No terceiro dia, talvez ciente de que eu não tinha me alimentado no dia anterior, Jack levou café da manhã para mim. Ao ver que eu sequer havia tocado na bandeja de dois dias atrás, ele olhou para mim com curiosidade.

— Você está com fome?

Balancei a cabeça.

— Não.

— Nesse caso, vou levar o café de volta para a cozinha.

Ele foi embora com as duas refeições, facilitando a situação por não ter comida por perto. Para me ajudar a ignorar a dor da fome, passei a meditar. Quando viu que eu não tinha comido nada a semana inteira, nem mesmo tocado no vinho que ele havia trazido para mim, Jack começou a desconfiar.

— Você não está fazendo uma espécie de greve de fome, está? — especulou ele ao recolher outra bandeja de comida intocada e substituí-la por uma nova.

Balancei a cabeça, apática.

— Eu não estou com fome, é só isso.

— Por que não?

Levei um tempo para responder.

— Acho que nunca pensei que chegaria a esse ponto — admiti, mexendo nervosamente na colcha. — Sempre imaginei que, no fim, encontraria um jeito de salvar Millie de você.

— Me deixe adivinhar: você achou que o bem triunfaria sobre o mal ou que um príncipe encantado apareceria para salvar você e Millie do destino.

— Algo assim. — Deixei um soluço escapar. — Mas isso não vai acontecer, não é? Millie vai morar com a gente e não há nada que eu possa fazer.

— Se serve de consolo, nunca houve nada que pudesse fazer. Mas fico feliz que você tenha começado a aceitar o inevitável. Isso vai facilitar as coisas para você no longo prazo.

Indiquei com a cabeça a taça de vinho na bandeja que ele tinha acabado de trazer, tentando ignorar o frango e as batatas, que pareciam deliciosos.

— Eu poderia tomar uísque em vez de vinho?

— Uísque?

— Sim.

— Eu não sabia que você bebia uísque.

— E eu não sabia que você era psicopata. Só traga o maldito uísque, Jack — continuei, esfregando os olhos, cansada. — Eu costumava beber com o meu pai, se é que você precisa mesmo saber.

Senti o olhar de Jack em mim, mas mantive a cabeça baixa, esperando retratar minha tristeza. Ele saiu do quarto e trancou a porta. Não tinha como saber se ele traria o uísque e estava tentada pelo cheiro do frango. Comecei uma lenta contagem, prometendo a mim mesma que eu comeria aquela comida toda se ele não voltasse até eu chegar a cem. Não estava perto do cinquenta quando ouvi seus passos na escada. No sessenta, a chave girou na fechadura e eu fechei os olhos, sabendo que provavelmente desabaria no choro se ele não tivesse trazido o uísque, pois o esforço de ter me negado a comer por quase uma semana teria sido em vão.

— Aqui.

Abri os olhos e olhei para o copo de plástico que Jack estendia para mim.

— O que é isso? — perguntei, desconfiada.

— Uísque — respondeu ele. Estendi o braço para pegar o copo, mas Jack afastou a mão. — Antes, coma. Você vai ser inútil para mim se estiver fraca demais para cuidar de Millie.

Suas palavras fizeram o meu corpo gelar mas também indicaram que eu estava no caminho certo. Ele nunca havia cedido aos meus pedidos antes, nem mesmo quando pedi uma toalha maior para me secar. Mas presumi que, com um objetivo final em mente, Jack não deixaria algo acontecer comigo, o que significava que havia maiores chances de ele ceder aos meus pedidos razoáveis. Foi uma grande vitória. Apesar de ter me planejado para não comer naquele momento, percebi que eu precisaria ceder um pouco se quisesse ganhar mais uísque. Mas eu queria que Jack trouxesse a bebida assim que chegasse do trabalho e criasse o hábito de servir o meu uísque na mesma hora em que servisse o dele.

— Eu pedi uísque para ver se abre o meu apetite — expliquei, com o braço ainda estendido. — Você pode me dar o copo, por favor?

Eu esperava que Jack recusasse, mas depois de um breve momento de hesitação, ele cedeu. Levei o copo aos lábios fingindo avidez. O cheiro deixou meu estômago embrulhado, mas eu sabia que estava prestes a beber uísque, e não qualquer outra coisa. Ciente de que Jack me observava, tomei um gole. Eu nunca havia bebido uísque antes e o gosto amargo foi um choque.

— Não é do seu agrado? — Ele riu de mim.

Percebi que Jack não tinha acreditado que eu gostava de uísque, e só havia me dado um copo para descobrir o real motivo do pedido.

— Você já bebeu uísque num copo de plástico? — perguntei, tomando outro gole. — Acredite, o gosto não é o mesmo. Talvez você possa servir num copo de vidro da próxima vez. — Ergui o copo novamente e mandei o restante para dentro.

— Agora coma um pouco — mandou ele, empurrando a bandeja para mim.

Com a cabeça rodando por causa da bebida, coloquei a bandeja no colo. A comida estava tão boa que eu seria capaz de limpar o prato em questão de segundos. Foi difícil não devorar tudo, e eu me esforçava para comer devagar, como se não sentisse prazer com o sabor. Só me permiti comer metade do prato e, quando larguei o garfo e a faca, não sei quem ficou mais decepcionado, eu ou Jack.

— Você não consegue comer um pouco mais? — Ele fez cara feia

— Não, sinto muito — respondi sem entusiasmo. — Talvez amanhã.

Jack saiu do quarto com a bandeja. Por mais que eu ainda sentisse fome, o gosto da vitória era mais doce que qualquer coisa que pudesse ter comido.

Jack não era burro. No dia seguinte, quando deixei de comer mais uma vez, ele decidiu acertar onde mais me doeria.

— Vou cancelar a nossa visita a Millie amanhã — disse ele ao pegar a bandeja intocada. — Não faz sentido a levarmos para almoçar se você não quer comer.

Eu sabia que havia o risco de ele não me levar para ver Millie, mas eu estava disposta a fazer esse sacrifício.

— Tudo bem. — Dei de ombros. Pelo olhar de surpresa de Jack, vi que ele esperava uma resposta diferente e fiquei feliz por tê-lo confundido.

— Millie vai ficar tão decepcionada. — E suspirou.

— Bom, não vai ser a primeira vez.

Jack pensou por um momento.

— Isso é algum plano seu para me fazer cancelar a festa de Millie?

Eu não esperava que ele chegasse a essa conclusão, uma ideia bem distante da realidade, mas tentei usá-la ao meu favor.

— E por que eu faria isso? — perguntei, tentando ganhar tempo.

— Me diga você.

— Talvez você devesse tentar se colocar no meu lugar, ao menos uma vez. Se Millie vier aqui, ela vai adorar a casa. Como acha que eu vou me sentir, sabendo o que você planeja para ela, ciente de que não posso impedir?

— Me deixe adivinhar. — E Jack fingiu pensar por um momento. — Nada bem?

Fingi chorar com autopiedade.

— Sim, isso mesmo, Jack, nada bem. Tão mal, na verdade, que eu prefiro morrer.

— Então você está mesmo fazendo uma espécie de greve de fome.

— Não, Jack, é claro que não. Eu sei que Millie vai precisar de mim, eu sei que preciso me manter forte. Mas não tenho o que fazer se perdi o apetite. Nessas circunstâncias, muitas pessoas também ficariam sem fome. — Aumentei um pouco mais o tom de voz. — Tem ideia de como eu me sinto por não poder escolher o que comer nem quando comer? Tem ideia do que é depender de você para absolutamente tudo, ter que esperar às vezes dois ou três dias por comida porque você resolveu que preciso ser punida ou porque não quer se dar ao trabalho de me trazer alguma coisa? Você não é exatamente o mais generoso dos carcereiros, Jack!

— Talvez você não devesse ter tentado fugir tantas vezes — rebateu ele. — Se não tivesse tentado fugir, eu não precisaria prender você nesse quarto e você poderia levar uma vida perfeitamente normal ao meu lado.

— Normal! Enquanto você controla cada movimento meu? Você nem conhece o significado dessa palavra! Vá em frente, Jack, pode me castigar. Tire a minha comida, eu não dou a mínima. Se eu ficar outra semana sem comer, pelo menos não vou ter forças para participar da festa de Millie no domingo que vem.

— É melhor você começar a comer de novo — ameaçou ele, percebendo que o que eu dizia era verdade.

— Ou então o quê, Jack? — provoquei. — Você não pode me forçar a comer, sabia? — Fiz uma pausa. — Mas, como Millie e você não querem que eu morra, por que não faz um favor para a gente e me traga uma dose de uísque toda noite quando servir o seu? Pode ser que eu recupere um pouco do meu apetite.

— Eu mando aqui, lembre-se disso — retrucou ele.

No entanto, não era mais Jack quem estava no comando quando se tratava de comida. Ciente de que precisava de mim saudável, Jack cedeu. Eu ficava atenta para nunca comer demais, porque era importante que ele achasse que eu havia perdido o apetite, mas era igualmente importante que eu comesse o bastante para merecer a pequena dose de uísque que ele trazia quando chegava do trabalho. No dia da festa de Millie, eu acreditava que conseguiria colocar o meu plano em prática antes que ela viesse morar conosco, dali a dois meses, contanto que nada interrompesse a rotina em que Jack trazia uísque para mim toda noite.

PRESENTE

Espero na frente de casa, com a mala aos meus pés. Os portões duplos estão fechados, mas o portãozinho pelo qual eu saí está entreaberto. Ouço o carro de Esther se aproximar e, virando-me para casa, aceno. Ela para perto de mim, sai e abre o porta-malas.

— Eu podia ter parado na porta, sabia? — repreende ela enquanto me ajuda a colocar a mala no carro.

— Achei que ia poupar o seu tempo. Obrigada por vir me buscar assim em cima da hora.

— Não tem problema. — Ela sorri. — Mas a gente precisa correr se você não quiser perder o voo.

Quando Esther fecha o porta-malas, aceno para casa outra vez, mando um beijo e fecho o portão ao sair.

— Queria que Jack pudesse vir comigo — comento, irritada. — Odeio deixá-lo assim tão abatido.

— É o primeiro caso que ele perde, não é?

— Sim. Acho que foi por isso que ele ficou tão abalado. Mas Jack realmente acreditava na culpa do marido, ou não teria nem sequer aceitado o caso. Infelizmente, Dena Anderson não foi muito honesta com ele e escondeu algumas informações, como por exemplo o fato de ter um amante.

— Parece que o amante era o verdadeiro culpado.

— Não sei todos os detalhes, mas espero que Jack me conte quando a gente se encontrar. É engraçado... Eu viajava pelo mundo sozinha, e agora não me sinto confortável com a ideia de passar alguns dias sem ninguém na Tailândia. Estou acostumada com Jack sempre ao meu lado. Não sei muito bem o que ele gostaria que eu fizesse nos próximos quatro dias.

— Descansar bastante, imagino.

— Eu preferia esperar, mas ele insistiu — continuo. — E sei que não adianta discutir com Jack quando ele cisma com alguma coisa. — Olho para Esther. — Sabe, ele pode ter seus defeitos.

— Insistir para você viajar antes não é um defeito — retruca ela.

— Não, acho que não. Consegui entender melhor depois que ele explicou que não aproveitaria as férias se tivesse que encarar toda a papelada quando voltasse. Jack realmente precisa descansar nessas férias, principalmente porque é provável que essas sejam as últimas que passaremos sozinhos. Faz sentido ele preferir ficar e deixar tudo em ordem, embora eu ache que, se tivesse ganhado o caso, Jack não se incomodaria tanto em ser lembrado do trabalho na volta — acrescento, pesarosa.

— Ele deve preferir lidar com a derrota sozinho — concorda ela. — Você sabe como são os homens.

— O negócio é que a gente esperava que eu engravidasse enquanto estivesse na Tailândia. É outro motivo pelo qual Jack quer estar completamente descansado. Estou quase no período certo — admito, enrubescendo um pouco.

Esther tira uma das mãos do volante e aperta a minha.

— Espero que dê tudo certo para vocês.

— Bom, se der certo, você vai ser a primeira a saber — prometo.

— Não vejo a hora de ter um filho com Jack. Ele ficou bastante decepcionado depois do meu último aborto. Tentou ser forte por mim, mas aquilo realmente o afetou, especialmente por eu não ter conseguido engravidar logo em seguida. Eu expliquei que essas coisas levam tempo, que o meu corpo precisa se recuperar antes, mas Jack começou a questionar se não seria culpa dele e das exigências do trabalho, do estresse e tudo mais.

— Você acha que Jack jantaria com a gente ou algo assim no fim de semana?

— Para falar a verdade, acho que ele prefere ficar em casa e mergulhar de cabeça nos documentos que precisa preparar. Mas não custa perguntar, por mais que eu não saiba se você vai conseguir falar com ele. Jack não pretende atender o telefone nos próximos dias. Ele já teve que lidar com a imprensa quando saiu do tribunal hoje de tarde e sabe que vão ficar no pé dele nos próximos dias. Mas você pode deixar uma mensagem na caixa postal. Foi o que Jack me pediu para fazer se eu não conseguisse falar com ele, até mesmo por causa do fuso horário e tudo mais.

— E ele vai se encontrar com você na terça?

— Sim. Bem, na quarta de manhã cedo. Vai pegar o voo de terça à noite, embora tenha dito que pode se atrasar um ou dois dias. Mas acho que estava brincando... Eu espero, pelo menos.

— Então você só vai passar quatro dias sozinha. Meu Deus, o que eu não daria por quatro dias de paz! Ele precisa que alguém o leve ao aeroporto na terça? Rufus pode fazer isso.

— Não precisa. Adam também se ofereceu, mas Jack vai deixar o carro no aeroporto mesmo. A gente vai precisar dele na volta. O voo chega umas seis da manhã e não pediríamos a ninguém que nos buscasse num horário infeliz desse.

Fico surpresa diante da tranquilidade da nossa conversa a caminho do aeroporto. Eu esperava uma viagem muito menos confortável, mas Esther parece satisfeita em falar de assuntos banais. Ela pergunta se pode visitar Millie no fim de semana com as crianças e talvez levá-la para tomar chá. Lembrando como Millie e Aisling se deram bem durante a festa, concordo, agradecida, feliz por Millie receber visitas enquanto eu estiver fora. Esther pede que eu avise a Janice do encontro no domingo e prometo que vou fazer isso.

Chegamos ao aeroporto com quinze minutos de antecedência. Ela me deixa na entrada e se despede com um aceno animado. Entro no terminal, encontro o balcão da British Airways, despacho a minha mala e vou para a área de embarque. Depois, me sento num canto e espero pela chamada do voo.

PASSADO

Até a festa de Millie, nunca pensei que realmente mataria Jack. Sonhei com isso muitas vezes, mas, depois de refletir um pouco, eu perdia a coragem diante da ideia de matar outro ser humano. É provável que tenha sido por isso que a minha tentativa de derrubá-lo com uma garrafada tenha fracassado: fiquei com medo de acertá-lo com força e matá-lo. E, se eu o matasse, era quase certo que fosse mantida na cadeia aguardando julgamento, o que seria terrível para Millie. Eu só queria derrubá-lo por tempo suficiente para conseguir escapar. Mas, no momento em que Jack explicou que nos levaria para a Nova Zelândia, eu soube que teria que matá-lo, independentemente das consequências, porque fugir dele nunca seria o suficiente.

— Então é isso que você vai fazer — falei, amargurada, depois de nos despedirmos de Millie e Janice ao fim da festa. — Vai trancar a casa inteira, fingir que a gente foi para a Nova Zelândia e depois reaparecer sozinho, dizendo a todo mundo que eu e Millie resolvemos ficar por lá, quando na verdade estaremos escondidas no porão.

— Mais ou menos — confirmou ele. — Daria muito trabalho fechar a casa inteira e fingir que eu não estou aqui, por isso vou inventar uma desculpa para mandar vocês duas para a Nova Zelândia antes de mim. No fim, vou acabar me atrasando mais que o previsto e não vai valer a pena ir, porque já vai estar quase na hora de vocês voltarem. E, quando eu estiver pronto para buscá-las no aeroporto, vou receber uma ligação sua chorando, dizendo que Millie não quis entrar no avião. E você, dividida entre um marido carinhoso e uma irmã maluca, também não embarcou. E, como um marido carinhoso, vou dizer a todo mundo que seria muito difícil para você deixar Millie para trás, por isso permiti que você ficasse um pouco mais com ela. Só que esse um pouco mais vai se transformar em muito mais, até que, num dia triste, você vai me dizer que não pretende voltar. Eu vou ficar abatido e as pessoas não vão ousar mencionar o seu nome para mim, até acabarem esquecendo que você e Millie existiram.

— E os meus pais? — perguntei. — Como você vai explicar o nosso sumiço para eles?

— Provavelmente eu vou matá-los. Agora já para o seu quarto.

Dei as costas para Jack, sem querer que ele visse o quanto eu tinha ficado chocada com as suas palavras. Encontrar uma saída — matar Jack — nunca foi tão urgente, e, se eu voltasse para o quarto, perderia mais uma oportunidade. Era hora de colocar mais uma parte do plano em prática.

— Posso ficar um pouco aqui embaixo? — perguntei.

— Não.

— Por que não?

— Você sabe muito bem por quê.

— Quando foi a última vez que tentei escapar? Olhe para mim, Jack! Acha mesmo que ofereço algum perigo a você? Eu me comportei de forma exemplar nos últimos seis meses. Você acha que eu realmente quero correr o risco de ir para o porão?

— É verdade que o tempo que você passou naquele quarto rendeu o efeito desejado, mas ainda assim você vai subir para o seu quarto.

— Posso pelo menos ir para outro quarto?

— Por quê?

— O que você acha? Porque eu preciso mudar de ambiente! Estou cansada de olhar para as mesmas quatro paredes todo dia!

— Tudo bem.

Olhei para ele, surpresa.

— Sério?

— Sim. Venha, vou levar você para o porão, onde vai poder ver as quatro paredes de lá. Ou agora acha que o seu quarto não é tão ruim assim?

— Acho que o meu quarto não é tão ruim — respondi, desanimada.

— Que pena. Sabe, acho que o quarto do porão está vazio há muito tempo. Posso contar um segredo? — Ele se aproximou de mim e começou a sussurrar. — Foi difícil, muito difícil, deixar Millie voltar para a escola, muito mais difícil do que eu imaginava. Na verdade, foi tão difícil que vou sugerir que ela venha para cá assim que a gente voltar da Tailândia. O que você acha, Grace? Não vai ser ótimo termos uma família feliz?

Percebi que eu teria que matar Jack antes da viagem para a Tailândia. Foi terrível concluir que eu tinha pouquíssimo tempo, mas ter um prazo me ajudou a manter o foco. Subindo a escada à frente dele, comecei a planejar meu próximo passo.

— Quando subir com o meu uísque, você pode ficar e beber comigo? — pedi, enquanto tirava a roupa.

— E por que eu faria isso?

— Porque estou cansada de ficar enjaulada vinte e quatro horas por dia sem ninguém com quem conversar — respondi, apática. — Tem ideia de como me sinto? Às vezes parece que estou enlouquecendo. Na verdade, eu queria que isso acontecesse. — Aumento o meu tom de voz. — O que você faria, Jack? O que você faria se eu ficasse louca?

— É claro que você não vai ficar louca — rebateu ele, empurrando-me para dentro do quarto e fechando a porta.

— Pode ser que eu fique! — gritei para ele. — Isso pode muito bem acontecer! E quero o meu uísque num copo de vidro!

Quando voltou, dez minutos depois, Jack trouxe dois copos de vidro. Não sei se ele mudou de ideia por ter recusado todos os meus pedidos antes ou se temia que eu realmente enlouquecesse.

— Obrigada — falei, tomando um gole. — Posso fazer uma pergunta?

— Vá em frente.

— É sobre o caso Tomasin. Ele se casou com uma atriz, não foi? Dena alguma coisa? Acho que me lembro de ter lido alguma coisa sobre isso na época em que você ainda me deixava ler os jornais.

— Dena Anderson.

— Ela está acusando Tomasin de agredi-la?

— Eu não tenho permissão para discutir os meus casos.

— Bem, todo mundo hoje parecia conhecê-lo. Ou você não foi muito discreto ou essas informações são de conhecimento geral — respondo sensatamente. — Ele não doa a maior parte da fortuna para obras de caridade?

— Isso não quer dizer que ele não bata na mulher.

— O que Adam quis dizer sobre ela ter um amante?

— Adam só queria provocar.

— Então o que ele falou não é verdade.

— De forma alguma. Um tabloide inventou essa história para desacreditá-la.

— E por que alguém faria isso?

— Porque Antony Tomasin é um dos acionistas. Agora, beba. Eu não vou sair daqui sem o copo.

Quando Jack saiu, tirei o lenço de baixo do meu colchão e o abri. Contei os comprimidos; havia vinte no total. Eu não tinha a menor ideia se seria o suficiente para matá-lo, especialmente porque eu mesma teria que tomar alguns antes. Precisava descobrir o quanto eram fortes e ver se se dissolviam no líquido depois de esmagados. Entrei no banheiro, rasguei dois pedaços de papel higiênico do rolo e, depois de refletir, peguei quatro comprimidos, torcendo para que fossem o suficiente para me apagar, mas sem me fazer passar mal. Abri o papel no chão e esmaguei o remédio com o pé o melhor que pude. Eu não tinha onde colocar os grãos que se formaram, então usei a tampa do frasco de xampu como recipiente e despejei um pouco de água. Eles se dissolveram um pouco, mas não o bastante, e ao bebê-los concluí que teria que esmigalhar os comprimidos até formarem um pó mais fino.

Comecei a sentir sono cerca de quinze minutos depois e dormi quase de imediato. Foram quatorze horas de sono profundo e, ao acordar, estava ligeiramente grogue e com muita sede. Como Jack tinha quase o dobro do meu peso, estimei que oito comprimidos teriam o mesmo efeito sobre ele, mas que dezesseis não seriam o bastante para matá-lo. Foi como levar um golpe. Isso significava que, depois que Jack ficasse inconsciente, eu teria que arrumar um jeito de acabar com ele. Embora eu quisesse que ele morresse, não sabia se, quando chegasse a hora, conseguiria ir à cozinha pegar uma faca na gaveta e enterrá-la em seu coração.

Decidi não pensar nisso e me concentrei em fazer com que Jack ficasse um pouco mais comigo quando trazia uísque à noite, reiterando o que tinha lhe dito antes, que estava enlouquecendo sem ter com quem conversar o dia inteiro. Eu esperava que ele acabasse ficando à vontade e trouxesse seu próprio uísque, como havia feito no dia da festa de Millie. Só assim eu poderia drogá-lo.

Minha oportunidade surgiu quando o caso Tomasin não se mostrou tão simples quanto Jack imaginava. Na semana do início do julgamento, eu estava sentada na cama bebendo o uísque que ele havia trazido enquanto o ouvia resmungar sobre quantas testemunhas Antony Tomasin tinha levado ao tribunal. Sugeri que ele também precisava de uma bebida, e Jack desceu para buscar uma dose. Depois daquele dia, ele começou a trazer dois copos toda noite e, quando começou a passar cada vez mais tempo comigo, entendi que precisava desabafar sobre seus dias no tribunal. Jack nunca se aprofundou comigo sobre o caso, mas deixava claro que Antony Tomasin tinha uma defesa consistente, com testemunhas influentes atestando seu caráter. O caso começou a se arrastar e, como Jack não falou mais sobre a Tailândia, presumi que tivesse cancelado ou adiado a viagem.

Na noite anterior à data da viagem, Jack entrou no meu quarto com os dois copos habituais de uísque.

— Beba — disse ele, me passando um copo. — Você precisa arrumar suas malas.

— Malas?

— Sim. A gente vai para a Tailândia amanhã, esqueceu?

Olhei para Jack, horrorizada.

— Mas como a gente vai viajar se o julgamento ainda não acabou? — gaguejei.

— Vai acabar amanhã — respondeu ele, de mau humor, tomando um longo gole de uísque.

— Eu não sabia que o júri estava deliberando.

— Estão deliberando há dois dias. Prometeram o veredicto para amanhã, antes do almoço.

Eu o analisei com atenção e percebi o quanto parecia exausto.

— Você vai vencer, não vai?

Jack bebeu o restante do uísque quase de uma vez.

— Aquela piranha idiota mentiu para mim.

— Do que você está falando?

— Dena tinha mesmo um amante.

— Então foi ele?

— Não, foi o marido — respondeu Jack com frieza, sem conseguir continuar.

— Então você não precisa se preocupar, certo?

Ele bebeu todo o uísque.

— Fico muito feliz por estarmos indo para a Tailândia. Se eu não tiver convencido o júri, vou perder o meu primeiro caso e a imprensa vai cair em cima disso. Já posso ver as manchetes com

"A queda de Angel" ou algo tão idiota quanto. Terminou? Está na hora de arrumar as malas.

No quarto ao lado, enquanto eu pegava as roupas no armário sob o olhar de Jack, esperava que ele não notasse o quanto eu tinha ficado abalada. Joguei tudo na mala sem pensar, ciente de que teria que matá-lo no dia seguinte, quando ele voltasse do tribunal. E muito antes de quando eu havia planejado, pois fui inocente em imaginar que a viagem seria cancelada. Jack também parecia perdido em seus pensamentos. Eu sabia o quanto a vitória era importante para ele e fiquei preocupada ao pensar no humor de Jack quando voltasse para casa no dia seguinte. Se ele perdesse, insistiria em seguir direto para o aeroporto para fugir da imprensa, mesmo que fosse num voo noturno. Dessa forma, eu não teria tempo de drogá-lo. Naquela noite, rezei fervorosamente. Lembrei a Deus todo o mal que Jack já havia causado e ainda causaria. Pensei em Molly, em como ele a prendeu e deixou para morrer desidratada. Pensei em Millie e nos planos que Jack tinha para ela. Pensei no quarto no porão. E, de repente, encontrei a solução para o meu problema. Eu sabia exatamente como ter certeza de que Jack morreria. Era perfeito, tão perfeito que, se funcionasse, eu conseguiria me safar.

PRESENTE

Só consigo relaxar um pouco quando o voo decola. Mas sei que, mesmo depois de chegar a Bangcoc, vou ficar olhando para trás o tempo todo. Duvido que algum dia eu me livre dessa sensação de estar ameaçada. Saber que Millie está em segurança na escola não é o suficiente para deixar de temer que um dia Jack venha atrás de nós. Cheguei a pensar em trazer Millie comigo, dizendo a Janice que Jack havia oferecido o lugar dele no avião e pedindo a ela que trouxesse minha irmã ao aeroporto. Mas é melhor não envolver Millie. Já vai ser complicado manter a calma sozinha; ter que cuidar de Millie nesse momento poderia ser demais para mim. Depois de tudo o que passei nas últimas horas, não preciso de muito para perder o controle que venho mantendo com tanto esforço. Tento me lembrar de que terei tempo para me acalmar quando chegar à Tailândia, quando estiver sozinha.

Passar pela imigração em Bangcoc é terrível e fico com muito medo de que Jack apareça, mesmo sendo impossível que ele chegasse aqui antes de mim. Ainda assim, observo o rosto do taxista antes de entrar no carro para ter certeza de que Jack não está sentado ao volante.

No hotel, sou recebida com entusiasmo pelo Sr. Ho, o gerente que escreveu a carta sobre mim. Quando ele demonstra surpresa ao me ver sozinha, também expresso surpresa por ele não ter recebido o e-mail do Sr. Angel pedindo que cuidasse de mim até sua chegada. O Sr. Ho diz que será um prazer e demonstra compreensão ao saber que meu marido só poderá vir na quarta por causa de compromissos profissionais.

Sinto a hesitação do gerente. Ele quer saber se meu marido, o Sr. Jack Angel, era o mesmo Sr. Angel mencionado recentemente em matérias de jornais ingleses sobre o caso Antony Tomasin. Admito, de forma confidencial, que sim e digo que contamos com a discrição dele. Gostaríamos que ninguém soubesse onde estávamos hospedados. Ele comenta que soube pelo noticiário internacional do dia anterior que o Sr. Tomasin havia sido inocentado e, quando confirmo, ele comenta que o Sr. Angel devia estar arrasado. E eu digo que sim, o Sr. Angel estava bastante abalado, em especial porque nunca havia perdido um caso antes. Enquanto faz meu check-in, o Sr. Ho quer saber como eu estou — uma alusão delicada ao meu estado mental — e se fiz uma boa viagem. Falo que tive dificuldade para dormir, e o gerente diz que o Sr. Angel é um cliente fiel e por isso irá nos oferecer uma das suítes. Sinto vontade de beijá-lo, aliviada por não precisar voltar para o quarto onde descobri que havia me casado com um monstro.

O Sr. Ho insiste em me acompanhar ao novo quarto. Me ocorre que ele pode estar se perguntando por que sempre ficamos num dos menores quartos do hotel, considerando que Jack é um advogado tão renomado. Por isso, faço questão de mencionar que meu marido gosta de manter o anonimato durante as férias, em vez de chamar a atenção com despesas altas. Não usei exatamente essas palavras, mas ele compreendeu.

Quando o Sr. Ho vai embora, ligo a televisão e procuro pelo Sky News. Mesmo na Ásia, o veredicto do caso Tomasin é notícia de destaque. Quando mostram Antony Tomasin conversando com os repórteres ao sair do tribunal no dia anterior, Jack aparece ao fundo, cercado por jornalistas. Incapaz de continuar vendo, desligo a televisão. Estou louca para tomar um banho, mas preciso fazer duas ligações — uma para Janice e a outra para Jack, avisando que cheguei bem. Por sorte, sei os dois números de cor — eu decorei o de Jack quando o conheci e o de Janice porque é o mais importante do mundo. Olho para o relógio. São três da tarde no horário local, o que significa que são nove da manhã na Inglaterra. Como esposa de Jack Angel, respeito as prioridades e ligo primeiro para ele. Sinto um pânico momentâneo ao pensar que ele pode ter trocado de número em algum momento e fico aliviada quando a ligação cai na caixa postal. Respiro fundo para me recompor e deixo uma mensagem típica de uma esposa carinhosa, como se a minha vida com ele ainda fosse um sonho.

— Oi, querido, sou eu. Você disse que talvez não fosse atender o telefone, mas não perdi a esperança. Como pode ver, já estou com saudade. Mas talvez você ainda esteja dormindo. De qualquer jeito, cheguei bem, e adivinha só: o Sr. Ho se sentiu tão mal por eu estar sozinha que ofereceu um quarto melhor para a gente! Ainda assim, eu sei que vou odiar ficar aqui sem você. Espero que a imprensa não esteja enchendo a sua paciência e que consiga organizar os seus documentos. Não trabalhe muito e, se tiver um minuto, me ligue, por favor. Estou no quarto 107. Caso contrário, tento outra vez mais tarde. Te amo. Tchau.

Desliguei, então liguei para o celular de Janice. A essa hora, numa manhã de sábado, ela e Millie já devem ter tomado o café da manhã e provavelmente estão a caminho dos estábulos para a aula de equitação. Como Janice não atende de imediato, meu coração dispara de medo, pensando na possibilidade de Jack ter conseguido ir atrás de Millie. Mas Janice não demora a atender e, enquanto conversamos, lembro-me de mencionar que Esther e os filhos vão visitar Millie no dia seguinte. Converso com Millie em seguida e me sinto melhor por saber que ela está em segurança, pelo menos por enquanto.

Entro no banheiro. O chuveiro fica no canto, escondido atrás de portas opacas, o que significa que não posso usá-lo. Sempre existe uma pequena possibilidade de Jack estar à minha espera quando eu acabar. Olho para a banheira e percebo que dela consigo ver a sala de estar e a entrada se deixar a porta do banheiro aberta. Mais confiante, encho a banheira, tiro a roupa e, hesitante, entro na água quente. Quando afundo até os ombros sinto dissolver a tensão que tomou conta de mim desde que Jack entrou em casa às três da tarde de ontem, então começo a chorar, com soluços violentos que fazem o meu corpo tremer.

Quando me recomponho, a água está tão fria que tremo sem parar. Saio do banheiro, me enrolo num roupão branco do hotel e vou para o quarto. Estou faminta, por isso pego o cardápio do serviço de quarto. Sei que vou precisar sair em algum momento se quiser fingir que está tudo bem, mas prefiro ficar aqui por enquanto. Peço um sanduíche, mas morro de medo de abrir a porta, mesmo sabendo que passei a corrente. Assim, peço para deixarem a bandeja do lado de fora do quarto, o que não é muito melhor, pois ainda existe a possibilidade de Jack estar à espreita no corredor, aguardando para me empurrar para dentro quando eu abrir a porta. Sinto-me vitoriosa ao reunir coragem para abrir a porta o suficiente para pegar a bandeja e lamento não ter pedido uma garrafa de vinho para comemorar. Penso que vou ter tempo de sobra para festejar mais tarde, quando tudo estiver acabado, daqui a cinco dias, se os meus cálculos estiverem certos. Se estão ou não, isso é algo que não tenho como saber por enquanto.

Quando termino de comer, desfaço a mala e olho para o relógio. São apenas cinco e meia e, como ninguém esperaria que eu descesse para jantar sozinha na minha primeira noite no hotel, acho justificável não sair do quarto. Subitamente exausta, deito na cama, sem acreditar que vou conseguir dormir. Mas durmo, e, quando volto a abrir os olhos e encontro o quarto imerso na escuridão, pulo da cama, o coração batendo a mil, para acender todas as luzes. Sei que não vou conseguir dormir novamente, pois temo abrir os olhos e encontrar Jack em cima de mim, por isso decido passar uma longa noite acordada, acompanhada pelos meus pensamentos.

De manhã, troco de roupa, pego o telefone e ligo para Jack.

— Oi, querido. Eu não esperava que fosse atender, porque são duas da manhã na Inglaterra e você deve estar dormindo, mas pensei em deixar uma mensagem para você escutar quando acordar. Queria ter ligado antes de dormir ontem à noite, mas deitei na cama às seis e só acordei dez minutos atrás. Como eu estava cansada! Vou descer para tomar café daqui a pouquinho, mas não faço a menor ideia de como passar o dia. Talvez eu dê um passeio, mas é provável que eu fique pela piscina. Pode me ligar quando acordar? Se eu não estiver no quarto, pode deixar um recado na recepção. Estou me sentindo muito distante de você... O que é verdade, é claro. Bom, te amo e estou com saudade. Não se esqueça de ligar.

Desço para o café da manhã. É o turno do Sr. Ho. Ele pergunta se dormi bem e digo que sim. Ele sugere que eu tome café na varanda, então atravesso o hall, lembrando as vezes em que Jack me conduziu por ali até o salão de jantar, agarrando meu braço com força enquanto sussurrava ameaças no meu ouvido.

Do lado de fora, pego frutas e panquecas e encontro uma mesa no canto, me perguntando se alguém no mundo teria sido tão enganada por um homem quanto eu. Parece estranho nunca poder contar a ninguém o que passei, nunca poder falar do monstro com quem me casei. Não se tudo correr como o planejado.

Como devagar, pois preciso matar o tempo. Enquanto tomo café da manhã, percebo que, se esticar o pescoço, consigo ver a varanda do quarto no sexto andar, onde passei tantas horas solitárias. Passo mais de uma hora sentada à mesa do hotel, lamentando não ter trazido um livro. Ficar ali sozinha sem nada para me distrair pode parecer suspeito, afinal não deve haver muita gente que sai de férias sem nem um livro, com exceção de quem viaja às pressas. Eu me lembro de que Jack e eu passamos por um sebo a caminho de uma das sessões de foto de nós dois nos divertindo por Bangcoc, então saio à procura dele. Eu o encontro com facilidade; é o tipo de lugar que adoro, mas acho que estou chamando atenção demais me demorando tanto, por isso compro dois livros e volto para o hotel, maravilhada por me sentir relativamente segura num lugar onde vivi tantos horrores.

No quarto, coloco um biquíni e desço para a piscina, com um livro e uma toalha. Depois de um mergulho, saio da piscina e percebo dois homens olhando na minha direção. Eu me preparo para dizer, caso decidam se aproximar para falar comigo, que meu marido vai chegar daqui a dois dias. Fico na piscina lendo e nadando até as três da tarde, então subo para o quarto e deixo uma mensagem chateada no celular de Jack.

— Jack, sou eu. Eu esperava que a essa altura você já tivesse me ligado, mas você ainda deve estar dormindo. Acho que isso é bom. Eu estava com medo de que você continuasse trabalhando o dia inteiro. Passei a manhã na piscina e agora vou dar uma caminhada. Ligo para você quando eu voltar. Te amo.

Espero no quarto por cerca de uma hora, depois desço para o hall e, com um aceno rápido para o Sr. Ho, que parece trabalhar o dia inteiro, saio pela porta principal. Caminho um pouco, depois entro numa feira e passo um tempo comprando echarpes de seda para Janice e Millie. Compro cartões-postais, procuro um bar, peço um drinque sem álcool, leio meu livro, escrevo nos cartões e reflito sobre como ocupar meu tempo nos próximos dias.

Volto para o hotel e o Sr. Ho vem até mim querendo saber se estou me divertindo. Confesso que ando um pouco perdida sem Jack e pergunto se não teria alguma excursão no dia seguinte. Ele fala que alguns hóspedes do hotel vão sair numa viagem de dois dias por templos antigos e pergunta se eu teria interesse em acompanhá-los. É a solução perfeita, mas preciso não parecer muito animada. Por isso, paro e reflito por um instante antes de perguntar quando exatamente estaríamos de volta, ressaltando que Jack deve chegar na quarta. Ele garante que estarei de volta ao hotel na noite de terça e, depois de demonstrar hesitação, pareço ter sido convencida. Explico que, como preciso acordar tão cedo na manhã seguinte, provavelmente vou pedir meu jantar no quarto. O Sr. Ho acha uma boa ideia. Subo para o quarto e ligo para Jack mais uma vez.

— Oi, querido, como ainda não recebi notícias suas, imaginei que talvez você tenha ido almoçar na casa de Esther. Ela disse que convidaria você um dia desses. Avisei a ela que você talvez estivesse muito ocupado, mas quem sabe não tenha precisado de uma folga. De qualquer jeito, só queria dizer que decidi fazer uma excursão de dois dias para visitar alguns templos e viajo amanhã de manhã. Foi o Sr. Ho que sugeriu, e assim eu vou ocupar meu tempo até você chegar. Odeio não poder falar com você até a noite de terça, tarde de terça para você. Eu definitivamente vou comprar um celular quando a gente voltar para a Inglaterra! Ligo para você assim que voltar para o hotel e espero encontrá-lo em casa antes que saia para o aeroporto. Pensei em recebê-lo quando desembarcar. Sei que você disse que não tem necessidade, que pode vir sozinho para o hotel, mas quem sabe tenha mudado de ideia depois de ficar longe de mim por quatro dias! Não vejo a hora de ver você! Fique sabendo que eu nunca mais vou viajar sozinha, não importa o quanto você esteja ocupado com o trabalho. Bom, é melhor eu ir agora e arrumar algumas coisas para a viagem. Não esqueça que eu te amo muito. A gente se fala na terça. Não trabalhe demais!

Na manhã seguinte, parto com a excursão e fico próxima de um adorável casal de meia-idade que, ao saber que estou sozinha esperando a chegada do meu marido, me dá toda a atenção. Converso com eles sobre Jack e sobre o trabalho maravilhoso que ele faz em prol de mulheres vítimas de agressão. Falo com tanta convicção, que quase acredito nas minhas palavras. Eles já leram a respeito nos jornais e acabo admitindo que o meu marido é Jack Angel. Felizmente, são discretos o bastante para não mencionar o caso Tomasin, embora eu perceba o quanto querem falar a respeito. Em vez disso, falo de Millie, de como estamos ansiosos para que ela venha morar com a gente e do quanto sou grata por ter um marido tão compreensivo. Falo da nossa casa, do quarto amarelo de Millie e da festa que fizemos para comemorar os 18 anos dela, poucas semanas atrás. Quando voltamos ao hotel terça à noite, mais tarde que o esperado, já somos bons amigos e, quando nos separamos para voltar para os nossos quartos, aceito o gentil convite de jantar com eles quando Jack chegar.

No quarto, olho para o relógio. São quase onze da noite, cinco da tarde na Inglaterra. É plausível que Jack já tenha saído para o aeroporto, por isso ligo para o celular e cai na caixa postal. Dessa vez, faço questão de parecer angustiada.

— Jack, sou eu. Acabei de voltar da viagem aos templos, mais tarde que o previsto, e não acredito que você ainda não esteja atendendo o telefone. Espero que isso não signifique que você ainda está trabalhando, porque já está quase na hora de ir para o aeroporto, a não ser que já esteja a caminho. Você pode me ligar assim que ouvir essa mensagem, só para eu saber se está tudo certo para o voo de hoje à noite? Sei que você queria ficar "incomunicável", mas eu esperava falar com você pelo menos uma vez antes da sua viagem! Achei que você deixaria uma mensagem no meu telefone do hotel. Não quero que pense que estou reclamando, mas estou começando a ficar preocupada com o seu silêncio. Espero que isso não signifique que você só vem na quinta. Por favor, me ligue assim que ouvir essa mensagem. Não se preocupe se achar que vou estar dormindo. Vou ficar acordada!

Espero cerca de uma hora, tento ligar para Jack outra vez e, quando cai na caixa postal, deixo mais uma mensagem dizendo "sou eu de novo, por favor, me liga". Meia hora depois, simplesmente dou um suspiro de frustração antes de desligar. Pego minha bolsa, tiro o cartão de Jack e ligo para o escritório. Uma recepcionista atende e, sem dizer o meu nome, peço que passe a ligação para Adam.

— Oi, Adam, é Grace.

— Grace! Como vai? Como está a viagem na Tailândia?

— Estou bem, e a Tailândia está linda como sempre. Imaginei que você ainda estivesse no escritório... Não estou atrapalhando, estou?

— Não, de forma alguma. Eu estava numa reunião com um cliente, mas ele acabou de sair, graças a Deus. É um daqueles casos que eu não tenho a menor vontade de pegar, mas a esposa está determinada a levá-lo à falência, por isso fiquei com pena dele. Não que eu esteja deixando as minhas emoções interferirem, é claro — acrescenta ele, rindo.

— Isso certamente não seria bom para os negócios — concordo. — De qualquer jeito, não vou ocupar muito do seu tempo. Eu só queria saber se você viu Jack no fim de semana, ou se falou com ele. Eu não tenho conseguido entrar em contato e estou começando a ficar um pouco preocupada. Ele até chegou a dizer que não atenderia o telefone por causa da imprensa, mas pensei que fosse retornar as minhas ligações. Por acaso você falou com ele?

Há um silêncio.

— Você está dizendo que Jack ainda está na Inglaterra?

— Sim. Pelo menos até hoje à noite. Ele vai pegar o voo noturno, lembra? Bom, assim espero. Ele mencionou que talvez não conseguisse vir antes de quinta, mas achei que não estivesse falando sério. O problema é que eu não consigo falar com ele.

— Grace, eu não fazia a menor ideia de que Jack ainda estivesse aqui. Achei que ele estava na Tailândia com você. Pensei que tivesse viajado na sexta à noite, depois do encerramento do caso.

— Não, ele quis que eu viajasse antes. Disse que organizaria os documentos, porque não queria ter que mexer nisso quando voltasse.

— Bom, eu entendo, acho. Não tem nada pior que voltar de férias e encontrar trabalho acumulado, e é sempre pior quando se trata de um caso que você perdeu. Imagino que ele esteja bastante chateado.

— Pode-se dizer que sim — admito. — Para falar a verdade, nunca vi Jack tão desanimado. Queria ter ficado com ele, mas Jack disse que preferia ficar sozinho, que eu ia distraí-lo e que a gente ia acabar perdendo a viagem. Por isso viajei sozinha.

— Só entre nós dois... Eu nunca entendi por que ele aceitou o caso, para começo de conversa.

— Talvez ele tenha deixado as emoções interferirem — opino.

— Mas, Adam, eu achava que você soubesse que ele tinha ficado na Inglaterra. Você não ofereceu carona para levá-lo ao aeroporto hoje?

— Quando?

— Bom, na sexta, eu acho, quando ele disse a você que não ia viajar.

— Sinto muito, Grace, mas não falo com Jack desde sexta de manhã, quando ele foi para o tribunal. Deixei uma mensagem na caixa postal me solidarizando com a derrota no caso. Você está dizendo que não fala com ele desde que viajou?

— Isso. No começo eu não fiquei preocupada, porque Jack avisou que não ia atender o telefone. Além disso, passei os últimos dois dias numa excursão. Mas esperava que ele tivesse deixado algum recado no telefone do hotel para confirmar a viagem de hoje. Talvez ele já tenha saído para o aeroporto, e você sabe como o trânsito é intenso na hora do rush, mas a ligação só cai na caixa postal. Eu sei que ele não vai atender se estiver dirigindo, mas estou muito preocupada.

— Talvez ele tenha se esquecido de ligar o aparelho, já que havia desligado na sexta.

— Talvez. Adam, olha só, não vou ocupar mais o seu tempo. Tenho certeza de que está tudo bem.

— Quer que eu ligue para algumas pessoas e veja se falaram com Jack no fim de semana? Isso deixaria você mais tranquila?

Minha voz é tomada de alívio.

— Sim, com certeza. Você pode tentar falar com Esther. Quando ela me levou ao aeroporto, disse que convidaria Jack para visitá-los no fim de semana.

— Pode deixar.

— Obrigada, Adam. Como estão Diane e as crianças?

— Está todo mundo bem. Vou só fazer essas ligações e retorno para você. Pode me dar o seu número do hotel?

Leio o número que está no bloco de anotações do hotel sobre a mesinha de cabeceira e me sento na cama para esperar. Tento ler, mas tenho dificuldade para me concentrar. Meia hora depois, Adam liga e diz que não encontrou ninguém que tenha falado com Jack no fim de semana, embora muitas pessoas o tenham visto no escritório antes de sair para o tribunal.

— Eu também tentei ligar para ele várias vezes, mas sempre cai na caixa postal, o que também aconteceu com Esther quando ela tentou ligar. Mas isso não quer dizer nada. Como eu falei, talvez ele tenha se esquecido de ligar o aparelho.

— Não acho que Jack faria isso, especialmente porque ele sabe que eu ia tentar entrar em contato. E pensei em outra coisa: por que ele disse que você se ofereceu para levá-lo ao aeroporto, se isso não é verdade?

— Talvez ele tenha pensado em pedir, mas mudou de ideia. Olha só, não se preocupe, tenho certeza de que está tudo bem. Tenho certeza de que ele vai estar no voo de hoje à noite.

— Você acha que se eu ligar para a British Airways daqui a umas duas horas eles podem dizer se Jack fez check-in ou não?

— Não, a não ser que seja uma emergência. Por questão de privacidade.

— Então acho que vou ter que esperar até amanhã de manhã. — Suspiro.

— Bom, quando encontrar Jack, não se esqueça de brigar com ele por deixar você preocupada. E peça para ele me mandar uma mensagem avisando que chegou.

— Pode me dar o número do seu celular?

Ele me passa e eu o anoto.

— Obrigada, Adam.

Mais uma vez tenho dificuldade para dormir. De manhã cedo, bem vestida e com uma linda maquiagem, desço para o saguão. O Sr. Ho está novamente na recepção. Ele adivinha que estou ali para receber o meu marido e diz que talvez eu precise esperar por um bom tempo, porque a fila na imigração é grande, além do trajeto de táxi do aeroporto até o hotel. Ele sugere que eu tome café da manhã, mas explico que prefiro aguardar Jack, que certamente vai estar faminto quando chegar.

Encontro um lugar para me sentar não muito longe da entrada principal e me acomodo para esperar. Conforme o tempo passa, olho ansiosa para o relógio. Ao ficar evidente que há algo de errado, vou até o Sr. Ho e pergunto se ele consegue descobrir se o voo vindo de Londres chegou no horário previsto. Ele verifica o computador e, quando diz que o voo está atrasado e deve aterrissar a qualquer momento, não consigo acreditar na minha sorte, porque não vou precisar fingir meu pânico por cerca de duas horas. O Sr. Ho sorri ao ver o alívio no meu rosto e admito que estava ficando preocupada com o atraso de Jack. Volto a esperar, e o Sr. Ho traz um bule de chá para ajudar a passar o tempo.

Como se passam duas horas e Jack não aparece, é o momento de começar a ficar inquieta. Peço para usar o telefone da recepção e, ao discar o número dele, digo ao Sr. Ho que, embora meu marido tenha avisado que talvez só conseguisse pegar o voo de quinta, fico preocupada porque ele teria ligado para avisar. Quando cai na caixa postal, minha voz está tremendo de decepção e frustração.

— Jack, onde você está? Eu sei que o voo atrasou, mas já devia ter chegado. Espero que isso não signifique que você só vai chegar amanhã. Se for o caso, podia ter me avisado. Tem ideia do quanto eu estou preocupada sem ter notícias suas há quatro dias? Mesmo que não quisesse atender o telefone, podia ter me ligado, já que deve ter recebido todos os meus recados. Por favor, entre em contato, Jack. É terrível ficar aqui sem saber o que está acontecendo. Estão cuidando bem de mim aqui — acrescento rapidamente, ciente de que o Sr. Ho está ouvindo —, mas eu queria você. Por favor, me ligue e diga o que está acontecendo. Estou no saguão agora, mas vou voltar para o quarto. Ou deixe um recado com o Sr. Ho na recepção. Te amo.

Desligo o telefone e vejo o Sr. Ho me olhando com compaixão. Ele sugere que eu tome café da manhã e, quando digo que não estou com fome, ele promete me chamar caso Jack ligue. Assim, permito que ele me convença a comer algo.

A caminho da varanda, esbarro com Margaret e Richard, o casal que conheci na excursão pelos templos, e ofereço a eles um olhar frustrado enquanto explico que Jack não chegou. Eles falam para eu não me preocupar, ressaltando que Jack havia avisado que poderia se atrasar, e insistem para que eu passe o dia com eles. Digo que prefiro esperar no hotel pelas próximas horas, caso ele ligue ou apareça de repente, mas que me juntarei a eles à tarde se isso não acontecer.

Volto para o quarto e ligo para Adam. Fico aliviada por ele não atender, achando melhor deixar uma mensagem para avisar que Jack não estava no voo. Mais tarde, desço para encontrar Margaret e Richard e aparento estar tensa por ainda não ter recebido notícias, especialmente quando digo que tentei ligar inúmeras vezes para o celular dele, sem sucesso. Eles são pessoas muito boas e fico feliz em tê-los por perto para me distrair. Ao lado deles, faço ligações infrutíferas para o celular de Jack, implorando para que retorne as chamadas.

À noite, meus novos amigos se recusam a me deixar sozinha e deprimida. Jantamos juntos e eles ficam empolgados, falando que não veem a hora de conhecer Jack na manhã seguinte. Volto para o meu quarto por volta de meia-noite e encontro uma mensagem de Adam, pedindo desculpa por não ter atendido quando liguei e perguntando se eu gostaria que ele fosse à minha casa para ver se Jack ainda estava por lá. Retornei a ligação e pedi a ele que o fizesse, se não fosse nenhum incômodo, mas concluímos que, se Jack for pegar o voo noturno naquela noite, ele já devia estar a caminho do aeroporto. Digo a Adam que ele não precisa fazer nada, que vou entrar em contato assim que Jack chegar, e brincamos mais uma vez sobre a bronca que ele vai levar por nos deixar preocupados.

Na manhã seguinte, Margaret e Richard me fazem companhia enquanto espero Jack chegar do aeroporto, e eles testemunham a minha angústia quando ele não aparece. Por sugestão de Margaret, entro em contato com a British Airways para tentar descobrir se Jack embarcou no voo, mas eles não podem ajudar. Por isso, ligo para a embaixada britânica. Explico a situação e, talvez por reconhecerem o nome dele, prontificam-se a ajudar. Quando retornam a ligação e confirmam que Jack não estava no voo, começo a chorar. Eu me recomponho por tempo suficiente para explicar que Jack também não parece estar em casa. Solidários, dizem que não há muito o que fazer no momento. Eles sugerem que procure amigos e conhecidos na Inglaterra para descobrirem onde ele está. Agradeço e desligo.

Com Margaret ao meu lado, ligo para Adam, a voz tremendo de ansiedade, e aviso o que aconteceu. Ele logo se oferece para ir à minha casa e telefona meia hora depois para dizer que está parado nos portões, mas que a casa parece estar fechada e ninguém atende a campainha. Preocupada, cogito a possibilidade de Jack ter sofrido um acidente a caminho do aeroporto e, embora tente me tranquilizar, Adam diz que vai verificar. Falo que a embaixada britânica sugeriu que eu tentasse descobrir se alguém havia falado com Jack desde a minha viagem e Adam se prontifica a fazer algumas ligações.

Enquanto espero o contato de Adam, Diane me liga para me tranquilizar e dizer que ele está fazendo tudo que é possível para encontrar Jack. Conversamos por um tempo e, depois que desligo, Margaret começa a fazer perguntas sutis. Percebo que ela e Richard desconfiam que Jack talvez tenha outra pessoa, alguém com quem ele pode ter fugido. Horrorizada, digo que isso nunca passou pela minha cabeça, pois nunca houve nada no comportamento dele que sugerisse essa possibilidade, mas que eu teria que levar isso em consideração.

O telefone toca novamente.

— Grace?

— Oi, Adam. — Minha voz está hesitante, como se temesse o que ele estava prestes a dizer. — Conseguiu descobrir alguma coisa?

— Jack não deu entrada em nenhum dos hospitais para os quais liguei, o que é uma boa notícia.

— É verdade — concordo, suspirando de alívio.

— Por outro lado, liguei para um monte de gente e ninguém falou com ele, pelo menos não nos últimos dias. Acho que a gente voltou à estaca zero, infelizmente.

Olho para Margaret, que assente com a cabeça, me encorajando.

— Preciso perguntar uma coisa para você, Adam.

— Pode falar.

— É possível que Jack esteja tendo um caso, talvez com alguém do escritório? — Minhas palavras saem apressadas.

— Um caso? Jack? — Adam parece chocado. — Não, é claro que não. Ele nunca faria algo assim. Ele mal olhava para outras mulheres antes de conhecer você e com certeza não fez isso desde então. Você devia saber disso, Grace.

Margaret capta a mensagem e aperta a minha mão.

— Eu sei — falo depois do comentário. — Mas não consigo pensar em outro motivo para ele desaparecer de repente.

— Você consegue pensar em outros amigos dele, pessoas que talvez eu não conheça?

— Acho que não. Espere um pouco. E quanto a Moira e Giles? Você sabe, o casal que estava na festa de Millie. Talvez você pudesse entrar em contato com eles. Mas eu não tenho o telefone.

— Deixe comigo. Qual é o sobrenome deles?

— Kilburn-Hawes, acho.

— Vou ligar para eles e já retorno — promete ele.

Adam liga meia hora depois e, quando diz que os dois também não falaram com Jack, fico agitada. Ninguém parece saber o que fazer. O consenso geral — entre Margaret, Richard, Adam e Diane — é que ainda é muito cedo para prestar queixa de desaparecimento, por isso sugerem que devo tentar dormir um pouco e esperar por Jack na manhã seguinte.

Mas ele não aparece. O dia passa como um borrão, e o Sr. Ho, Margaret, Richard e Adam se prontificam a tomar uma atitude. Peço para ir para casa, mas eles me convencem a ficar mais um dia, para o caso de Jack aparecer, e obedeço. No início da tarde — oito da manhã na Inglaterra —, Adam liga para dizer que conversou com a polícia local e que, com a minha permissão, eles estariam dispostos a invadir a casa para tentar encontrar algo que indicasse o paradeiro de Jack.

A polícia liga e pede que eu relate a última vez que o vi. Digo que foi quando Esther passou para me levar ao aeroporto, quando ele acenou para mim da janela do escritório. Explico que Jack não pôde me levar porque havia bebido uísque demais quando chegou do trabalho. Acrescento que eu não queria ter viajado sozinha para a Tailândia, mesmo que ele tivesse me alertado que isso poderia acontecer quando o julgamento do caso Tomasin começou a dar sinais de que se estenderia. Eles dizem que vão entrar em contato quando puderem e fico no quarto para aguardar a ligação, com Margaret ao meu lado, segurando a minha mão. Sei que a notícia que estou esperando vai demorar, por isso aviso a ela que gostaria de tentar dormir e me deito na cama.

Consigo dormir até que o momento pelo qual eu esperava desde a minha chegada à Tailândia finalmente chega. Primeiro, ouço uma batida à porta e, como não me mexo, Margaret vai atendê-la. Ouço uma voz masculina, e Margaret se aproxima da cama. Ela coloca a mão no meu ombro e me acorda com cuidado, avisando que tem alguém querendo me ver. Quando me sento, eu a vejo sair do quarto e tenho vontade de chamá-la de volta, de pedir que não me deixe, mas ele já está vindo na minha direção, então é tarde demais. Meu coração bate tão rápido e minha respiração está tão entrecortada, que não ouso encará-lo até conseguir me recompor. Com os olhos fixos no chão, vejo logo seus sapatos. São feitos de couro de qualidade, como eu esperava. Ele diz o meu nome e, conforme ergo a cabeça, vejo seu paletó escuro, apropriado para a ocasião, feito de um tecido leve por causa do clima. Eu observo o rosto dele. É simpático, mas solene, exatamente como devia ser.

— Sra. Angel? — chama ele outra vez.

— Sim? — Há uma pontada de aflição na minha voz.

— Meu nome é Alastair Strachan. Eu trabalho na embaixada britânica.

Ele se vira, e vejo uma mulher jovem parada atrás dele.

— E essa é Vivienne Dashmoor. Podemos conversar?

Eu me levanto rapidamente.

— A conversa tem a ver com Jack? Vocês conseguiram encontrá-lo?

— Sim. Ou melhor... a polícia da Inglaterra o encontrou.

O alívio toma conta de mim.

— Graças a Deus! Onde ele está? Por que ele não atendeu as minhas ligações? Ele está vindo para cá?

— Talvez seja melhor nos sentarmos — sugere a jovem.

— Claro — digo, conduzindo-os à sala de estar. Sento no sofá e eles ocupam as poltronas. — Onde Jack está? — pergunto. — Quero dizer, ele está vindo para cá?

O Sr. Strachan pigarreia.

— Lamento muito ter que lhe dar essa notícia, Sra. Angel, mas infelizmente o Sr. Angel foi encontrado morto.

Olho fixamente para ele, arregalando os olhos com o choque. Eu me sinto completamente confusa.

— Não estou entendendo — gaguejo.

Ele se ajeita na poltrona, incomodado.

— Infelizmente o seu marido foi encontrado morto, Sra. Angel.

Balanço a cabeça vigorosamente.

— Não, não pode ser, ele está vindo me encontrar, foi o que ele disse. Onde ele está? — Minha voz falha com a emoção. — Eu quero saber onde ele está. Por que Jack não está aqui?

— Sra. Angel, eu sei que isso é muito difícil para a senhora, mas precisamos fazer algumas perguntas — diz a jovem. — Quer que chamemos alguém? Sua amiga, talvez?

— Sim, sim — concordo. — Poderiam chamar Margaret, por favor?

O Sr. Strachan vai até a porta. Ouço sussurros e Margaret entra. Percebo a perplexidade em seu olhar e começo a tremer descontroladamente.

— Eles disseram que Jack morreu — aviso. — Mas não pode ser, não pode ser.

— Está tudo bem — murmura ela, sentando-se ao meu lado e me dando um abraço. — Está tudo bem.

— Talvez possamos pedir um pouco de chá — sugere a jovem, levantando-se. Ela vai até o telefone e conversa com alguém da recepção.

— Ele sofreu um acidente de carro? — pergunto a Margaret, parecendo aturdida. — Foi isso que aconteceu? Jack sofreu um acidente de carro a caminho do aeroporto? É por isso que ele não está aqui?

— Eu não sei — responde ela, em voz baixa.

— Deve ter sido isso — continuo, assentindo com a cabeça com convicção. — Ele devia estar correndo para não perder o voo, deve ter saído de casa atrasado, começou a correr e bateu. Foi isso que aconteceu, não foi?

Margaret olha de soslaio para o Sr. Strachan.

— Não sei lhe dizer, infelizmente.

Eu começo a bater os dentes.

— Estou com frio.

Ela se levanta rapidamente, feliz em ter algo para se ocupar.

— Quer um suéter? Você tem algum no guarda-roupa?

— Sim, acho que sim, não um suéter, um cardigã, talvez. O roupão, pode me trazer o roupão?

— Sim, é claro. — Margaret vai ao banheiro, encontra o roupão, volta e o coloca sobre os meus ombros.

— Obrigada — murmuro, agradecida.

— Você está melhor? — pergunta ela.

— Sim. Mas Jack não pode estar morto, deve ser um engano, tem que ser.

Uma batida à porta a interrompe. A jovem a abre e o Sr. Ho entra no quarto, seguido por uma garota que empurra um carrinho com chá.

— Se eu puder ajudar de alguma forma, por favor, me avisem — oferece o Sr. Ho em voz baixa. Sinto seu olhar em mim quando ele sai do quarto, mas mantenho a cabeça abaixada.

A jovem se ocupa do chá e pergunta se quero açúcar.

— Não, obrigada.

Ela coloca um pires e uma xícara diante de mim. Pego a xícara, mas estou tremendo tanto que derramo um pouco do chá, que cai na minha mão e me queima. Coloco a xícara no pires.

— Me desculpem — falo com os olhos cheios de lágrimas. — Me desculpem.

— Está tudo bem — diz Margaret, pegando um guardanapo de papel e secando a minha mão.

Faço um esforço para me recompor.

— Me desculpe, mas eu não guardei o seu nome — digo ao Sr. Strachan.

— Alastair Strachan.

— Sr. Strachan, o senhor está dizendo que o meu marido morreu. — Olho para ele em busca de confirmação.

— Sim, receio que sim.

247

— O senhor poderia, por favor, me dizer como ele morreu? Quero dizer, foi rápido? Tinha mais alguém envolvido no acidente? Onde aconteceu? Eu preciso saber, eu preciso saber como aconteceu.

— Não foi um acidente de carro, Sra. Angel.

— Não foi? — gaguejo. — Como ele morreu?

O Sr. Strachan parece desconfortável.

— Temo que não exista um jeito fácil de dizer isso, Sra. Angel, mas parece que o seu marido tirou a própria vida.

Começo a chorar copiosamente.

PASSADO

Depois de concluir que podia me safar dessa história, passei o restante da noite planejando os detalhes, pensando em maneiras de fazer com que Jack estivesse exatamente onde eu queria no momento oportuno. Como meu plano dependia da derrota dele no julgamento do caso Tomasin, analisei bem o comportamento de Jack e planejei outras opções, se necessário. Pensei com muito cuidado no que faria se ele vencesse e, no fim, decidi que o drogaria de qualquer forma. Quando ele estivesse inconsciente, eu ligaria para a polícia. Se eu mostrasse o quarto no porão e o quarto onde ele me mantinha prisioneira, talvez acreditassem em mim. Se eu não conseguisse drogá-lo antes de ir para o aeroporto, tentaria fazê-lo tomar os comprimidos no avião e pediria ajuda quando chegássemos à Tailândia. Nenhuma das soluções era brilhante, mas eu não tinha alternativa. A não ser que Jack perdesse. E, mesmo se isso acontecesse, não havia garantias de que ele traria um copo de uísque para se lamentar no quarto.

No dia seguinte, dia do veredicto, passei a manhã esmagando os comprimidos até que se tornassem um pó fino, escondendo-os num bolo de papel higiênico amassado que enfiei dentro da manga da blusa como se fosse um lenço. Quando ouvi o ruído dos portões se abrindo e os pneus atravessando o cascalho, enquanto Jack se aproximava da porta no meio da tarde, comecei a temer que meu coração fosse explodir. O momento finalmente havia chegado. Eu precisava agir, independentemente se ele tivesse ganhado ou perdido.

Jack entrou no hall, fechou a porta e baixou as persianas. Eu o ouvi abrir a porta do closet, atravessar o hall até a cozinha, seguido pelo barulho familiar da porta do freezer sendo aberta e fechada, o tinido de cubos de gelo batendo em um copo — prendi a respiração — e depois em outro. Ouvi passos pesados enquanto ele subia a escada, deixando claro o que eu precisava saber. Comecei a esfregar meu olho esquerdo com força, para que ele estivesse vermelho e inflamado quando Jack abrisse a porta.

— E então? — perguntei. — Como foi?

Ele estendeu um copo para mim.

— Perdemos.

— Perderam? — falei, pegando o copo. Sem se incomodar em responder, Jack levou o copo aos lábios e, temendo que bebesse tudo antes que eu tivesse a oportunidade de drogá-lo, me levantei rapidamente da cama. — Eu estou com alguma coisa no olho desde hoje de manhã — expliquei, piscando rapidamente. — Pode dar uma olhada?

— O quê?

— Você pode ver o que tem no meu olho? Acho que deve ter um inseto nele ou algo assim.

Enquanto Jack examinava meu olho semiaberto, passei o papel com o pó escondido na manga da camisa para a palma da mão.

— O que aconteceu? — perguntei, desembolando o papel da melhor maneira possível com os dedos de uma mão.

— Dena Anderson acabou comigo — respondeu ele, amargurado. — Você pode abrir um pouco mais o olho?

Com movimentos sutis, larguei meu copo e deixei o pó cair dentro dele.

— Não consigo, está incomodando muito — falei, misturando o líquido com o dedo. — Você pode tentar? Eu seguro o seu copo para você.

Com um suspiro de irritação, Jack me passou seu copo e abriu o meu olho com as duas mãos.

— Não estou vendo nada.

— Se tivesse um espelho aqui, eu mesma encontraria — resmunguei. — Não importa, provavelmente vai melhorar sozinho. — Jack estendeu a mão para pegar o copo e entreguei o meu a ele. — Vamos brindar a quê?

— À revanche — respondeu ele, soturno.

Ergui meu copo.

— À revanche, então.

Bebi metade do uísque de uma vez e fiquei feliz em vê-lo beber também.

— Ninguém me faz de palhaço. Antony Tomasin também vai pagar por isso.

— Mas ele era inocente — protestei, pensando no que eu poderia fazer para manter Jack falando até os comprimidos começarem a fazer efeito.

— O que isso tem a ver?

Quando Jack ergueu o copo para tomar outro gole, fiquei desesperada ao ver grãozinhos brancos flutuando no uísque.

— Você sabe qual é a melhor parte do meu trabalho?

— Não, qual é?

— Me sentar na frente de todas aquelas mulheres espancadas e imaginar que fui eu que bati nelas. — Ele tomou o restante da bebida. — E todas aquelas lindas fotos dos ferimentos. Acho que dá para chamar isso de bônus.

Enfurecida, levantei o copo e, incapaz de me controlar, joguei o resto do uísque no rosto dele. Seu urro de raiva e a certeza de que eu havia agido cedo demais quase me paralisaram. Jack partiu para cima de mim com os olhos semicerrados por causa da ardência do uísque, e aproveitei sua cegueira momentânea para empurrá-lo com toda a minha força. Jack caiu desajeitado na cama, e usei os poucos segundos disponíveis. Bati a porta ao sair e corri escada abaixo até o hall, procurando urgentemente onde me esconder. Jack não podia me pegar, não por enquanto. Lá em cima, ouvi a porta bater na parede com força e Jack desceu a escada com passos pesados. Corri para o closet e me escondi no guarda-roupa, esperando ganhar alguns preciosos minutos.

Dessa vez não havia melodia em sua voz ao me chamar. Em vez disso, Jack urrava o meu nome, prometendo fazer tantas coisas horríveis comigo que tremi atrás dos casacos. Vários minutos se passaram e o imaginei andando pela sala de estar, me procurando atrás de cada móvel. A espera era insuportável, mas eu sabia que a chance de os comprimidos surtirem efeito aumentava a cada minuto que passava.

Até que ouvi o barulho inconfundível dos seus passos vindo para o hall. Minhas pernas ficaram bambas e, quando a porta do closet foi aberta, escorreguei até o chão. Um silêncio horripilante tomou conta do ambiente — eu sabia que Jack estava ali, do lado de fora do guarda-roupa, e tinha certeza de que ele sabia que eu estava ali dentro. Jack parecia satisfeito em me aterrorizar, certamente se deleitando com o medo que emanava de cada poro do meu corpo.

Temi que pudesse haver uma chave no guarda-roupa, e a ideia de que Jack podia me trancar ali a qualquer momento me deixou sem fôlego. Se eu não fosse capaz de seguir adiante com o plano, não conseguiria salvar Millie. Cega de pânico, eu me joguei nas portas. Elas se abriram de uma só vez e eu caí encolhida aos pés de Jack.

Ele me levantou pelos cabelos, exibindo a raiva que sentia. Com medo de que me machucasse fisicamente, comecei a implorar por piedade, me desculpando e pedindo a ele que não me levasse para o porão, falando sem parar, argumentando que faria o que ele quisesse se não me trancasse lá.

Jack reagiu como o esperado quando mencionei o porão. Enquanto ele me arrastava pelo hall, eu me debati violentamente, obrigando-o a me pegar no colo. Parei de oferecer resistência para que Jack encarasse como uma vitória sua. Enquanto ele me levava para o porão que havia preparado com tanto cuidado para Millie, eu me concentrei no que precisava fazer. Quando tentou me jogar no chão, me agarrei a ele com toda a minha força. Furioso, Jack tentou se desvencilhar de mim e, me xingando a plenos pulmões, percebi que sua voz começava a sair arrastada. Ainda agarrada a Jack, deixei meu corpo escorregar até o chão e, quando cheguei à altura dos joelhos dele, eu os puxei com vontade. As pernas de Jack cederam e, enquanto ele cambaleava acima de mim, usei toda a minha força para derrubá-lo. Atordoado por causa da queda e com o corpo pesado com o efeito dos comprimidos, Jack ficou imóvel por preciosos segundos. Antes que pudesse vê-lo se recuperar, fugi do quarto e bati a porta.

Correndo escada acima, ouvi Jack esmurrar a porta e gritar para que eu o deixasse sair. Comecei a soluçar de medo diante da fúria em sua voz. Chegando ao hall, chutei a porta que levava ao porão, abafando o barulho da voz lá embaixo. Subi de dois em dois degraus, corri para o quarto, peguei os copos e os levei para a cozinha, tentando ignorar as tentativas desesperadas de Jack de sair do porão e me concentrando no que precisava ser feito. Com as mãos tremendo, lavei os copos, sequei com cuidado e os guardei no armário.

Corri para o andar de cima, fui até o quarto, arrumei a cama, peguei o xampu, o pedaço de sabonete e a toalha do banheiro e os levei para o quarto de Jack. Tirei o pijama e coloquei no cesto de roupa suja, fui até quarto onde estavam as minhas roupas e me vesti rapidamente. Abri o guarda-roupa e peguei dois pares de sapatos das caixas, algumas calcinhas e um vestido, voltei ao quarto principal e espalhei tudo por lá. Então peguei a mala que Jack havia me obrigado a arrumar no dia anterior e desci.

Eu não estava preocupada em sair de casa — não precisava da chave para abrir a porta —, mas em como chegaria ao aeroporto sem dinheiro nenhum. Sabia que Jack provavelmente havia pendurado o paletó que tinha usado naquela manhã no closet, mas não queria revistar as roupas dele em busca de dinheiro e rezei para encontrar algo enquanto procurava meu passaporte e as passagens. Abri a porta do escritório e acendi a luz. Quando vi os passaportes e as passagens organizadas em cima da mesa, quase chorei de alívio. Havia um envelope ao lado deles e, abrindo-o, encontrei alguns *bahts*. Com a mão escondida sob a manga do cardigã, abri uma das gavetas, mas não encontrei dinheiro e não tive coragem de revistar as outras. Peguei minha passagem, o passaporte e os *bahts*, voltei ao hall e, precisando de dinheiro para ir ao aeroporto, fui ao closet, encontrei o paletó de Jack, abri a carteira com o máximo de cuidado e tirei quatro notas de cinquenta libras. Eu estava prestes a fechar a carteira quando vi seus cartões de visita. Peguei um, certa de que precisaria ligar para o escritório de Jack em algum momento.

Quando percebi que não fazia ideia de que horas eram, fui à cozinha e olhei o relógio do micro-ondas. Fiquei assustada ao ver que já eram quatro e meia, ou seja, eu já devia estar saindo de casa para encarar o trânsito de sexta e fazer o check-in no aeroporto às sete. Apesar de todo o meu cuidadoso planejamento, eu não pensei em como iria para o aeroporto — cheguei a cogitar chamar um táxi, mas fiquei irritada ao perceber que não tinha nenhum número para pedir um. Usar transporte público estava fora de cogitação — a estação de trem mais próxima ficava a quinze minutos a pé e eu não queria chamar a atenção carregando uma mala pesada pela rua. De qualquer jeito, eu achava que seria impossível chegar a tempo indo de trem. Ciente de que estava perdendo um tempo precioso, voltei para o hall e peguei o telefone, me perguntando se ainda havia telefonistas no mundo. Enquanto pensava em alguém para ligar, eu me lembrei de Esther e, quase sem acreditar que ainda sabia o número dela, disquei na esperança de que ela atendesse.

— Alô?

Respirei fundo.

— Esther, aqui é Grace. Você está podendo falar?

— Claro, posso sim. Na verdade, eu estava ouvindo o rádio... Pelo que parece, Antony Tomasin foi absolvido. — Ela parou por um instante, como se não soubesse o que dizer. — Imagino que Jack esteja arrasado.

Comecei a pensar rápido.

— Sim, infelizmente ele está bastante mal com isso.

— Você está bem, Grace? Parece um pouco chateada.

— É o Jack — admiti. — Ele disse que não pode viajar para a Tailândia hoje porque está com várias pendências do trabalho. Quando ele comprou as passagens, achava que o julgamento do caso seria encerrado muito antes, mas por causa da nova prova, o amante de Dena Anderson, o processo acabou se prolongando.

— Você deve estar tão chateada! Mas vocês podem sempre viajar depois, não é mesmo?

— Esse é o problema. Jack quer que eu viaje hoje à noite, como planejado, e disse que vai me encontrar na terça, depois de resolver tudo. Eu falei que preferia esperar, mas ele insiste que seria bobeira desperdiçar as duas passagens. Ele vai ter que comprar uma nova para terça, sabe?

— Acho que você não quer viajar sem ele.

— Não, é claro que não. — Dou uma risada hesitante. — Mas, com o humor dele agora, talvez seja melhor. Eu devia chamar um táxi para me levar ao aeroporto. Jack não vai poder me levar porque bebeu uma boa dose de uísque quando chegou. Mas não tenho o número de nenhuma empresa e não quero perturbá-lo no escritório para usar o computador para pesquisar. Você conhece alguma cooperativa de táxi?

— Quer que eu leve você? As crianças já voltaram da escola e Rufus está trabalhando em casa hoje, então não seria problema nenhum.

Essa era a última coisa que eu queria.

— É muita gentileza sua, mas não posso pedir a você que me leve ao aeroporto numa noite de sexta — respondo apressadamente.

— Não vai ser muito fácil conseguir um táxi em cima da hora. Quando você precisa sair de casa?

— Bem, o mais rápido possível, na verdade — admito, relutante.

— O check-in é às sete.

— É melhor aceitar a minha carona.

— Eu prefiro pegar um táxi. Pode me dar o número?

— Olha só, eu vou levar você. Não tem problema. Assim eu consigo escapar da temida hora do banho.

— Não precisa.

— Por que você não quer a minha ajuda, Grace?

Seu tom de voz me deixou em alerta.

— Eu não quero colocar você nessa situação, só isso.

— Está tudo bem. — A voz dela é firme. — Já está com tudo pronto?

— Sim, a gente fez as malas ontem.

— Vou avisar a Rufus que vou levar você ao aeroporto e chego aí em... quinze minutos, pode ser?

— Ótimo. Obrigada, Esther. Vou falar com Jack.

Desligo o telefone, assustada com o que havia concordado em fazer. Eu não conseguia imaginar como poderia fingir para alguém como Esther que estava tudo bem.

PRESENTE

A aeromoça se inclina para perto de mim.

— Chegaremos a Heathrow em cerca de quarenta minutos — avisa ela em voz baixa.

— Obrigada.

De repente, sinto um ataque de pânico e me forço a respirar devagar, pois não posso desmoronar agora. Mesmo tendo parado de pensar nisso ao me despedir de Margaret na imigração do aeroporto em Bangcoc, quase doze horas atrás, ainda não faço ideia de como agir quando aterrissarmos. Diane e Adam estão me aguardando e vão me levar para a casa deles, por isso preciso pensar com muito cuidado no que vou falar das minhas últimas horas com Jack, porque vou ter que repetir a história à polícia.

O alerta para afivelar o cinto se acende e começamos a descida rumo a Heathrow. Fecho os olhos e rezo para contar a história certa a Diane e Adam, em especial porque Adam está em contato com a polícia desde que o corpo de Jack foi encontrado. Espero que não haja nenhuma surpresa desagradável. Espero que Adam não diga que a polícia está tratando a morte de Jack como suspeita. Se ele disser isso,

257

não vou saber o que responder. Vou ter que improvisar. O problema é que eu não sei de maiores detalhes.

A euforia que senti quando o Sr. Strachan disse que Jack tinha acabado com a própria vida — o que significava que meu plano havia funcionado e eu não era considerada suspeita — diminuiu quando ele usou a palavra "parece". Não sei se o Sr. Strachan decidiu ser cauteloso ou se a polícia da Inglaterra tinha insinuado que havia dúvidas. Se já tivessem começado a interrogar colegas de trabalho e amigos, talvez concluíssem que era pouco provável que Jack cometesse suicídio. Os policiais com certeza me perguntarão por que Jack tiraria a própria vida e eu teria que convencê-los de que perder seu primeiro caso era uma motivação plausível. Talvez me perguntassem se tínhamos problemas no casamento, mas, se eu admitisse que sim e desse detalhes, eles logo considerariam o caso como homicídio, e não suicídio. Eu não podia correr esse risco. O Sr. Strachan disse que Jack morreu de overdose, mas não deu mais detalhes, por isso não sei onde o corpo foi encontrado e não achei apropriado perguntar. E se Jack tivesse saído do quarto no porão, depois de usar um botão escondido em algum lugar? E se, antes de finalmente morrer, tivesse subido a escada e chegado ao hall? Talvez tivesse tido tempo de escrever um bilhete para me incriminar antes de morrer.

Não saber esse tipo de informação significa que não estou preparada para o que vem a seguir. Mesmo que o plano tenha dado certo e Jack tenha sido encontrado no porão, a polícia certamente vai me perguntar sobre aquele quarto e o propósito dele. Não consigo decidir se quero admitir que sempre soube de sua existência ou negar. Se admitir, vou ter que inventar alguma história dizendo que Jack costumava ir até lá antes dos julgamentos para se preparar psicologicamente e se lembrar do trabalho valoroso que fazia defendendo mulheres vítimas de agressão. Prefiro negar ter conhecimento e parecer perplexa ao descobrir que um quarto como aquele existia na nossa bela casa, afinal, como ele ficava bem escondido nos fundos do porão, seria possível eu não saber de sua existência. E penso em outra questão: se, por algum motivo, a polícia tiver procurado impressões digitais no quarto, pode ser que tenha encontrado traços da minha presença lá. Então talvez seja melhor dizer a verdade; mas não toda a verdade, porque, se eu descrever Jack como um marido terrível, se contar a eles o real propósito do quarto, podem achar que eu o assassinei para proteger Millie. Talvez a corte se solidarizasse, ou talvez me tratasse como uma mercenária que matou o marido de um casamento relativamente recente por causa do dinheiro dele. Começar a descida para o aeroporto de Heathrow me faz sentir o peso de tomar as decisões certas e contar a história mais convincente.

Levo um tempo até passar pela imigração. Quando atravesso as portas duplas, olho para as pessoas ao redor, à procura dos rostos familiares de Adam e Diane. Estou muito tensa e sei que provavelmente vou começar a chorar de alívio ao vê-los, o que é perfeito para o meu papel de esposa de luto. Mas, quando vejo Esther acenando para mim, e não Diane, sinto pavor.

— Espero que não se importe — diz ela, me abraçando. — Eu estava livre hoje, então me ofereci para buscá-la e levá-la à casa de Diane. Sinto muito por Jack.

— Eu ainda não consigo acreditar — respondo, balançando a cabeça, incrédula, sem lágrimas por causa do choque de vê-la à minha espera. — Ainda não consigo acreditar que ele está morto.

— Deve ter sido terrível para você — concorda ela, pegando a minha mala. — Venha, vamos procurar uma lanchonete... Achei que a gente podia tomar um café antes de ir para a casa de Diane.

Sinto um aperto ainda mais forte no peito. Vai ser muito mais difícil agir como a viúva triste na frente dela em comparação com Diane.

— Não seria melhor a gente ir direto para a casa de Diane? Eu gostaria de falar com Adam e preciso ir à delegacia. Adam disse que o detetive responsável pelo caso quer conversar comigo.

— A gente só vai ficar presa no engarrafamento a essa hora da manhã, então é melhor tomar um café — argumenta ela, encaminhando-se para a praça de alimentação.

Encontramos uma lanchonete e Esther corta caminho para chegar a uma mesa, quando somos cercadas por crianças barulhentas de uniforme escolar.

— Sente-se, pode deixar que eu vou buscar os cafés. Não demoro.

Meu instinto pede que eu fuja, mas sei que não posso. Se Esther veio me buscar no aeroporto, se sugeriu tomar um café, é porque quer conversar comigo. Tento não entrar em pânico, mas é difícil. E se ela descobriu que eu matei Jack? E se havia algo suspeito no meu comportamento quando ela me levou ao aeroporto? Ela vai dizer que está ciente do que eu fiz. Vai ameaçar contar à polícia? Vai me chantagear? Esther paga os cafés e entro em desespero quando ela vem na minha direção.

Esther se senta à minha frente e coloca o café diante de mim.

— Obrigada. — Abro um sorriso tímido para ela.

— Grace, o quanto você sabe da morte de Jack? — pergunta ela, abrindo um sachê de açúcar e o despejando no café.

— O que você quer dizer com isso? — gaguejo.

— Suponho que você saiba como ele morreu.

— Sim, ele teve uma overdose.

— Exato — concorda ela. — Mas não foi isso que o matou.

— Não estou entendendo.

— Parece que ele calculou mal a quantidade de comprimidos necessária e não tomou o suficiente. Então ele não morreu... Bem, pelo menos não de overdose.

Balanço a cabeça.

— Não estou entendendo.

— Bem, como Jack não tomou a quantidade necessária de comprimidos, ele acabou recuperando a consciência.

— E como ele morreu?

— De desidratação.

Fico surpresa.

— Desidratação?

— Sim, cerca de quatro dias depois da overdose.

— Mas, se ele ainda estava vivo, por que não bebeu água?

— Porque ele não podia. O corpo não foi encontrado na parte principal da casa. Foi encontrado num quarto no porão.

— Quarto no porão?

— Sim. O pior é que o cômodo não podia ser aberto por dentro, então ele não pôde sair, mesmo quando começou a sentir sede. — Ela pega a colher e mistura o café. — Mas parece que ele tentou.

— Pobre Jack — digo em voz baixa. — Pobre Jack, pobrezinho. Não consigo pensar no quanto ele deve ter sofrido.

— Você tem ideia de por que ele faria algo assim?

— Não, nenhuma. Eu nunca o teria deixado sozinho, se imaginasse isso. Nunca teria viajado para a Tailândia se achasse que ele podia se matar.

— E como ele estava quando voltou do tribunal?

— Bem, decepcionado por ter perdido o caso, é claro.

— Jack não parece o tipo de pessoa que tiraria a própria vida. Pelo menos é o que as pessoas podem pensar. É provável que ele não estivesse apenas decepcionado, não acha? Quero dizer, esse foi o primeiro caso que ele perdeu, certo?

— Sim, foi.

— Então ele devia estar devastado. Talvez até tenha dito a você que sentia que a carreira dele tinha chegado ao fim. Mas, para você, foi só um comentário dito no calor do momento, por isso não levou muito a sério.

Eu encaro Esther.

— Não foi o que ele disse, Grace? Jack não disse que a carreira dele tinha chegado ao fim?

— Sim. — Aceno lentamente com a cabeça. — Ele falou isso.

— Deve ter sido por isso que ele pensou em se matar, porque não conseguiu lidar com o fracasso.

— Deve ter sido — concordo.

— Isso também explica por que ele queria tanto que você viajasse. Ele queria você fora do caminho para poder tomar os comprimidos. Parece que ele os ingeriu pouco depois da sua saída. Você sabe onde ele os encontrou? Quero dizer, Jack costumava tomar remédio para dormir?

— Às vezes — respondo de improviso. — Não foi receitado por um médico ou algo assim, Jack simplesmente comprava na farmácia. Lembro que Jack perguntou à Sra. Goodrich o nome do remédio e era o mesmo que Millie estava tomando.

— Ele sabia que a porta do quarto no porão não podia ser aberta por dentro, então talvez soubesse que não tinha comprimidos o suficiente, mas estava determinado a se matar — continua ela, e toma um gole de café. — É provável que a polícia pergunte a você sobre o quarto. Você sabia da existência dele, não sabia? Jack contou.

— Sim.

Esther mexe e remexe a colher.

— Também vão querer saber para que o cômodo servia. — Pela primeira vez, Esther demonstra incerteza. — Parece que era todo pintado de vermelho, até mesmo o chão e o teto, e as paredes eram cobertas de quadros com imagens de mulheres brutalmente agredidas.

Ouço a incredulidade em sua voz e aguardo o que devo contar à polícia. Mas ela não diz nada, pois não sabe o que explicar, e um silêncio se instala entre nós. Então conto a Esther o que pensei no avião.

— Jack usava o quarto como uma espécie de anexo — explico.

— Ele me mostrou o lugar pouco depois de nos mudarmos para a casa. Dizia que achava bom passar algum tempo lá antes de ir para o tribunal, onde relia os documentos, analisava as evidências fotográficas. Ele construiu um escritório no porão porque se sentia emocionalmente sobrecarregado e tinha dificuldade de se preparar mentalmente dentro de casa.

Esther faz que sim com a cabeça.

— E os quadros?

Sinto pânico. Eu havia me esquecido completamente dos quadros que Jack me obrigou a pintar. Esther olha fixamente para mim, me forçando a manter o foco.

— Eu não vi quadro nenhum. Jack deve ter pendurado depois.

— Acho que ele não os mostrou para você porque eram muito explícitos e preferiu poupá-la — comenta ela.

— É provável — concordo. — Jack era muito cuidadoso nesse sentido.

— É possível que perguntem se você sabia que a porta não podia ser aberta por dentro.

— Não, eu só desci lá uma vez, então não é algo que eu teria percebido.

Olho para Esther do outro lado da mesa, em busca da confirmação de que essa é a resposta correta.

— Não se preocupe, Grace, a polícia não vai colocar você contra a parede. Lembre-se de que Jack contou a eles que você era mentalmente instável, então sabem que precisam tomar cuidado. — Ela faz uma pausa. — Talvez você devesse tirar proveito dos comentários de Jack.

— Como você sabe tudo isso? Sobre como Jack morreu, onde o corpo foi encontrado, os quadros, o que a polícia vai me perguntar?

— Adam me contou. Vai sair em todos os jornais amanhã, então ele achou bom você estar preparada. — Esther faz uma pausa. — Ele mesmo queria contar tudo isso para você, mas eu expliquei que nós duas fomos as últimas pessoas a verem Jack vivo, por isso eu sentia que era eu quem devia buscar você no aeroporto.

Eu a encaro.

— As últimas pessoas a verem Jack vivo? — gaguejo.

— Sim. Você sabe, na sexta passada, quando busquei você em casa para trazê-la ao aeroporto. Ele acenou para nós duas depois de colocarmos a bagagem no porta-malas. Estava na janela do escritório, não estava?

— Sim — respondo lentamente. — Estava.

— E, se me lembro bem, você disse que ele não foi ao portão esperar com você porque queria começar a trabalhar logo. Mas eu não consigo lembrar se ele estava usando paletó ou não.

— Não... não estava. Também não estava de gravata, porque a tirou assim que chegou do tribunal.

— Ele acenou para nós duas e depois mandou um beijo para você.

— Sim, foi isso.

A grandiosidade do que Esther está fazendo, do que está se propondo a fazer, me deixa surpresa e começo a tremer.

— Obrigada — sussurro.

Ela estende o braço sobre a mesa e cobre a minha mão com a dela.

— Vai ficar tudo bem, Grace, eu prometo.

Sinto vontade de chorar.

— Eu não estou entendendo... Millie contou alguma coisa para você? — balbucio, sabendo que, mesmo se fosse o caso, mesmo que Millie tivesse contado a Esther que Jack a havia empurrado da escada, isso não seria motivo suficiente para Esther mentir por mim.

— Ela só falou que não gostava do George Clooney. — Esther sorri.

Olho para ela, desnorteada.

— Então por quê?

Ela me encara com firmeza.

— Qual era a cor do quarto de Millie, Grace?

Mal consigo responder.

— Vermelho — digo, a voz falhando. — O quarto de Millie era vermelho.

— Era o que eu pensava — diz ela, calmamente.

Agradecimentos

Tenho tantas pessoas a agradecer, em particular minha esplêndida agente, Camilla Wray. Sinto que tenho muita sorte por ter encontrado você! Muitos agradecimentos também a Mary, Emma, Rosanna e todos na Darley Anderson.

Sou extremamente grata à minha fantástica editora, Sally Williamson, e a Alison, Jennifer, Clio, Cara e o restante da equipe da Mira. E também a Becky, da Midas.

Minha gratidão eterna a Gerrard Rudd, que acreditou em mim desde o começo, muito antes que eu mesma acreditasse, e a Jan Michael, por sua ajuda generosa e inestimável. Agradeço aos dois do fundo do coração.

Dedico agradecimentos especiais às minhas filhas maravilhosas, por todo o apoio e incentivo, e ao meu marido, por me dar espaço para escrever. Aos meus pais, pela determinação de entrar numa livraria e comprar o meu livro, às minhas adoradas amigas Louise e Dominique, por nunca deixarem de perguntar como estavam os meus textos. A Karen e a Philip pelo mesmo motivo, e à minha irmã, Christine, por ler cada palavra de tudo que escrevo.

Este livro foi composto na tipografia Palatino
LT Std, em corpo 11/16, e impresso em
papel off-white no Sistema Cameron da
Divisão Gráfica da Distribuidora Record.